btb

Aus Freude am Lesen

Håkan Nesser · Die Perspektive des Gärtners

Håkan Nesser

Die Perspektive des Gärtners

Roman

Aus dem Schwedischen
von Christel Hildebrandt

btb

Die schwedische Originalausgabe erschien 2009 unter dem Titel »Maskarna på Carmine Street« bei Albert Bonniers Förlag, Stockholm.

MIX
Papier aus verantwortungsvollen Quellen
FSC® C014496
FSC
www.fsc.org

Verlagsgruppe Random House FSC-DEU-0100
Das FSC®-zertifizierte Papier *Munken Premium* für dieses Buch liefert Arctic Paper Munkedals AB, Schweden.

3. Auflage

Satz: Uhl + Massopust, Aalen
Druck und Einband: GGP Media GmbH, Pößneck
Printed in Germany
ISBN 978-3-442-75173-0

www.btb-verlag.de

I

1

Mit vier vollgepackten Koffern und zwei leeren Herzen kamen wir nach New York.

Auf dem kurzen Weg zwischen der Carmine Street und der Bibliothek in der Leroy Street kommt mir diese Formulierung in den Sinn. Vielleicht ist es nicht gerade die beste Einleitung, aber ich habe schon seit ein paar Tagen um einen Eingangssatz gerungen. Als wenn es nur um diese simple Sache ginge – um einen Schlüssel, der die Erzählung öffnet, ein Siegel, das gebrochen werden muss, oder eine Art Zaubertrick, der, wenn man ihn erst einmal durchschaut hat, alles andere in die richtigen Bahnen lenkt.

Aber dem ist nicht so. Erzählungen müssen auf jeder Seite neu geboren werden, unablässig, unter Schmerzen und manchmal auch unter Freuden, Zeile für Zeile, Zentimeter für Zentimeter, und es gibt keine Abkürzung. Und genau so will ich vorgehen, wenn ich jetzt einen Bericht darüber schreibe, was in den letzten Jahren passiert ist und was genau in diesem Moment passiert, und das wird nicht einfach sein. Ich bin mir nicht einmal sicher, dass es überhaupt irgendwohin führt, aber manchmal hat man keine andere Wahl.

Ich gebe keinerlei Versprechen. Vielleicht wird es eine zusammenhängende Geschichte, vielleicht auch nicht.

Es sind jetzt ein paar Wochen vergangen, seit ich diese kleine Zweigstelle der New York Public Library gefunden habe – *The Hudson Park Branch* steht an der Wand zum James Walker Park hin –, und seitdem sitze ich jeden Tag ein paar Stunden lang in den schmutzig braunen, heruntergekommenen Räumen. Nicht immer zur gleichen Zeit, es gibt unterschiedliche Öffnungszeiten, nur sonntags haben sie durchgehend geschlossen. Aber es ist auf jeden Fall der richtige Ort, das spüre ich deutlich; die Umgebung ist mir beim Schreiben immer wichtig gewesen, und in diesem Fall ist sie noch wichtiger als sonst.

Es ist Herbst. Ende September, aber immer noch sehr warm. Die Leute reden die ganze Zeit vom Treibhauseffekt, es ist jetzt das dritte Jahr in Folge so, und die *New York Times*, die ich mit der Beharrlichkeit eines Idioten täglich kaufe und lese, kommt in regelmäßigen Abständen auf dieses Thema zurück. Der ehemalige Präsidentschaftskandidat Gore hat in dieser Angelegenheit sogar einen Oscar bekommen, und vielleicht stimmt es ja. Vielleicht ist unsere Erde dabei, überzukochen und unterzugehen.

Was uns persönlich betrifft, Winnie und mich, so haben wir unseren Untergang schneller erlebt. Seit der Katastrophe sind zwei Sommer vergangen, siebzehn Monate insgesamt. Anfang August sind wir in New York angekommen, nach ein paar Tagen haben wir die Wohnung gefunden, in der wir jetzt in Greenwich Village zu Hause sind, nachdem wir ein schweineteures und inakzeptables Rattenloch nach dem anderen verworfen hatten. Die kleine Dachwohnung, für die wir uns schließlich entschieden haben, ist ebenfalls schweineteuer, aber sie ist zumindest sauber und bewohnbar.

Vier vollgepackte Koffer, zwei leere Herzen. Die Koffer haben wir geleert, ihre Inhalte in schmale Schränke und wacklige Kommoden gestopft, mit unseren Herzen ist es etwas anderes. Winnie sagt, sie wolle wieder ernsthaft anfangen zu malen, aber sie muss bei diesem Schaffensprozess alleine sein, aus diesem Grund begebe ich mich jeden Tag für ein paar Stunden außer Haus. Natürlich brauche auch ich die Einsamkeit, ich muss sehen, dass ich die Worte wiederfinde, eines aufs andere lege, Satz an Satz füge und schließlich etwas zustande bringe, was aus mehr als einer traurigen, trostlosen Wanderung in immer den gleichen Kreisen besteht.

Jede Geschichte sucht ihre Form und findet sie.

Oder sie stirbt.

Mein Name ist Erik Steinbeck, um es gleich vorweg zu sagen. Zum jetzigen Zeitpunkt bin ich 38 Jahre alt. Seit einem guten Jahrzehnt kann ich mich Schriftsteller nennen, aber jetzt sind bereits drei Jahre vergangen, ohne dass ich etwas Neues produziert hätte. Fünf Romane, das ist meine ganze Ausbeute, aber zwei von ihnen sind erfolgreich verfilmt worden, und so werden wir finanziell zurechtkommen, auch wenn ich in den nächsten Jahren kein einziges Wort zu Papier bringe. Das ist allerdings auch schon die einzige Prognose, die ich bezüglich der Zukunft abzugeben wage. Wir werden nicht verhungern vor der letzten Seite dieses zweifelhaften Romans.

Meine Ehefrau Winnie ist bildende Künstlerin, in gewisser Weise ist sie anerkannter als ich und in ihrer künstlerischen Karriere weiter, aber ich bin derjenige, der bis jetzt ökonomisch am erfolgreichsten war. Ich weiß selbst nicht, warum ich die Zeit mit diesen trockenen Fakten zu unseren Lebensverhältnissen verschwende. Vielleicht liegt dem ein altes, calvinistisches Rechtfertigungsbedürfnis zugrunde, vielleicht ist es auch nur eine Möglichkeit, das, worüber ich eigentlich sprechen will, noch ein wenig hinauszuzögern.

Wir sind seit sieben Jahren verheiratet. Vor siebzehn Monaten ist unsere vierjährige Tochter Sarah verschwunden, und das ist auch der Grund, warum wir uns in New York befinden.

Das ist auch der Grund, warum wir einander fremd geworden sind.

In etwa ist dies auch der Ausgangspunkt für diesen Bericht, wobei ich selbst diese Aussage nicht einfach so schlucken würde. Aber irgendwo muss man ja einen Ausgangspunkt setzen. Irgendwo muss man anfangen.

Genug der Ausflüchte. Ich habe bereits die schwere Tür zur Bibliothek geöffnet, als ich beschließe, zunächst doch noch einen Spaziergang am Fluss zu machen. Ich brauche nur fünf Minuten, um zum Hudson River Park zu gelangen. An diesem Morgen liegt Nebel über dem Wasser; New Jersey zeigt sich hübsch und gepflegt auf der anderen Flussseite, fast wider Willen. Ich bleibe eine Weile ganz vorne auf einem der Piers stehen, es ist fast windstill, die Schiffe und Schlepper verschwimmen ineinander und gleiten wie schwere, unförmige Urzeitwesen durch den gelbweißen Dunst. Es sieht aus wie in meinem Inneren, denke ich, meine Gedanken weisen die gleiche klumpige Unschärfe auf, ich weiß nicht genau, wie es sich bei Winnie verhält, aber ich glaube, dass es bei ihr um andere Fragen geht. Ich schreibe »glaube«, ich meine aber »weiß«. Wir stehen zwar beide am Abgrund der Verzweiflung, aber der Abgrund der Verzweiflung streckt sich in die Länge, und unsere Positionen liegen weit voneinander entfernt. Wir sind nicht einmal mehr in der Lage, einander die Hand zu reichen, um gemeinsam von einer Klippe oder einer Brücke zu springen, und das, genau das ist es, was alles so viel schwerer macht, als es sowieso schon ist.

»Erträgst du es noch mit mir?«, fragte sie mich neulich. Ich antwortete, dass ich mir nichts sehnlicher wünschte, als wenn wir wieder einen Weg zueinander fänden, aber womöglich ist das nicht die ganze Wahrheit, beschwören könnte ich es nicht. Man sagt Dinge, die passend klingen, und wir haben uns seit dem Zeitpunkt, als Sarah verschwand, nicht ein einziges Mal geliebt; manchmal ist es schwer zu begreifen, warum wir uns mit so einer Hartnäckigkeit immer noch aneinander klammern.

Ich wandere die Chelsea Piers hinauf, dann zurück durch den Meatpacking District und das West Village. Kaufe Kaffee und einen Bagel im Delikatessengeschäft an der Ecke Hudson/Barrow, und als ich den Platz an meinem Tisch in der Bibliothek einnehme, ist es Viertel nach zehn.

Ich hole meinen schwarzen Block und meine Stifte heraus. Schaue durch das hohe Fenster mit den Bleiglasfenstern nach draußen; die Bäume entlang der Leroy weisen noch keine Spur von Gelb auf, der Sommer reicht wirklich weit in den September. Hinten von den Sportplätzen im James Walker Park sind Rufe und Flüche der Spieler zu hören. Ich trinke einen Schluck Kaffee, beiße vom Bagel ab und starre auf die erste leere Seite.

Beschließe dann, den Satz mit den Koffern und den Herzen zu akzeptieren, plötzlich habe ich das Gefühl, dass er gar nicht mehr so wichtig ist, wie ich gedacht habe. Alles ist möglich.

Ich schaue auf, mein Blick begegnet dem von Mr. Edwards.

Mr. Edwards ist ein Mann in den Siebzigern. Er sitzt an einem Tisch weiter hinten im Raum, er ist Stammkunde, genau wie ich, und genau wie ich ist er damit beschäftigt, etwas zu schreiben. Er ist hochgewachsen, macht einen vitalen Eindruck, obwohl er eine Glatze hat und sich nur mühsam vorwärtsbewegen kann. Allem Anschein nach ist es die Hüfte, die ihm Probleme bereitet. Sein Gesicht ist länglich, mit einer kräftigen Kieferpartie und tief liegenden Augen, seine Hautfarbe zeugt davon, dass Latino- oder karibisches Blut in seinen Adern fließt. Vielleicht verdünnt, aber nicht mehr als fifty-fifty. Wir haben uns einander nie vorgestellt, aber ich habe gehört, wie das Personal ihn mit »Mr. Edwards« ansprach. Seit ich in die Bibliothek gehe, also seit zwei Wochen, hat er immer auf seinem Platz gesessen. Wir begrüßen uns durch ein vorsichtiges Kopfnicken, aber mehr auch nicht.

Auch an diesem Morgen nickt er leicht; ich nehme an, dass er bemerkt hat, dass ich mit dem Schreiben angefangen habe und dass er mir dazu gratulieren will. Oder mich zumindest wissen lassen will, dass er es bemerkt hat, es handelt sich um eine äußerst diskrete Annäherung, dennoch durchströmt mich ein Hauch von Wärme und Zuversicht.

Eine Sekunde, höchstens zwei, dauert das an; ich erwidere sein Nicken und fange an, das durchzulesen, was ich bis jetzt zustande gebracht habe.

Es ist halb drei, als ich die Bibliothek verlasse. Ich setze mich mit einem Kaffee draußen vors The Grey Dog's Café und rufe Winnie an. Ich kann schräg gegenüber eines unserer Fenster sehen, aber es ist zu klein und zu weit oben, als dass ich hineinschauen könnte. Ich kann nicht abschätzen, ob sie zu Hause ist oder nicht.

Ich erhalte keine Antwort. Was alles Mögliche bedeuten kann. Sie kann daheim sein, aber nicht drangehen wollen, weil sie arbeitet. Sie kann im Schwimmbad in der 36. Straße sein; da geht sie mindestens zweimal die Woche hin, schwimmt und ruht sich aus, Stunde um Stunde, sie behauptet nie, dass es der Heilung dienen könnte, aber vielleicht tut es das ja doch. Vielleicht ist das der Grund für ihre Besuche dort, bewusst oder unbewusst, sie hat schon immer eine besondere Beziehung zum Wasser gehabt.

Vielleicht ist sie aber auch nur in der Stadt unterwegs. Anfangs hat sie sich täglich Kunst angesehen. Metropolitan und Neue Galerie. Guggenheim und MoMA und die Galerien in Chelsea und am West Broadway. Aber damit hat sie jetzt aufgehört. Jetzt malt sie stattdessen, und zwar auf mindestens vier Leinwänden, wenn ich richtig gezählt habe. Öl und Eiöltempera. Bisher durfte ich noch nichts sehen, so ist es immer gewesen, seit wir uns zum ersten Mal begegnet sind. Bilder sind für Blicke gemacht, sagt sie. Wenn sie erst einmal fertig sind, ist das ihre einzige Funktion, aber während sie geboren werden, darf man sie noch keinen Blicken aussetzen. Ist es mit deinen Texten nicht das Gleiche?

Meistens stimme ich ihr zu, ja, mit meinen Texten ist es das Gleiche. Die Worte müssen sich erst ein wenig setzen, eine Zeit lang zur Ruhe kommen, bis sie das Tageslicht ertragen. *Koagulieren,* so nennen wir es.

Als ich das zweite Mal anrufe, geht sie ran. Sie ist auf dem Heimweg von einem Laden für Künstlerbedarf unten am Canal. Ich frage, ob ich ihr entgegenkommen soll. Sie antwortet, lieber nicht, ich kann ihrer Stimme anhören, dass sie ein oder zwei Gläser getrunken hat. Ich denke, dass wir in genau einem Monat unseren siebten Hochzeitstag haben.

Plötzlich bin ich unsicher, ob wir es jemals bis dahin schaffen werden.

2

Es war am 25. November 1999. Mein dritter Roman, *Die Perspektive des Gärtners,* war im September herausgekommen, und ich befand mich in meiner achten Lesewoche.

Was nun genau dafür ausschlaggebend war, konnte ich nicht sagen, aber ich empfand einen zunehmenden Ekel sowohl mir selbst als auch dem Buch gegenüber, das ich Abend für Abend an verschiedenen Orten in verschiedenen Teilen des Landes vorstellte. Ich konnte die gesichtslosen Hotelzimmer nicht mehr voneinander unterscheiden, das vielköpfige Publikum nicht von dem des Vortages oder von dem der letzten Woche, aber an den letzten Abenden hatte ich Gesellschaft von drei anderen Autoren gehabt, die sich alle mehr oder minder in der gleichen misslichen Lage befunden hatten wie ich. Es war eine Erleichterung, nicht allein zu sein, zumindest versicherten wir uns das gegenseitig zwischen unseren Auftritten, um die gute Laune und den sogenannten Schwung aufrechtzuerhalten.

Im Nachhinein weiß ich natürlich, dass die Stadt Aarlach hieß, aber ich bin mir nicht sicher, ob mir das klar war, als ich hinter dem wolkenmarmorierten Rednerpult auf der Bühne meinen Platz einnahm, um wieder einmal die immer gleichen Worte, die immer gleichen versprengten Beobachtungen und leicht dahin geworfenen Wahrheiten über das Leben und unsere grundlegenden Lebensbedingungen von mir zu geben, denen ich zu diesem Zeitpunkt schon so viel Saft ausgepresst hatte, dass ich bezweifelte, es könnte noch einen einzigen Zuhörer geben, der nicht bemerkte, wie blutleer das alles klang.

Obwohl das Ganze anfangs den anspruchsvollen Stempel des reinen Ernstes und der unverfälschten Berichterstattung getragen hatte, dessen war ich mir sicher. In dieser Absicht bin ich an das Ganze gegangen, und so war es auch gewesen. Aber welche Geschichte, welche Episode erträgt es schon, Abend für Abend für Abend wiederholt zu werden? Wer ist dazu in der Lage?

Natürlich, es gibt solche Geschichten und auch solche Erzähler, ich bin der Erste, der das einräumt. Mein Gefühl des Versagens habe ich einzig und allein mir selbst zuzuschreiben. Und zwar damals wie heute.

Die Veranstaltung fand in einem alten, umgebauten Kino im Art-déco-Stil statt. Die Anzahl der Plätze betrug vier- bis fünfhundert, es gab nicht einen einzigen freien Stuhl im Raum. Als ich nach ungefähr vierzehn Minuten damit begann, meinen Sechs-Minuten-Text aus dem zweiten Kapitel vorzulesen, trat etwas Sonderbares ein, was mir bis heute unerklärlich ist.

Ich wurde plötzlich blind. Der Text – und das Buch und die Hände, die das Buch hielten, und das Rednerpult und das gesamte vierhundertfünfzigköpfige Publikum – verschwand vor meinen Augen, und eine Sekunde lang dachte ich, meine letzte Stunde hätte geschlagen. Ich würde hier auf der Bühne, während meines Auftritts, sterben. Möglicherweise gelang es mir sogar – in aller Hast –, diesem finsteren Gedanken ein wenig bittere Süße abzugewinnen, denn auch wenn meine Romane in zehn, zwanzig oder dreißig Jahren bestimmt vergessen sein werden, so würde der eine oder andere Bücherwurm sich gewiss noch daran erinnern, wie ich meine Tage beendet hätte.

Und Berühmtheit, in welcher Gestalt auch immer, ist nie zu verachten.

Aber so schlimm kam es nicht. Ich umklammerte mit der linken Hand die hervorstehende, etwas spitze Seitenkante des Pultes, mit der rechten das Buch, und da der Text sich mir nach all den Vorstellungen bis zur letzten Atempause und bis zum kleinsten Semikolon eingeprägt hatte, las ich einfach weiter, als wenn nichts wäre. Ich blätterte sogar an der richtigen Stelle um, und nach einem gewissen Zeitraum, den ich damals nicht einschätzen konnte, von dem ich jedoch im Nachhinein annehme, dass er ungefähr zwei Minuten betrug, kehrte mein Augenlicht zurück.

Der Text erschien wieder vor mir – das Buch, meine Hände, die ein wenig zitterten, ich hatte es nicht bemerkt, aber jetzt sah ich es, das Scheinwerferlicht und die Gesichter der Menschen, die in den ersten zwei, drei Reihen saßen –, und mir war klar, dass ich etwas sehr, sehr Ungewöhnliches erlebt hatte.

Vielleicht war es ein Zeichen oder ein Omen, aber ich habe nie auch nur annähernd begriffen, wie es zu deuten wäre.

Eine halbe Stunde später – ich war der letzte Autor gewesen, der auftrat – befanden wir uns in dem obligatorischen Restaurant. Analyse, Nachgespräch, der Leichenschmaus. Wir waren so um die zwanzig, ein Quartett an Schriftstellern, eine Handvoll Organisatoren, ein paar Buchhändler, einige Journalisten und drei oder vier weitere Gäste. Die Tafel wurde nach einer guten Stunde aufgehoben, da einige sich noch ein wenig bewegen wollten, und ich landete bei einer dunklen Dame in den Dreißigern, ich hatte ihre Funktion am Abend nicht herausgefunden, und sie offenbarte sich mir auch nicht. Auch ihren Namen nannte sie mir nicht.

»Mir gefällt Ihr Buch sehr gut«, begann sie stattdessen das Gespräch.

Das war keine ungewöhnliche Einleitung, wenn man die Umstände bedachte, und ich begnügte mich damit, ihr zu danken.

»Es gab da vor allem einen Abschnitt, der mich tief bewegt hat«, fuhr sie fort.

Ich murmelte etwas Unverbindliches als Antwort, fühlte mich wie immer in so einer Situation etwas unsicher und verlegen. Entblößt und bereit für die Obduktion, wie ein Kollege die Sache zu bezeichnen pflegt.

»Es geht um dieses Gedicht«, sagte sie. »Gibt es das wirklich? Ich meine, Sie behaupten in Ihrem Buch, dass es von diesem russischen Dichter verfasst wurde, aber ich könnte mir denken, dass Sie es selbst geschrieben haben.«

»Da denken Sie ganz richtig«, erwiderte ich.

»Sie haben es selbst geschrieben?«

»Ja«, gab ich zu, »auch dafür bin ich verantwortlich.«

Sie legte mir eine Hand auf den Arm und schien sich zu konzentrieren. Ich trank einen Schluck Wein und fühlte mich bedrängt, aber gleichzeitig auch geschmeichelt, das will ich gar nicht leugnen.

»*Sechs Fuß unter der Erde*«, zitierte sie, »*in der Morgendämmerung, zwei blinde Würmer, die verweilen.*«

»Ja«, sagte ich. »So steht es da.«

»Und Sie sind derjenige, der es geschrieben hat?«

»Ja.«

Ich wand mich. Es ist eine Sache, dass jedes Buch als ein Gespräch zwischen zwei Personen betrachtet werden kann, nämlich einem Autor und dem Leser. Es ist etwas ganz anderes, wenn der Schutz, den das Buch ausmacht, wegfällt, wenn der

Abstand zwischen den Gesprächspartnern zu einem Nichts zusammenschrumpft. Eine dumpfe Welle der Unlust durchfuhr mich, und ich wünschte, ich hätte Mumm genug besessen, einfach aufzustehen und das Lokal zu verlassen. Aber das hatte ich nicht.

Sie bemerkte meine Verlegenheit. »Entschuldigung«, sagte sie. »Ich wollte Sie nicht belästigen. Ich bin Ihnen zu nahe getreten, das war dumm von mir.«

Ich schaute mich am Tisch um, während ich versuchte, mich irgendwie wieder in den Griff zu bekommen. Alle anderen Gäste saßen in kleinen Gruppen ins Gespräch vertieft, einige hatten Zigaretten oder Zigarren angezündet, und keiner von ihnen nahm auch nur die geringste Notiz von mir und der unbekannten Frau. Ich trank noch einen Schluck Wein.

»Wer sind Sie?«, fragte ich und stellte mein Glas ab. »Ich glaube, wir sind einander nicht vorgestellt worden.«

Sie lachte, nahm dabei jedoch nicht ihre Hand von meinem Arm.

»Sie sind so altmodisch«, sagte sie. »Das gefällt mir. Möchten Sie, dass ich Sie in Ruhe lasse?«

»Ich weiß es nicht«, antwortete ich wahrheitsgemäß. »Ich weiß es wirklich nicht. Ich bin nicht ganz bei der Sache heute Abend, es war eine anstrengende Woche.«

»Sie möchten, dass ich Sie in Ruhe lasse?«, wiederholte sie.

Ich betrachtete ihr Gesicht, dessen Konturen sich plötzlich aufzulösen schienen. Einen Moment lang fürchtete ich, ich könnte wieder mein Sehvermögen verlieren, doch dann stabilisierte sich alles, und erst da stellte ich fest, wie schön sie war.

»Was wollen Sie von mir?«, fragte ich. »Wer sind Sie?«

»Ich heiße Winnie Mason«, sagte sie. »Lassen Sie uns von hier verschwinden. Ich muss ernsthaft mit Ihnen reden.«

Zwei Minuten später standen wir draußen auf dem Bürgersteig im Regen. In Aarlach, es war Viertel nach elf Uhr abends, der 25. November 1999. Und ich stand dort mit einer Frau, die Winnie Mason hieß.

3

Ich bleibe noch eine Weile im Grey Dog sitzen.

Spüre eine Art Unentschlossenheit, die mich aber nicht stört. Sie muss nicht hinterfragt werden; ich betrachte die Menschen, die vorbeigehen, und stelle fest, dass es mir gefällt, hier zu sitzen. In gewisser Weise spiegelt sich hier die ganze Welt. Alle Rassen, alle Altersgruppen, alle Temperamente sind in diesem Viertel vertreten. Junge Frauen und Männer, die ihr Leben selbst bestimmen und auf Traditionen pfeifen; zumindest möchte ich mir das einbilden, und leider ist ja die Illusion oft stärker als die Wirklichkeit, da es allein die Illusion ist, die wir sehen und mit der wir uns befassen, zu mehr bleibt keine Zeit; ältere Damen und alte Greise außerdem, Schwarze, Weiße, Latinos und Juden. Eine Gruppe von Kindern unterschiedlicher Hautfarbe strömt aus der katholischen Schule an der Ecke zur Bleecker Street; der alte Russe mit seinem hinkenden Hund schleppt sich vorbei, und Mr. Mo, der Chinese, dem der Waschsalon gehört, betritt den Bürgersteig und zündet sich eine Zigarette an. Blinzelt in die Sonne. Zwerge und Fotomodelle, Bucklige und O-beinige; Koreaner, Kubaner, Homosexuelle und Heterosexuelle; ein vermutlich asexueller Neuseeländer namens Ingolsen, zumindest vermuten Winnie und ich, dass er asexuell ist, seit wir einmal mit ihm an einem Tisch in The

Noodle Bar gegenüber der Kirche gesessen und uns eine Stunde lang unterhalten haben, an einem unserer ersten Abende hier in der Stadt … alle Arten, wie gesagt, jede denkbare Variante, jeder vorstellbare Kompromiss; wenn man diesen Bürgersteigverkehr nur eine einzige Minute stoppte und erfragte, von welchen Orten auf der Welt die Eltern der Vorbeigehenden einmal kamen, Vater und Mutter, gewissenhaft und systematisch, ohne jemandem zu nahe zu treten, und wenn man anschließend kleine Nadeln mit bunten Köpfen auf einem Globus befestigte, ja, dann würde man ein wunderbar breites Bild bekommen.

Gedanken dieser Art habe ich mir eigentlich täglich gemacht, seit wir hier sind, womöglich hat es etwas damit zu tun, dass wir uns auf einer Art Flucht befinden und dass eine Art beruhigende Feststellung darin liegt, in den hier vorgestellten mentalen Bahnen zu wandern, in den Gräben der Fremde, wie es einmal jemand genannt hat, ein Däne oder Belgier bestimmt … während man sich gleichzeitig einbildet, in der großen weiten Welt zu sein, ja, so ist es wahrscheinlich. Jungfräulicher Boden.

Die paradoxe Einfachheit der Vielfalt; vielleicht gibt es irgendwo dort auch einen Stecknadelkopf, der Sarah zugeordnet ist. Ich trinke meinen Kaffee aus und sehe Winnie unten bei dem Gitarrengeschäft um die Ecke kommen. Ich spüre einen heftigen Schmerz im Herzen; von all diesen Menschen, in dieser wimmelnden Vielfalt, sehe ich plötzlich nur noch sie. Ich weiß, dass ich mir manchmal wünsche, das uns verbindende Band wäre nicht so stark. Dass auch sie nur eine Illusion wäre, die ich mit angenehmem Abstand genießen könnte. Aber in diesem Moment wünsche ich mir das nicht, ich habe das Gefühl, als wäre sie ein Teil meines Blutkreislaufs.

Wir gehen hinauf in unsere Wohnung. Die eigentlich nur aus einem einzigen großen Raum besteht; an einer Wand die Küchenzeile, das Schlafzimmer hat die Größe eines gewöhnlichen Schranks, und oben unter dem Dach befindet sich ein Loft von einigen Quadratmetern, wo Gäste für eine Nacht unterkommen können. Zumindest ein Gast. Das Zimmer reicht hinauf bis zum First, zwei große Dachfenster geben ihm den Anschein eines Ateliers oder einer Kirche. Winnie zögerte keine Sekunde, nachdem wir zum ersten Mal die Treppen hinaufgestiegen waren.

Aber wir haben nie Gäste. Winnie hat ihre Puppen und ihre Malerutensilien ins Loft hinaufgebracht. Hier oben steht sie – oder besser gesagt, sitzt sie, denn es gibt fast keinen Platz, um zu stehen –, wenn sie arbeitet, sie sagt, das Licht, das durch die schmutzigen Fenster fällt, sei ideal, fast zu gut, in den ersten Tagen war es sogar hinderlich, jetzt jedoch nicht mehr.

Wir wärmen uns eine Suppe vom Vortag in der Mikrowelle auf, dann sitzen wir einander an dem hohen Steinmeyertisch aus Stahl und Glas gegenüber: die Suppe, dunkles Brot mit Ziegenkäse aus Murray's phantastischem Käseladen auf der Bleecker Street gleich um die Ecke, jeder mit einem Glas Weißwein. Winnie wird nach der Mahlzeit betrunken sein, das ist ihrem Blick jetzt schon anzusehen.

Ich frage, ob sie malt. Sie nickt und fragt, ob ich schreibe. Ich antworte, dass ich tatsächlich glaube, an etwas dran zu sein, sie schenkt mir ein etwas skeptisches Lächeln.

»An etwas dran sein?«, fragt sie. »Meinst du das wirklich?«

»Ich glaube schon«, sage ich.

»In dieser düsteren Bibliothek?«

»Ja.«

»Ich könnte niemals dort arbeiten.«

»Ich brauche nicht so viel Licht wie du.«

»Es ist einfach zu dunkel dort, ganz gleich, was man auch macht. Es erinnert mich an meinen Großvater.«

Als Winnie zehn Jahre alt war, versuchte ihr Großvater, sich zu erhängen. Das Seil riss, oder vielmehr brach der Querbalken, an dem er es befestigt hatte. Er lebt immer noch, die letzten zwanzig Jahre hat er in einer Anstalt in einem Vorort von Rotterdam gesessen. Oder gelegen. Ich habe ihn nie getroffen; seit wir verheiratet sind, hat Winnie ihn zweimal besucht.

Ihre Eltern sind tot, genau wie meine. Ich habe keine Geschwister. Winnie hat eine Schwester in London. Bis zu dem Zeitpunkt, als Sarah verschwand, hatten sie miteinander losen Kontakt, aber nur per Email oder Telefon; ich habe sie nie gesehen, und im letzten Jahr ist der Kontakt eingeschlafen. Ich glaube, es war Winnies Entscheidung.

»Ich bin mir nicht sicher, ob es klappt«, sage ich. »Aber die Bibliothek gefällt mir. Zumindest bis auf weiteres.«

Winnie erwidert nichts. Etwas ist mit ihr heute, an diesem Tag, passiert, das kann ich sehen. Es ist nicht nur der leichte Schwips, da ist noch etwas anderes. Eine Art fiebriger Energie, die sie zu verbergen versucht, sie hat einen Ausdruck in den Augen, der da gestern noch nicht war, den ich noch nie gesehen habe, seit wir hierher gekommen sind.

Etwas ist passiert. Normalerweise gefällt mir diese Wortkonstellation, aber heute nicht.

»Wie geht es dir?«, frage ich.

Wie vorsichtig wir miteinander reden, denke ich. Wir nähern uns einander mit einer Rücksichtnahme an, die nur als Maskierung für das Gegenteil dient; unsere Worte fallen ebenso natürlich und liebenswürdig aus wie die Höflichkeiten vor einem Duell oder die Häppchen nach einer Beerdigung.

Nein, so schlimm ist es nicht, nicht wirklich. Aber das Schweigen hat seine Grenzen, es fällt mir schwer, es zu ertragen.

»Es ist etwas passiert«, sagt sie und holt gleich danach tief Luft, als fiele es ihr schwer, genügend Sauerstoff zu bekommen. »Heute ist etwas passiert.«

»Was?«, frage ich.

»Sarah«, sagt sie. »Mir ist klar, dass sie lebt. Jetzt ist es mir klar geworden.«

4

Wir gingen um eine Ecke und fanden eine Bar. Sie hieß Styx und sah nicht besonders einladend aus, aber der Regen ließ uns keine großen Möglichkeiten, wählerisch zu sein. Wir fanden einen Tisch unter einer düsteren Piranesi-Reproduktion, sie entschuldigte sich dafür, dass sie sich mir so aufdrängte, und ich erklärte meinerseits, dass ich nur dankbar war, mal wegzukommen. Wir bestellten eine Karaffe Rotwein und einen Käseteller. Sie erzählte mir von ihrem Leben.

Dass sie Künstlerin sei. Dass sie erst vor einigen Monaten nach Aarlach gezogen sei, nachdem sie sich von ihrem Mann habe scheiden lassen, der auch Künstler war und in ihrer gemeinsamen Wohnung in Berlin geblieben war.

Dass sie keinerlei Hintergedanken hege – sie benutzte genau dieses Wort, *Hintergedanken* – und dass ich mich in keiner Weise gezwungen fühlen solle, hier bei ihr zu sitzen und mit ihr zu reden, wenn mir nicht danach war. Erneut versicherte ich ihr, dass sie sich deswegen keine Gedanken machen müsse, und fügte hinzu, was meine Person betreffe, so hätte ich meine Scheidung schon etwas länger hinter mir, gut anderthalb Jahre.

Außerdem betonte ich, dass ich seit zwei Monaten unterwegs sei und über mein Buch spreche und mich etwas erschöpft fühle, sowohl physisch als auch psychisch.

Dann müssen wir eine Weile über die Bedingungen schöpferischer Arbeit gesprochen haben, ich glaube, wir verglichen die unterschiedlichen Voraussetzungen fürs Schreiben und Malen – den sprachlichen bzw. bildlichen Ausdruck –, aber inzwischen kann ich mich nicht mehr genau an unser Gespräch erinnern, und höchstwahrscheinlich kamen wir auf keine neuen Erkenntnisse. Aber ich weiß, dass ich sie fragte, ob sie in irgendeiner Weise geholfen habe, den abendlichen Autorenauftritt zu organisieren, weil sie beim Nachklapp im Restaurant dabei war. Sie erklärte, dass sie den Kulturredakteur der Zeitung kenne, die die Veranstaltung gesponsert hatte, und dass sie ihn ganz einfach gebeten hatte, doch mitkommen zu dürfen.

»Und der Grund dafür?«, wollte ich wissen.

»Ihr Buch«, antwortete sie, ohne zu zögern. »Ja, genauer genommen dieses Gedicht.«

Ich erklärte, dass es mir schwer falle, ihr in diesem Punkt Glauben zu schenken, sie saß eine Weile schweigend da, ohne den Blick von mir zu wenden, es schien mir, als würde sie irgendwie mit sich kämpfen. Als hätte sie sich noch nicht entschlossen. Anschließend beugte sie sich nach unten und holte ein schwarzes Notizheft aus ihrer Tasche, die sie neben ihren Stuhl auf den Boden gestellt hatte.

Sie blätterte einige Sekunden lang darin hin und her, dann räusperte sie sich und las erneut die Zeilen vor, die sie bereits im Restaurant zitiert hatte.

»Sechs Fuß unter der Erde,
in der Morgenröte,
zwei blinde Würmer, die verweilen …«

Ich nickte und spürte erneut Unbehagen in mir aufsteigen. Nach einer kurzen Pause las sie vier weitere Zeilen.

»… die verwundert
den Stimmen von oben lauschen,
die Richtung ändern und aufeinandertreffen,
wie aus Zufall.«

Ich murmelte etwas, irgendwas, sie klappte das Heft zu und betrachtete mich mit einem neuen, fast mahnenden Blick.

»*Die Perspektive des Gärtners* kam im September heraus, nicht wahr?«

»Ja, am zwölften, das stimmt.«

»Und wir sind uns noch nie begegnet?«

»Das müsste ich auf jeden Fall wissen.«

»Und die paar Zeilen, die ich eben gelesen habe, auf Seite zweihundertsechsundzwanzig in Ihrem Buch, stammen von diesem fiktiven russischen Poeten?«

Ich zuckte mit den Schultern. Mein Unbehagen wuchs beträchtlich. »Ja, sicher.«

Sie verzog kurz den Mund und verschränkte die Hände um das Glas, das vor ihr auf dem Tisch stand. »Dann kommen wir zu des Pudels Kern. Die Gedichtzeilen, die ich vorgelesen habe, stammen nicht aus Ihrem Roman. Ich habe sie selbst genau in dieses Notizbuch geschrieben, und zwar Mitte Mai. Können Sie mir dafür eine vernünftige Erklärung geben?«

»Wie bitte?«

Sie räusperte sich und wiederholte. »Ich habe diese Zeilen vier Monate, bevor *Die Perspektive des Gärtners* herausgekommen ist, geschrieben. Haargenau so, wie sie in Ihrem Buch stehen. Wort für Wort. Dafür hätte ich gern eine Erklärung.«

Ich saß schweigend da. Die Gedanken schlugen Salto in meinem Kopf.

»Das ist nicht möglich«, sagte ich schließlich.

Ein Gedanke blieb jedoch haften. Sie ist wahnsinnig, sagte er.

Die Frau, die dir gegenüber in dieser verfluchten Bar in dieser gottverlassenen Stadt Aarlach sitzt, ist durch und durch wahnsinnig. Das hättest du sofort bemerken müssen.

Trink dein Glas aus und geh umgehend zurück ins Hotel, fügte er hinzu.

Sie saß da, die Unterarme auf dem Tisch, und betrachtete mich mit ernstem Blick. Es vergingen einige Sekunden, dann senkte sie plötzlich den Blick, ließ die Schultern fallen, als wäre sie plötzlich unschlüssig geworden.

»Ich weiß, es klingt unmöglich«, sagte sie langsam und geradezu versöhnlich. »Ich verstehe es ja auch nicht. Ich bekam einen Schock, als ich Ihr Buch gelesen habe.«

Vielleicht doch nicht total verrückt, korrigierten sich meine Gedanken.

»Aber ist es nicht möglich, dass Sie ein Gedicht zitiert haben, das jemand anderes geschrieben hat?«, fuhr sie fort.

»Auf keinen Fall«, versicherte ich ihr.

Natürlich weiß ich und wusste ich, dass unbewusste (und bewusste) Diebstähle in der Autorenwelt vorkommen, es ist schlicht nicht möglich, das, was man gelesen hat, immer von dem zu trennen, von dem man glaubt, es selbst geschaffen zu haben.

Aber sieben ganze Zeilen? Nein, das hielt ich für vollkommen ausgeschlossen ... doch dazu später mehr, natürlich werde ich darauf noch zurückkommen, doch zunächst möchte ich der Chronologie folgen.

»Morgenröte«, sagte sie. »Das ist kein besonders oft benutztes Wort.«

»Ich weiß«, nickte ich. »Aber es gefällt mir.«

»Mir auch.«

»Darf ich einmal sehen?«, bat ich. Sie öffnete ihr Notizheft erneut, drehte es um und reichte es mir. Ich las. Es stimmte, Wort für Wort, mir war klar, dass sie es natürlich möglicherweise aus meinem Buch abgeschrieben hatte und nur hinsichtlich des Zeitpunkts log. Gleichzeitig fühlte ich, dass ich ihre Worte nicht in Zweifel ziehen wollte. Das würde ja bedeuten, dass ich sie schlicht und einfach als Lügnerin hinstellte. Ich registrierte, dass die sieben Zeilen mitten auf einer Seite standen, es gab ganz oben auf derselben Seite einige durchgestrichene Worte, beim Notizheft handelte es sich um einen üblichen Spiralblock mit festem, schwarzem Einband, und er schien bis zur Hälfte mit ihren Notizen gefüllt zu sein. Die betreffenden Zeilen standen auf einer rechten Seite ungefähr im ersten Drittel des Heftes. Ich schlug es wieder zu und überreichte es ihr.

»Mai?«, fragte ich nach. »Sie sagen, Sie haben das im Mai geschrieben?«

Sie nickte. »In der Nacht zum Fünfzehnten«, sagte sie. »Ich kann mich noch genau daran erinnern. Es war die Nacht, in der ich beschloss, meinen Mann zu verlassen.«

Der Gedanke, sie wäre wahnsinnig, tauchte wieder für einen kurzen Augenblick auf. Ich jagte ihn davon.

»Schreiben Sie viele Gedichte?«, fragte ich vorsichtig.

»Ab und zu«, sagte sie. »Ich versuche es. Manchmal habe ich das Gefühl, Bilder würden nicht genügen. Es gibt Dinge, die man in Worten ausdrücken muss, ja, das hier ist ja ziemlich selbstredend.«

»Nicht für alle«, wandte ich ein. »Haben Sie schon etwas veröffentlicht?«

Sie schüttelte den Kopf. »Nein, ich habe nicht das Bedürfnis, es jemand anderen lesen zu lassen. Das Bedürfnis besteht nur darin, es zu formulieren, dieses Innere, was da nagt und drängt.«

Ich sagte ihr, dass ich verstünde, wovon sie sprach. Dass Lyrik und Prosa aus unterschiedlichen Quellen stammen und dass ich für meinen Teil nicht im Traum daran dächte, eine Lyriksammlung zu veröffentlichen. Das Gedicht in der *Perspektive des Gärtners* erfüllte eine andere Funktion als die poetische, ich behauptete, dass ich mir selbst nicht darüber im Klaren wäre, welche, dass dies aber bei einzelnen Komponenten in einem Romankonstrukt nicht ungewöhnlich sei.

Ich erinnere mich, dass ich an diesem verregneten Novemberabend in dieser Bar in Aarlach wirklich eine ganze Zeit lang versuchte, ihr diese Tatsache zu erklären, doch während ich noch dabei war, drängte sich mir ein ganz anderer Gedanke auf, und ich brach ab.

»Was ist?«, fragte sie. »Warum reden Sie nicht weiter?«

»Der Zeitpunkt«, sagte ich.

»Der Zeitpunkt?«

Ich trank einen Schluck Wein und dachte nach. »Ja«, sagte ich. »Er stimmt. Ich habe diese Zeilen auch im Mai geschrieben.«

»Interessant«, sagte sie. »Ich habe über diesen Aspekt schon nachgedacht. Wollte Sie genau danach fragen.«

»Das Buch ist Anfang Juni in Druck gegangen«, erklärte ich. »Aber ich kann mich daran erinnern, dass ich das Gedicht erst wenige Wochen vor Drucklegung im Kasten hatte. Ja, Mitte Mai, denke ich.«

»Vielleicht am fünfzehnten?«, fragte sie.

»Warum nicht?«, stimmte ich zu.

Eine Weile saßen wir schweigend da. Ein junges Paar kam und ließ sich am Tisch neben uns nieder. Winnie beugte sich vor und senkte ihre Stimme.

»Glauben Sie, dass ich lüge?«

»Nein«, antwortete ich. »Ich weiß nicht, warum, aber das glaube ich nicht.«

»Sie haben keine Angst, eine Wahnsinnige getroffen zu haben?«

»Nein.«

Sie sah mich an, als wollte sie den Wahrheitsgehalt meiner beiden Antworten ausloten. Soweit ich weiß, bestand ich den Test.

»Ich wollte nur Gewissheit haben«, sagte sie. »Ich möchte versuchen zu verstehen, wie so etwas möglich sein kann.«

Ein Kellner kam und nahm die Bestellung des jungen Paares auf, und wir saßen wieder eine Weile schweigend da. Dann holte ich tief Luft und versuchte eine Zusammenfassung.

»Zwei Personen«, sagte ich, »ein Mann und eine Frau, die einander nicht kennen, schreiben ungefähr zum gleichen Zeitpunkt sieben identische Gedichtzeilen. Wort für Wort identisch. Nein, ich habe keine Erklärung. Und ich bin Ihrer Meinung: Das ist schon etwas schockierend.«

»Hängen Sie einem Glauben an?«, fragte sie.

»Nein«, antwortete ich. »Ich betrachte mich nicht als gläubig.«

»In keiner Weise?«

»Was meinen Sie damit? Ich mag keine Vereinfachungen, das sollten Sie wissen, wenn Sie mein Buch gelesen haben.«

»Selbstverständlich«, erwiderte sie. »Ich wollte nur wissen, ob Sie sich vorstellen können, irgendeine Art von paranormaler Lösung zu akzeptieren?«

»Paranormale Lösung?«, wiederholte ich etwas irritiert. »Was zum Teufel meinen Sie denn damit?«

»Nennen Sie es, wie Sie wollen«, sagte sie nur, »Sie wissen schon, was ich meine.«

Was ich natürlich tat.

»Und wie ist es mit Ihnen?«, fragte ich zurück. »Welche Lösung akzeptieren Sie?«

Sie lachte laut auf. »Nicht besonders viele«, sagte sie. »Aber auf jeden Fall bin ich nicht so beschränkt, dass ich nur das schlucke, was ich begreifen kann.«

»So beschränkt bin ich auch nicht«, versicherte ich ihr. »Aber wenn Sie sich also eine Art von Erklärung denken können, warum sitzen wir dann hier?«

Sie lehnte sich zurück und sah mich mit einem Blick an, der … ja, was deutete er an? Dass ich nicht ganz ihren Erwartungen entsprach? Dass ich irgendwie ein Betrüger war und es ihr schuldig war, das eine oder andere zu erklären? Und wenn ja, was?

Vielleicht handelte es sich auch nur um diese natürliche weibliche Überlegenheit, die für einen Moment aus dem leichten Kräuseln ihrer Lippen schien. Auf jeden Fall spürte ich, wie zwei widerstreitende Impulse in mir kämpften. Der eine riet mir, mit der Faust auf den Tisch zu hauen, aufzustehen und das Lokal zu verlassen. Der andere, ihr Gesicht zu mir zu ziehen und sie zu küssen.

Wobei ich mir gar nicht so sicher bin, inwieweit diese Impulse einander wirklich ausschlossen.

»Aber begreifen Sie denn nicht?«, fragte sie schließlich. »Begreifen Sie nicht, dass ich den Mann, der irgendwo in seinem Inneren mit mir identisch sein muss, zumindest einmal treffen wollte?«

Danach zog ich es vor zu schweigen.

Auch Winnie schwieg. Ich goss den Rest aus der Karaffe in unsere Gläser, wir sahen einander mit einer Art erschlaffter

Kühnheit an und tranken aus. Ich bat den Kellner um die Rechnung, und nachdem ich bezahlt hatte und Winnie ihr schwarzes Notizbuch wieder in der Tasche verstaut hatte, legte sie ihre Hand auf meine.

»Trauen Sie sich, mit mir nach Hause zu kommen?«

»Wieso benutzen Sie so ein Wort?«, fragte ich. *»Trauen?«*

»Entschuldigen Sie«, sagte sie. »Ich habe das Gefühl, dass ich zusehen muss, die Oberhand zu behalten. Hätten Sie etwas dagegen, zu mir nach Hause zu kommen, das wollte ich sagen. Ich wohne nur fünf Minuten von hier.«

Es war ein Gefühl, als stünde ich mit der Hand in einer Trommel voller Lose da. Zur Hälfte Ja-, zur Hälfte Nein-Lose. Ich rollte den kleinen Papierzylinder auf und las die Antwort.

»Ja«, sagte ich, »ich glaube, ich will, und ich traue mich.«

Das ist mir seitdem im Kopf geblieben, dieses Bild einer Lostrommel. Einmal, ein paar Monate vor Sarahs Geburt, erzählte ich Winnie davon. Sie schlug mir darauf mit geballter Faust direkt ins Gesicht, meine Nase begann sofort zu bluten, und ich kann mich erinnern, dass ich, noch während ich im Badezimmer stand und versuchte, den Blutfluss zu stoppen, dachte, dass es genau das war, was ich verdient hatte.

Es war übrigens das einzige Mal, dass es zu einer Art Handgreiflichkeit zwischen Winnie und mir gekommen ist.

5

Mir ist klar, dass sie lebt. Jetzt ist es mir klar geworden.

Ich ziehe es vor, das Thema zu vermeiden. Es ist nicht das erste Mal, dass Winnie mit dieser Art von Behauptungen kommt, und meine übliche Reaktion ist, möglichst keine zu zeigen. Oft, wenn auch nicht immer, lässt sie die Sache dann fallen, und ich kann selten sagen, ob sie mein Desinteresse als reine Skepsis definiert. Oder denkt sie, dass ich sie nicht ernst nehme? Und deshalb das Thema nicht anspreche?

Weiterhin bin ich mir nicht im Klaren darüber, wie viel meine Skepsis für sie bedeutet. Vermutlich recht wenig, wenn es die noch lebende Sarah ist, die auf der anderen Waagschale liegt. Doktor Vargas gab mir den Rat, meiner Frau gegenüber nicht allzu viel in Frage zu stellen; er betonte das zweimal, sowohl als Winnie aus dem Krankenhaus entlassen wurde als auch beim letzten Mal, als wir uns sahen, ein paar Wochen, bevor wir hierherzogen. Ich kann mich noch an seinen forschenden, etwas schielenden Blick erinnern: *Ihnen ist klar, worum es geht, nicht wahr? Sie wissen, wie Sie mit ihr umgehen müssen, wenn Sie diese Sache gemeinsam bewältigen wollen?*

Keine Konfrontation. Keine Provokation. So habe ich es interpretiert. Gar nicht erst versuchen, meine Frau zu der Einsicht zu bringen, dass Sarah mit größter Wahrscheinlichkeit für alle Zeiten verloren ist. Ein dünner Hoffnungsstreifen kann einen Menschen länger am Leben halten, als wir es uns normalerweise vorstellen. In den meisten Fällen bis zu seinem natürlichen Ende.

Ebenso wahr ist, dass es das Schrecklichste ist, mit der Ungewissheit leben zu müssen. Es gibt verschiedene Arten von Wahrheiten, jeder sollte die finden, die er am besten ertragen kann.

»Ich möchte, dass du dir mein Bild ansiehst«, erklärt sie unvermutet, als ich aus dem Badezimmer komme. »Ich glaube, ich habe alles so eingefangen, wie es sein soll, aber du musst mir mit dem Letzten helfen.«

Sie hat die Leinwand bereits vom Loft heruntergeholt, jetzt dreht sie sie richtig herum und stellt sie auf einen der Küchenstühle. Schaltet ein Spotlight ein und richtet es direkt auf das Bild. Ich bin vorbereitet, kann mich aber dennoch nicht gegen den starken Eindruck wehren, den das Gemälde bei mir hinterlässt. Oder was immer es ist. Die Leinwand ist nicht größer als vierzig mal sechzig Zentimeter; Eiöltempera, das ist schon immer ihre Lieblingstechnik gewesen, das Motiv eines der üblichen, aber dieses Mal weist das Bild eine fast fotografische Schärfe auf.

Ein Stück unseres Rasens im Vordergrund, mit einer hellgelben Decke und ein paar Stofftieren. Der rote Briefkasten und die niedrige Steinmauer. Das parkende grüne Auto. Sarah, die in ihrem kurzen blauen Rock, ihrer etwas helleren Bluse und mit ihrer kleinen, abgewetzten Schultertasche auf dem Bürgersteig steht. Ihr rotbraunes Haar, das vom Wind etwas angehoben wird, man gewinnt den Eindruck, sie hätte mitten in einem Schritt innegehalten, wäre stehen geblieben, weil der Mann, der vor dem Auto steht, die linke Hand auf der Motorhaube, ihr gesagt hat, sie solle stehen bleiben. Er steht irgendwie ziemlich locker da, der Schwerpunkt liegt auf dem rechten Bein; er ist relativ groß und dünn, trägt dunkle Schuhe und eine lange Hose und einen dünnen Mantel, der fast, aber nicht ganz, den gleichen Farbton hat wie das Auto.

Er trägt ein weißes Hemd, das am Hals aufgeknöpft ist, und er hat kein Gesicht.

Auf der anderen Straßenseite stehen parkende Autos. Ein schwarzes, zwei rote, der vordere Teil eines weißen. Hinter den Autos ist der niedrige weiße Holzzaun zu sehen, der Henriksens Grundstück umzäunt, und rechts davon beginnt die mannshohe Buchsbaumhecke von Bluum. Der untere Teil der beiden Häuser scheint zwischen verschiedenen Bäumen und Büschen am oberen Rand des Bildes durch.

Ganz unten links hat sie das Datum in Weiß aufgeschrieben: 2006-05-05, sowie die Uhrzeit: 15.35. Es gibt kein natürliches Licht in dem Bild, keinen Sonnenschein, keine Schatten, alles ist erleuchtet, jedes einzelne Detail tritt mit unbarmherziger demokratischer Schärfe hervor.

Ich setze mich an den Küchentisch, ohne den Blick vom Gemälde zu lösen. Es ist das vierte oder fünfte Bild mit dem gleichen Motiv, das Winnie gefertigt hat, seit sie wieder angefangen hat zu malen, alle anderen hat sie verworfen, aber bisher hatte auch noch keines solch eine selbstverständliche Klarheit wie dieses hier. Irgendwie ähnelt es Hopper, abgesehen von der abgebremsten Bewegung des Mädchens. Ich habe die Vorahnung, dass sie dieses Bild behalten wird. Sie hat den entscheidenden Augenblick eingefangen, ihn aus dem schonungslosen Strom der Zeit herausgehoben und bewahrt.

»Das stimmt«, fragt sie. »Oder?«

»Ja«, bestätige ich. »Das stimmt.«

»So stand er da, als er mit ihr gesprochen hat, nicht wahr?«

»Ja, so stand er da.«

»Habe ich Sarah in der richtigen Haltung eingefangen?«

»Ja«, bestätige ich. »Das hast du.«

Ich stelle außerdem fest, dass ich der Zuschauer bin – oder genauer gesagt, dass der Betrachter des Bildes sich genau in der Position befindet, in der ich mich am 5. Mai 2006 um 15.35 Uhr befand.

In unserer Küche. Ich stand an der Kaffeemaschine, bin dann mit meinem frisch gebrühten Espresso ans Fenster gegangen, um nachzusehen, ob Sarah immer noch auf der Decke auf dem Rasen sitzt und mit ihren Stofftieren spielt.

Aber das tut sie nicht. Sie steht draußen auf dem Bürgersteig und redet mit einem unbekannten Mann in einem grünen Mantel, der gerade eben sein Auto neben unserem Briefkasten geparkt hat.

Winnie sieht, was ich sehe. »Ja«, bestätigt sie. »Das stimmt. Ich habe versucht, deinen Blickwinkel zu finden. Jetzt möchte ich nur noch, dass du mir bei seinem Gesicht hilfst.«

Ich habe fünfhundertfünfzig Mal versucht, dieses Gesicht zu beschreiben. Jede Stunde jeden Tages habe ich versucht, die Konturen hervorzuholen. Ich habe davon geträumt, ich habe bei der Polizei gesessen und Hunderte von Fotos angesehen; man hat mir Phantombilder gezeigt, manchmal hatte ich das Gefühl, dass es vor meinem inneren Auge hervortrat, aber es ist nie haften geblieben. Es war wie eine Fußspur im feuchten Sand, wie ein kurz aufleuchtender Blitz auf meiner Netzhaut, vollkommen unmöglich festzumachen.

Lang und schmal, glaube ich, so habe ich es den erschöpften Polizisten erklärt. Vermutlich war sein Haar dunkel, vermutlich ziemlich kurz geschnitten. Kein Bart, keine Brille.

Alter?

Schwer zu sagen. Nicht alt, nicht jung. Zwischen fünfunddreißig und fünfundvierzig vielleicht.

Vermutlich, wahrscheinlich, vielleicht.

»Das genügt«, sage ich meiner Frau. »Ich habe genug gesehen, alles ist vollkommen korrekt. Du kannst es wieder wegstellen.«

Das tut sie auch, während dieser Zeit hole ich eine Flasche Rotwein aus dem Schrank. Ohne zu fragen, schenke ich zwei Gläser voll, und schweigend sitzen wir einander am Tisch gegenüber, während wir austrinken und all den Geräuschen der Stadt lauschen.

6

Der Regen hatte nicht aufgehört, aber er war weniger geworden. Feiner, ein Schleier aus winzigen Wasserpartikeln, die geradezu spielerisch in der kühlen Nachtluft wehten, ohne landen zu wollen. Ein paar Grade kälter, und es wären Schneeflocken gewesen. Sie schob ihre Hand unter meinen Arm und drückte sich leicht an mich, ich konnte nicht entscheiden, ob das ein Zeichen dafür war, dass sie fror, oder für etwas anderes.

Wir hasteten durch menschenleere, nass glänzende Straßen, und nach kaum zehn Minuten waren wir über eine Eisenbahnbrücke gelangt, um einen Friedhof gegangen und hatten unser Ziel erreicht. Eine große Mietskaserne in dunklem Ziegelstein, Vierziger- oder Fünfzigerjahre, soweit ich es beurteilen konnte; ich war mir nicht sicher, ob ich problemlos wieder zu meinem Hotel zurückfinden würde. Aber es gibt ja Taxis, dachte ich. Selbst zu nachtschlafender Zeit, selbst in einer Stadt wie Aarlach.

Ihre Wohnung lag ganz oben. Sie schloss mit drei verschiedenen Schlüsseln auf, das erschien mir etwas sonderbar. Wenn man drei Schlösser an seiner Tür braucht, dann hat man entweder etwas äußerst Wertvolles drinnen. Oder man hat Angst vor etwas.

Sie führte mich nicht herum, weshalb ich keinen Eindruck

von der Größe der Wohnung bekam, aber das Wohnzimmer war geräumig mit einem großen Panoramafenster aus Sprossenscheiben, das auf eine Dachterrasse und dunkle Baumkronen zeigte. Mir wurde ein großer Ledersessel zugeteilt, sie verschwand in der Küche, und ich schaute mich um. Ein Bücherregal, zwei Gemälde und eine Palme, das war alles, abgesehen von der Sofagruppe mitten im Raum und einem gemauerten Kamin. Kein Fernseher, keine Teppiche auf den dunklen, breiten Holzdielen. Ich weiß noch, dass ich dachte: Schön. Hat Stil.

Beide Bilder waren leicht durch Spots beleuchtet, das eine zeigte einen einsamen Fischer in einem einfachen Boot draußen auf einem ruhigen See, das andere war abstrakt mit großen roten Flächen, die in dicken Schichten übereinandergelegt waren. Beiden fehlte ein Rahmen, beide waren groß; anderthalb Meter mal anderthalb Meter ungefähr. Ich überlegte, ob sie die wohl selbst gemalt hatte, und als sie mit einem Drink in jeder Hand zurückkam, fragte ich sie danach.

»Ja«, erklärte sie. »Das sind meine Bilder. Da war ich glücklich, da ging es mir nicht so gut.«

Sie zeigte zuerst auf den Fischer, dann auf das Rot. Ich dachte, dass ich auf jeden Fall das Bild vorzog, das sie gemalt hatte, als es ihr schlecht ging. Aber ich sagte nichts dergleichen, erklärte stattdessen, dass mir beide außerordentlich gut gefielen.

»Das glaube ich nicht«, widersprach sie mir und stellte die Gläser auf dem Tisch ab. »Entweder man mag das eine oder das andere, so ist es nun einmal.«

»All right«, sagte ich. »In dem Falle ziehe ich das rote vor.«

»Die Farbe der Liebe, des Bluts und der Revolution«, stellte sie fest. Sie setzte sich in den Sessel mir gegenüber, trat die Schuhe von den Füßen und zog die Beine unter den Körper.

Ich schnupperte an meinem Glas – Martini, ein wenig Gin, ein bisschen Limone, wenn ich mich nicht irrte. Ein Hauch von Zimt, intensiv und gut. Ich lehnte mich zurück und fragte mich, wieso zum Teufel ich in diesem schweren Sessel gelandet war, mit dieser mir unbekannten Frau auf der anderen Seite des Tisches.

Vielleicht stellte sie ähnliche Überlegungen an, auf jeden Fall saßen wir eine Weile schweigend da, nachdem wir an unseren Drinks genippt hatten. Eine Kirchenuhr begann irgendwo in der Nähe zu schlagen, ich versuchte die Schläge mitzuzählen, aber nach dem achten unterbrach sie mich.

»Was bedeuten sie für Sie?«

»Was?«, fragte ich. »Wer?«

»Na, die Gedichtzeilen natürlich. Über die Würmer. Wie interpretieren Sie sie?«

»Interpretieren?«, fragte ich. »Sie können doch nicht verlangen, dass ich meine eigenen Worte interpretiere?«

»Sie meinen, das sei eine Sache für die Kritiker?«

»Nein, für die Leser. Wenn es einer Erklärung bedurft hätte, dann hätte ich eine Fußnote geschrieben.«

Wir sprachen noch einige Minuten darüber. Und noch einmal über das Wort *Morgenröte.* Und ob man sich – in gewisser Weise – immer dessen bewusst ist, was man selbst schafft; dieselbe Frage stellt sich natürlich auch Malern und Komponisten und was es da sonst noch so gab. Man hat nicht das Recht, von dem Urheber zu erwarten, dass er sein Werk *erklärt.* Dann erzählte ich ihr von der Blindheit, die mich während der Lesung am Abend überfallen hatte, und wir diskutierten dieses merkwürdige Phänomen eine Weile, ohne auch nur im Geringsten eine Erklärung dafür zu finden, was da eigentlich passiert war.

Auch rätselten wir weiter darüber, wie es kommen konnte,

dass zwei Menschen jeder für sich zu so ziemlich dem gleichen Zeitpunkt an ganz verschiedenen Orten sieben identische Gedichtzeilen schafften.

Nachdem wir die Drinks geleert hatten, wechselten wir aufs Sofa. Ich dachte, dass jetzt wohl von mir erwartet wurde, sie zu verführen, oder dass sie mich verführen würde, aber dem war nicht so. Stattdessen begann sie mir aus ihrem Leben zu erzählen; ich nehme an, dass auch ich einiges von meinem eigenen Werdegang beisteuerte, aber es war zweifellos Winnie, die für den größten Part der Geschichtsschreibung verantwortlich war.

Sie war in Kairo geboren, wie sie erklärte. Aber in London, Reykjavik und Rom aufgewachsen. Ihr Vater war Diplomat gewesen und die Familie seinen Amtswechseln gemäß oft umgezogen. Ihre Eltern waren beide bei einem Verkehrsunfall ums Leben gekommen, als Winnie sechzehn Jahre alt war. Ihre Schwester Abigail war damals achtzehn. Ein paar Jahre lang lebten sie bei einer älteren, schwermütigen Tante in Haag, doch sobald es ihnen möglich war, stürzten sich beide Mädchen ins Leben. Gleichzeitig trennten sich ihre Wege, Winnie wurde an einer renommierten Kunstakademie in Amsterdam angenommen, Abigail begann ihr Jurastudium in Oxford.

Nach einem Jahr in Amsterdam lernte Winnie Frank kennen, wie sie erzählte, und nach einem weiteren Jahr heirateten die beiden. Beide hatten einigen Erfolg als Künstler, sie als Malerin, er als Bildhauer, und Anfang der Neunziger zogen sie nach Berlin, das als Europas Mekka der Künstler angesehen wurde. Winnie war damals vierundzwanzig Jahre alt.

Sie blieb sechs Jahre in dieser brodelnden, hektischen Stadt, bis zum Mai letzten Jahres, als sie sich scheiden ließen und sie beschloss, nach Aarlach zu ziehen.

Ruhe und Frieden, erklärte sie. Es war die Stille und das einfache Leben, das sie nach der hektischen Zeit in Berlin brauchte. Es waren gute Jahre gewesen, vor allem in beruflicher Hinsicht, aber jetzt war die Zeit für eine Veränderung gekommen.

»Warum habt ihr euch scheiden lassen?«, fragte ich.

»Das war eine einfache Entscheidung«, antwortete sie. »Er hatte eine andere. Und ich hatte aufgehört, ihn zu lieben. Wir hätten einander zerstört, wenn wir so weitergemacht hätten. Sie sind doch auch geschieden, dann wissen Sie wahrscheinlich, wovon ich spreche?«

»In gewisser Weise schon«, stimmte ich zu. »Aber wir haben einander nicht zerstört.«

»Was habt ihr dann?«

Ich überlegte, was Agnes und mich eigentlich dazu gebracht hatte, getrennte Wege zu gehen, genauer gesagt überlegte ich, was ich sagen sollte. Es gab eigentlich keine Veranlassung, die Wahrheit zu erzählen, auch wenn ich in meinen Gedanken über sie stolperte. Aber ich kann mich nicht mehr daran erinnern, was ich tatsächlich geantwortet habe.

Es dauerte ein halbes Jahr, bis mir klar wurde, dass auch Winnie es vorgezogen hatte, an diesem ersten Abend die Wahrheit zu verschweigen.

Aber wir liebten uns nicht.

Gingen nicht miteinander ins Bett und schmiegten nicht Haut an Haut. Nach ein paar Stunden und einigen weiteren Drinks bestellte sie ein Taxi. Wir tauschten unsere Telefonnummern aus und umarmten uns kurz im Flur, mehr war nicht. Als ich in mein Hotelbett fiel, war es Viertel nach drei, aber glücklicherweise hatte ich keinen Termin am folgenden Tag – abgesehen von einem Zug, den ich am späten Nachmittag nehmen musste.

Ich war wahrscheinlich auch betrunken, zumindest hatte ich einen heftigen Kater, als ich am nächsten Morgen aufwachte, und erst als ich in besagtem Zug saß und durch die schmutzigen Fenster auf eine noch schmutzigere Novemberlandschaft blickte, begann ich über die drei Ecksteine des vergangenen Abends nachzudenken.

Die Blindheit.

Die Würmer.

Winnie.

Aber über die möglicherweise vorhandenen Zusammenhänge zwischen diesen drei Erscheinungen machte ich mir keine Gedanken. Warum auch?

7

Nach einem bösen Traum wache ich ziemlich früh auf und gehe noch vor sieben Uhr hinunter ans Wasser. Es ist ein ruhiger, klarer Morgen. Das Wasser ist ein Spiegel. New Jersey funkelt. Ich gehe südwärts, bis hinunter zu The Battery, mit der Sonne im Gesicht, in einem Wechselstrom von Freizeitsportlern. Rollerblader, Radfahrer, Jogger. Und Hunde. Ich wünschte, Winnie wäre bei mir, wir könnten Hand in Hand gehen, es ist ein Morgen, wie geschaffen, um wunde Seelen zu heilen.

Aber sie ist noch daheim und schläft. Vielleicht hat sie auch nur so getan, in der Erwartung, dass ich gehe. Wir haben gestern Abend Wein getrunken und einen Film aus der Videothek angesehen. Anschließend sind wir noch rausgegangen und haben jeder unser Glas in Arthur's Tavern getrunken, einer kleinen Jazzkneipe in der 7th Avenue. Als wir irgendwann gegen Mitternacht ins Bett fielen, waren wir beide angetrunken. Winnie mehr als ich, doch es nützte nichts. Ganz gleich, wie die Umstände sind, wir finden nicht zueinander.

Ich kaufe eine Flasche Wasser an einem Stand im Battery Park und mache mich auf den Rückweg. Wieder am Wasser entlang. Überlege, ob ich nicht ins Jüdische Museum gehen sollte, von dem ich gelesen habe, lasse es aber sein. Merke es mir für später vor; stattdessen denke ich über Winnies Bild nach. Diese fotografische Genauigkeit und das Gesicht, das keine Konturen annehmen will.

Aber in meiner Erinnerung handelt es sich nicht um ein Foto. Es ist eine Filmsequenz von knapp zehn Sekunden. Ich stehe dort am Küchenfenster mit meiner Espressotasse in der Hand, vollkommen reglos, und betrachte das, was draußen vor sich geht.

Der Mann in dem dünnen grünen Mantel, der etwas sagt und eine Geste mit der Hand macht. Sarah, die nickt und aufs Haus zeigt. Vielleicht erklärt sie, dass sie dort wohnt, aber sie dreht nicht den Kopf, bemerkt nicht, dass ihr Vater im Küchenfenster steht und auf sie aufpasst. Stattdessen lacht der Mann, vielleicht lacht Sarah auch. Er streckt ihr die Hand entgegen, sie zögert eine Sekunde, nicht länger als eine Sekunde, dann ergreift sie sie. Warum zum Teufel gibt sie ihm die Hand? Er führt sie um das Auto herum, öffnet die rechte hintere Tür und lässt sie hinein. Geht zurück zur Fahrerseite, steigt ein, startet und fährt davon.

Ich werde meinen Kaffee nie austrinken. Lasse die Tasse auf der Anrichte stehen und renne hinaus auf die Straße.

Es ist zu spät. Das Auto ist bereits in der langgestreckten Kurve hinten beim Sportplatz verschwunden. Mein Anruf bei der Polizei wird um 15.43 Uhr registriert, acht Minuten, nachdem Sarah verschwunden ist. Wenn ich nicht erst versucht hätte, Winnie zu erreichen, wäre er noch zwei, drei Minuten früher eingegangen, aber das hätte auch nichts geändert.

Sie haben vorbildlich gehandelt, Herr Steinbeck, erklärte mir Kommissar Schmidt wiederholte Male, ich kann mich noch genau daran erinnern. Meistens fuhr er sich dabei mit der Hand über Wangen und Kinn, als wollte er kontrollieren, ob er auch nicht vergessen hätte, sich zu rasieren, und jedes Mal klang er ein wenig melancholisch. Auch wenn man das Richtige tut, ist das Ergebnis nicht immer dementsprechend, ich glaube, das war die einfache Wahrheit, die er vermitteln wollte.

Die meisten Kinder, die verschwinden, sind bereits mehrere Stunden fort, bevor ein Elternteil die Polizei anruft. *Sie haben sich ganz genau so verhalten, wie man es in so einer Situation tun sollte, Herr Steinbeck, Sie haben sich nichts vorzuwerfen.*

Es nützt nichts. Es hat uns siebzehn Monate lang keinen Millimeter weitergebracht und tut es auch nicht an diesem Morgen am Ufer des Hudson.

Ich betrete die Bibliothek bereits wenige Minuten nach Öffnung, aber Mr. Edwards sitzt schon an seinem Platz. Er schenkt sich gerade Tee aus seiner Thermoskanne ein und zeigt mit ihr fragend auf mich. Ob ich auch möchte?

Ich zeige zurück, dass ich mit meiner Wasserflasche zufrieden bin. Er nickt und beugt sich über seine Bücher und seine Papiere. Ich lasse mich an meinem Tisch nieder und tue das Gleiche.

Aber ich habe nur meinen Notizblock und meine Stifte. Meine Erinnerungen und meine abgenutzten Worte. Seine Einladung zu einem Gespräch werde ich ein andermal akzeptieren, beschließe ich, ein andermal. Zumindest nehme ich an, dass es bei seinem Angebot darum ging. Aber ich bin mir nicht sicher, möglicherweise ist Mr. Edwards auf seine Integrität bedachter als die meisten Amerikaner.

Ich fange sofort an zu schreiben. Ohne besonders großen Wert auf Stil und Nuancen zu legen, versuche ich unsere erste Begegnung zu beschreiben. Berichte von Blindheit und Gedichtzeilen, und ich bin verblüfft davon, wie ahnungslos ich gewesen bin. Aber andererseits: Warum hätte ich etwas ahnen sollen? *Was* hätte ich ahnen sollen? Es ist natürlich keine Kunst, im Nachhinein das eine oder andere festzustellen. Wahrscheinlich werde ich irgendwann, in ein paar Jahren oder vielleicht bereits in ein paar Monaten, diesen Herbst in New York mit einem anderen Blick betrachten werden als jetzt. Denn so ist es doch: Wir können nie genau fassen, was gerade geschieht und was noch geschehen wird. Wir können nur versuchen, uns dem, was geschehen ist, mit gewisser Überlegung anzunähern.

Zwei blinde Würmer… Erst später, nachdem ich Aarlach und diese zahlreichen Autorenabende hinter mir gelassen hatte, erinnerte ich mich daran, wie mir diese Zeilen in den Kopf gekommen waren. In einem einzigen Schub, Wort für Wort, als hätte ich tief in mir eine Stimme rezitieren hören und als ginge es nur darum, zuzuhören und die Worte aufzuzeichnen.

Vielleicht kommt das ja öfter vor als gedacht, wobei dann immer noch die Tatsache bestehen bleibt, dass Winnie ihre Zeilen mehr oder minder zu genau dem gleichen Zeitpunkt aufgeschrieben hat. Vielleicht hat sie die gleiche Stimme gehört. In der Nacht vom 14. auf den 15. Mai 1999 – ich in meinem Arbeitszimmer in Maardam, sie in ihrer Wohnung in der Sebastianstraße in Berlin. Dieser Umstand ist unbegreiflich, nicht einmal heute, nach so langer Zeit, kann ich mir einen Reim darauf machen.

Ich schreibe zwei Stunden lang, fast ohne den Blick vom Papier zu heben. Um Viertel nach zwölf verlasse ich die Bibliothek, lasse jedoch meine Tasche, meinen Block und meine Stifte auf dem Tisch liegen. Ich schlendere hinauf zu Monster Sushi in der Hudson Street, um etwas zu Mittag zu essen. Setze mich an einen Tisch auf dem Bürgersteig, und während ich esse, rufe ich Winnie an. Sie geht nicht dran, ich weiß nicht, ob sie malt oder ob sie schwimmt. Oder ob sie nur nicht mit mir sprechen möchte. Ich fühle mich plötzlich ungemein traurig, es ist ein Gefühl von fast unmittelbarer Körperlichkeit, ein Krampf oder eine plötzliche Kälte in der Brust, im Bereich rund ums Herz. Ich bestelle ein Glas Sake, um die bösen Geister zu vertreiben, obwohl es erst ein Uhr ist und obwohl ich noch mindestens zwei Arbeitsstunden in der Bibliothek vor mir habe.

Dann, als ich die Barrow Street überquere und einen Blick nach links werfe, entdecke ich sie. Winnie, meine Ehefrau in guten wie in schlechten Zeiten, auch sie ist auf dem Weg über die Barrow, aber in entgegengesetzter Richtung und auf der Parallelstraße Bedford. Höchstens fünfzig Meter von mir entfernt, nein, sicher nicht mehr als vierzig; sie geht mit schnellem Schritt, als wäre sie auf dem Weg zu etwas Wichtigem und ein wenig verspätet. Sie trägt ihr kurzes gelbes Kleid, und sie verschwindet nach nur wenigen Sekunden hinter einem Müllwagen und einer Häuserecke.

Ich bleibe stehen, zögere einen Moment lang. Dann eile ich hinter ihr her, doch als ich die Bedford erreiche und nach ihr Ausschau halte, ist sie bereits verschwunden. Ich gehe weiter die Christopher Street hinauf, schaue nach rechts und nach links, aber sie ist nirgends zu finden.

Nirgends. Ich zucke mit den Schultern und gehe zurück zu meiner Bibliothek in der Leroy.

Ein paar Stunden später kehre ich heim, und sie steht unter der Dusche. Ihr gelbes Kleid liegt mit Slip und BH auf dem Bett. Als sie ins Zimmer kommt, nackt bis auf ein Handtuch, das sie um die Haare gewickelt hat, erzähle ich ihr, dass ich sie gegen Mittag in der Bedford gesehen habe.

»Bedford?«, fragt sie. »Ich war heute nicht in der Bedford.«

Mir scheint, als hätte sie eine halbe Sekunde mit der Antwort gezögert, aber das kann auch Einbildung sein.

»Bist du dir da ganz sicher?«, frage ich.

»Natürlich bin ich mir sicher«, erwidert sie. »Ich habe am Union Square eingekauft, ansonsten war ich den ganzen Tag zu Hause. Ich habe versucht, dieses Gesicht zu malen, aber es geht nicht ohne deine Hilfe.«

»Es tut mir leid«, sage ich. »Dann muss ich mich geirrt haben.«

Aber ich bin nicht überzeugt. Und sie ist nicht wieder auf ihre Behauptung von gestern zurückgekommen. Dass ihr klar sei, dass Sarah noch am Leben ist. Ich bin eigentlich dankbar dafür, aber es ist schon merkwürdig, dass sie es nur ein einziges Mal erwähnt hat, ohne weitere Erklärungen dazu abzugeben.

Ich frage mich, ob es an der Zeit ist, Kontakt mit Doktor Vargas aufzunehmen, beschließe aber, noch eine Weile damit zu warten.

Sie sitzt auf einem Stuhl und reibt sich ihr Haar trocken. Sie ist immer noch nackt, und ich spüre eine heftige Sehnsucht nach ihr.

8

Es dauerte fast zwei Monate, bis wir uns wiedersahen.

Wir telefonierten nicht, wir schickten keine Briefe oder Emails. Währenddessen fand die Jahrhundertwende statt, ohne dass es zu irgendwelchen Millennium-Bug-Problemen gekommen wäre. Die Computer konnten immer noch benutzt werden, ich hatte wie die meisten in meiner Branche aus Sicherheitsgründen jedes Wort auf Papier ausgedruckt. Irgendwann im Januar warf ich ungefähr zweitausend Seiten in den Müll, später habe ich mich gefragt, wie viel Wald dieses blöde Gerede vom totalen Computercrash wohl gekostet hat. Und wie viel Geld diese falschen Sicherheitsexperten eingeheimst haben.

Mitte Januar verbrachte ich eine gute Woche in der Hütte meines Verlegers in Górabergen. Ich fuhr Ski, schrieb, las und trank Glühwein in meiner Einsamkeit, und genau wie im Dezember war sie in meinen Gedanken. Nicht die ganze Zeit, aber ab und zu, das will ich gar nicht leugnen.

Mein Verleger, Pieter Wachsen, kam zu mir und leistete mir am zweiten Wochenende Gesellschaft. Wir unternahmen lange Skitouren, wir aßen und tranken ausgiebig und gut, und wir diskutierten das eine oder andere, mein nächstes Buch betreffend, das im Herbst herauskommen sollte. Er ist gut und gerne zwanzig Jahre älter als ich, aber unsere Zusammenarbeit war immer ehrlich und vertrauensvoll. Manchmal kommt mir der Gedanke, er verstünde meine Bücher besser als ich selbst.

Am Sonntagnachmittag nahmen wir uns ein Taxi zum Bahnhof von Gernten, der nächsten Ortschaft, ungefähr dreißig Kilometer von der Hütte entfernt. Da es Sonntagabend war, war der Zug voll mit Reisenden, die das Wochenende für alle möglichen Freiluftaktivitäten genutzt hatten, aber wir hatten Plätze reserviert und setzten uns gegenüber von zwei Frauen, die bereits in Zeitschriften und Bücher versunken waren, als wir einstiegen.

Die eine von ihnen war Winnie Mason.

Es dauerte ein paar Sekunden, bis es mir klar wurde, sie schaute keinen Augenblick von ihrem Buch auf. Vielleicht hatte sie es aber auch nur ganz flüchtig getan, so dass sie mich nicht wiedererkannt hatte. Ich saß ihr direkt gegenüber, und plötzlich überfiel mich ein Gefühl von Verlegenheit. Als hinge diese Intimität, die zwischen uns bereits an jenem bewussten Abend in Aarlach vor zwei Monaten bestanden hatte, immer noch in der Luft und als ließe sich damit in der halböffentlichen Offenheit eines Zugabteils nicht umgehen. Natürlich konnte ich nicht einfach sitzen bleiben und so tun, als hätte ich sie nicht erkannt, das hätte die Sache nur noch schlimmer gemacht. Ich räusperte mich und beugte mich zu ihr vor.

»Zwei blinde Würmer«, sagte ich.

Sie ließ ihr Buch sinken und sah mich an, und die folgenden Sekunden entschieden alles. So war das, vielleicht war es mir bereits damals klar gewesen. Sie behielt nämlich ihre ernste Miene bei, reagierte nicht, indem sie in Lachen oder Verblüffung ausbrach, zeigte überhaupt keinerlei Anzeichen, dass sie überrascht davon war, mir wieder gegenüberzusitzen.

Als wäre es nur eine Frage der Zeit gewesen, wann es wieder so weit sein würde.

»Hallo«, sagte sie nur, und zwischen meinen pochenden Schläfen interpretierte mein Gehirn es als: Ach, da bist du ja endlich!

Es gibt eine Grenze dafür, wie lange Menschen einander in die Augen schauen können. Ist diese Grenze überschritten, verändert sich alles, und man erreicht diese Schwelle oftmals schneller, als einem bewusst ist. Man kann sich nicht darauf vorbereiten. Ich spürte ein kurzes Schwindelgefühl, das sich verflüchtigte, sobald sich der Zug wieder in Bewegung setzte.

Pieter Wachsen bemerkte wahrscheinlich, dass etwas Sonderbares zwischen mir und dieser für ihn unbekannten Dame vor sich ging, denn er hustete ein wenig herausfordernd und ließ einen Stapel Tageszeitungen auf meine Knie fallen.

»Pieter Wachsen«, stellte ich ihn vor. »Und das hier ist Winnie Mason.«

Sie schüttelten einander die Hand und begrüßten sich. Es vergingen drei schweigsame Sekunden. Winnie klappte ihr Buch zu.

»Ich wollte gerade in den Speisewagen und eine Tasse Kaffee trinken«, sagte sie dann. »Willst du mir nicht Gesellschaft leisten?«

Ihr »du« kam mit so einer deutlichen Direktheit, dass es meinen Verleger ausschloss, ohne verletzend zu sein.

Wir blieben anderthalb Stunden im Speisewagen. Als Pieter Wachsen mich später am Abend in seinem Auto vom Bahnhof in Maardam nach Hause fuhr, stellte er nur fest: »Ich nehme an, das war mehr als nur eine flüchtige Bekanntschaft. Darf man gratulieren?«

Ich erinnere mich nicht mehr, was ich geantwortet habe. Wahrscheinlich irgendetwas Ausweichendes, aber im Grunde genommen wusste ich, dass mein Leben gerade eine andere

Bahn eingeschlagen hatte und dass ziemlich viel von dem, was mir bis zu diesem Tag erstrebenswert und wichtig erschienen war, bereits beiseitegetreten war und bereitwillig Platz gemacht hatte für den oft beschriebenen und sich selbst verherrlichenden Zustand, den man Verliebtheit nennt.

Ganz einfach.

Am folgenden Wochenende besuchte sie mich in Maardam, und wenn es bis dahin noch irgendwelche Zweifel gegeben haben sollte, wie wir zueinander standen, so waren diese von dem Moment an wie weggeblasen. Wir leiteten unsere Beziehung ein, indem wir zwei Tage und zwei Nächte so gut wie durchgehend im Bett verbrachten, und in unserem Liebesstreben gab es eine Leichtigkeit und eine Verspieltheit, wie ich es noch nie zuvor erlebt hatte.

Winnie auch nicht, das gab sie unumwunden zu. »Aber«, fügte sie hinzu, »so muss es natürlich sein, wenn ein blinder Wurm den anderen findet. Wir sind füreinander bestimmt, wir können uns das eingestehen oder es zu leugnen versuchen. Was meinst du?«

»Ich finde, wir sollten es uns eingestehen«, antwortete ich.

»Das finde ich auch«, bestätigte Winnie.

Und dabei blieb es. Im Laufe des Frühlings verbrachten wir immer mehr Zeit miteinander, entweder fuhr ich zu ihr, oder sie kam zu mir, aber wir hatten beide eine gescheiterte Beziehung hinter uns und redeten uns ein, dass wir keine Eile hatten. Zumindest formulierten wir es so, aber im Monat Mai trafen wir eine Entscheidung. Ich hatte für drei Wochen ein Stipendium in Barcelona bekommen, Winnie folgte mir, wir wohnten in einer kleinen Zweizimmerwohnung in einer Seitenstraße der Rambla, und nach sieben Tagen in dieser erotischsten Stadt

Europas verlobten wir uns. Es war ein regnerischer Tag, am Abend zuvor hatten wir abgemacht, dass wir uns verloben würden, sollte es an einem Tag unseres Aufenthalts regnen, und die Antwort ließ nicht lange auf sich warten. Ein paar Wochen nach unserer Rückkehr zog sie bei mir in der Gerckstraat in Maardam ein.

Aber es gab Abmachungen, Bedingungen, die ich akzeptieren musste, bevor ich mit ihr unter einem Dach leben konnte. Winnie war in diesem Punkt sehr deutlich. An dem regnerischen Morgen, an dem wir uns verlobten, nahmen wir unser Frühstück im Bett ein, und währenddessen erklärte sie mir, dass sie, was ihr früheres Leben betraf, nicht ganz die Wahrheit gesagt hatte. Und Lügen am Anfang einer Beziehung waren wie Risse in den Grundfesten eines Hauses; ich erinnere mich, dass sie sich genau so ausdrückte und dass ich fand, es klang ein wenig melodramatisch. Aber ich hielt meinen Mund, natürlich, fragte stattdessen, was es denn für Lügen seien, die sie mir beichten wollte.

»Es betrifft meine frühere Beziehung«, sagte sie und fegte ein paar Krümel von der Bettdecke. »Ich hab dir doch erzählt, dass ich Frank im Mai letzten Jahres verlassen habe … nun, das stimmt nicht.«

Sie machte eine Pause. Ich wartete ab.

»Aber es ist keine Lüge im eigentlichen Sinne«, fuhr sie fort. »Es steckt eine große Trauer dahinter, und ich habe einfach nicht darüber reden können. Nicht einmal mit dir.«

»Eine Trauer?«, fragte ich.

»Ja.«

»Sprich weiter.«

Sie fegte weitere Krümel weg, bevor sie fortfuhr. »Ich habe mich nie entschlossen, Frank zu verlassen«, sagte sie. »So war das nicht, er war es, der mich verlassen hat. Er und unsere Tochter Judith. Sie war vier Jahre alt. Sie ...«

Sie brach erneut ab, holte ein paar Mal tief Luft und schien ihre Kräfte zu sammeln. Ich bin mir nicht sicher, ob mir wirklich klar war, was kommen würde, aber im Nachhinein habe ich es mir immer eingebildet. Eine große Erschöpfung, wie ich sie bisher noch nie an ihr gesehen hatte, stand ihr plötzlich ins Gesicht geschrieben und war ihrer ganzen Haltung zu entnehmen. Sie war so deutlich wie ein Blutfleck auf einem weißen Laken, und sie legte ihre Hände rechts und links an ihren Kopf. Es schien, als wollte sie ihn zusammenhalten, dann schloss sie die Augen und flüsterte mit brüchiger Stimme:

»Er ist hinter dem Steuer eingeschlafen. Sie sind auf dem Weg von Cottbus nach Berlin geradewegs gegen einen Betonpfeiler gefahren. Es sind jetzt sechshundertfünf Tage vergangen, seit es passiert ist.«

Sie stand aus dem Bett auf und ging ans Fenster. Blieb dort eine Weile regungslos stehen, die Arme hingen ihr am Körper herunter, während sie das Treiben unten auf der Straße zu betrachten schien. Sie stand da wie ein verlorenes Reh, verletzt und allen Raubtieren und dunklen Kräften der Welt ausgesetzt, und was mich betraf, so kam es in allererster Linie darauf an, sie zu verteidigen. Sie war vollkommen schutzlos, und meine wichtigste Aufgabe war es, ihr Schutz zu bieten. Nicht nur jetzt, sondern für alle Zeiten.

Doch ich sagte nichts, alle Worte erschienen mir zu leicht. Ich betrachtete ihre zerbrechliche Gestalt im Gegenlicht des Fensterrechtecks, während ich dachte, dass ich sie liebte und dass ich keine Sekunde vor meiner neuen Aufgabe zurückschreckte. Sie hatte ihren Mann und ihr Kind verloren; bestimmte Wunden hören nie auf zu bluten, aber man kann dennoch leben damit.

Auf jeden Fall musste man sich einreden, dass es möglich war. Nach einer Weile ging sie ins Badezimmer und schloss sich dort für zwanzig Minuten ein. Als sie wieder herauskam, bat ich sie, weiterzusprechen, wenn es denn eine Fortsetzung gab. Erneut blieb sie einen Moment lang am Fenster stehen, dann kroch sie zurück zu mir ins Bett und zog mich an sich mit einer Art von Hunger, von dem ich ahnte, dass er unersättlich war.

Wir liebten uns brutal, ein Kampf auf Leben und Tod.

Der Verlust von Judith und Frank hatte tiefe Spuren hinterlassen. Sie erzählte, dass sie nach der Beerdigung freiwillig in eine psychiatrische Klinik gegangen und dort zwei Monate lang geblieben war. So lange hatte es gedauert, bis sie überhaupt eine Möglichkeit sah, so ganz allein weiterleben zu können. Es war in erster Linie der Verlust der Tochter, den sie nicht akzeptieren konnte. Der Baum überlebt seine Frucht, doch ein Kind sollte nicht vor seinen Eltern sterben. Auch wenn sie eigentlich keinen richtigen Glauben hatte, war es ihr während dieser Zeit vollkommen natürlich erschienen, sich mit Judith auf der anderen Seite wieder zu vereinen. Vielleicht auch mit ihrem Mann, aber das war eine untergeordnete Frage.

Wegen dieser Gedanken war sie in die Klinik gegangen, erklärte sie. Als sie entlassen wurde, war sie mit ihnen fertig geworden, sie wollte sich nicht mehr das Leben nehmen, aber sie wusste, dass es kein leichter, leuchtender Weg war, der vor ihr lag. Und sie wusste noch etwas: Sie wollte nie wieder ein Kind haben.

Das also war die Bedingung, die sie mir nicht vorenthalten wollte. Auf keinen Fall. Auch wenn wir heirateten und Mann und Frau nach den Buchstaben des Gesetzes und der Kirche wurden, so konnte sie sich nicht vorstellen, noch einmal ein Kind auf die Welt zu bringen. Sie hatte Verständnis dafür, wenn ich das nicht akzeptieren konnte, aber es blieb ihr keine andere Wahl. Ein Kind zu bekommen und mit dem Risiko zu leben, dass es eines Tages wieder verschwinden könnte, war sowohl psychisch als auch physisch unmöglich für sie.

Genau so formulierte sie es. Es war psychisch und physisch unmöglich.

Ich musste nicht lange über diese Bedingung nachdenken. Ich war knapp dreißig Jahre alt, meine Eltern waren tot, mein genetisches Unikat an kommende Geschlechter weiterzugeben, erschien mir nicht als zwingend nötig. Als klar geworden war, dass Agnes, meine ehemalige Frau, keine Kinder bekommen konnte, war sie es gewesen, nicht ich, die unter diesem Bescheid litt. Es war auch ausschlaggebend für unsere Trennung, aber es war ihre Entscheidung gewesen, nicht meine.

»Du bist es, die ich liebe, Winnie«, versicherte ich ihr. »Wenn du keine Kinder haben willst, dann ist es eben so.«

Sie sah mich lange ernst an.

»Wenn du in einer Woche immer noch das Gleiche sagst, dann heiraten wir.«

Im August zogen wir in eine größere Wohnung in der Keymerstraat um. Am 30. Oktober heirateten wir in der Botschaft in Rom, und auf den Tag genau drei Monate später, am 30. Januar 2001 – und fast genau ein Jahr, nachdem wir uns in diesem Zug zwischen Gernten und Maardam getroffen hatten –, erklärte Winnie mir, dass sie schwanger sei.

9

Ich esse mit Frederick Grissman auf der Bleecker bei August zu Mittag. Ich habe es bereits zwei Mal verschoben, ein drittes Mal wäre eine Beleidigung.

Ich kenne Frederick Grissman nicht und habe keine Lust, ihn kennen zu lernen. Er ist mein Personaltrainer im Fitnesscenter, in das ich gehe. Er ist Teil des Startpakets: zwei Stunden Einweisung, wie man die Geräte benutzt, um den gewünschten Effekt zu erhalten, anschließend kann man ihn jeweils buchen, wenn man es für notwendig hält. Ich bin nicht der Meinung, dass es notwendig ist, aber bei den zwei obligatorischen Terminen haben wir uns ein wenig unterhalten.

Er ist ein gut gebauter Mann in den Dreißigern, ich glaube, er ist homosexuell, habe ihn aber nie danach gefragt. Das ist auch nicht wichtig in diesem Teil der Welt. Aber er weiß, dass ich hetero bin. Außerdem weiß er, dass ich Schriftsteller bin, und deshalb war er so erpicht darauf, mit mir Mittagessen zu gehen. Grissman ist nämlich auch Schriftsteller, nur hat er bisher noch nichts publiziert. Bis auf ein paar Novellen – die eine, die ich gelesen, aber nicht verstanden habe, in dem angesehenen The New Yorker. Er hat mindestens einen Roman im Computer, besucht mindestens drei Schreibkurse und hat mindestens zwei misslungene Selbstmordversuche hinter sich.

Letzteres ist schon länger her. Bevor er anfing zu schreiben, acht bzw. sechs Jahre ist das her, der letzte Versuch steht in unmittelbarem Zusammenhang mit 9/11, da sich sein Partner im World Trade Center befand, als es geschah, und in den Trümmern begraben wurde. Das hat er nur so nebenbei erwähnt, kurz und verbissen, und seine Art, sich auszudrücken, führte dazu, dass ich das Geschlecht seines Partners nicht bestimmen konnte. Ich habe auch nie nachgefragt, es kann sich also auch um eine Frau gehandelt haben.

Grissman ist außerdem Schauspieler. Er hatte einige kleinere Rollen in Off-Off-Broadwaytheatern, und er leitet unsere Lunchkonversation damit ein, dass er erzählt, dass er zum Vorsprechen für »Tod eines Handlungsreisenden« gewesen ist. »Es ist wie üblich total danebengegangen«, erklärt er und lacht gekünstelt. »Ich habe es vermasselt. Sie werden den erstbesten anderen nehmen oder das Stück ganz streichen, nur damit sie mich nicht sehen müssen.«

»Das tut mir leid«, sage ich.

»Das braucht es nicht«, erwidert er. »Übrigens glaube ich, dass der Regisseur mich nur verabscheut hat, weil ich so durchtrainiert bin. Ich habe überlegt, ob ich nicht ernsthaft anfangen sollte zu saufen, das braucht man offenbar, um die richtigen Rollen zu kriegen. Dieses Jack-Nicholson-Gesicht. Aber mein Vater ist an einer Schrumpfleber gestorben, vielleicht habe ich es eh in meinen Genen. Habe ich mal von meinem Vater erzählt?«

Ich antworte nicht. Schaufele den Rest der Nudeln in mich hinein und denke, dass Offenheit in dieser Stadt etwas Erstickendes an sich haben kann. Jeder Erstbeste benutzt jeden Erstbesten als seinen Therapeuten.

Dann fragt er nach meiner Frau. Als er Winnies Namen erwähnt, klingt es, als spräche er von einem Gebäck. Einem leckeren kleinen Cupcake aus dem Magnolia-Café. Er hat sie nur ein Mal gesehen, aber mir ist klar, dass er sie für eine Offenbarung hält.

»Wie geht es deiner wunderbaren Frau?«, fragt er. »Findet sie in dieser verrückten Stadt Inspiration? Findet sie das Vergessen?«

Aus irgendeinem Grunde habe ich ihm von Sarah erzählt. Während wir bei August sitzen, wird mir klar, dass ich alles bereue, was ich Frederick Grissman überhaupt erzählt habe, und was mich am meisten irritiert, ist das Gefühl, dass ich ihm nicht ausweichen kann. Ich habe eine verhältnismäßig hohe Gebühr dafür bezahlt, dass ich das Fitnesscenter in der Greenwich Avenue ein Jahr lang benutzen kann, und jedes Mal, wenn ich dorthingehe, besteht das Risiko, dass ich auf ihn stoße.

Ich erkläre ihm, dass es meiner wunderbaren Frau gut geht und dass ich es ein wenig eilig habe. Wir überspringen Dessert und Kaffee, teilen uns die Rechnung, und als ich mich an der Ecke Grove und Beecker von ihm verabschiede, fühle ich die übliche Mischung aus Erleichterung und schlechtem Gewissen. Ich ertrage Menschen nicht mehr, ich bin noch nicht einmal vierzig und schon dabei, ein Sonderling zu werden.

Aber es ist nicht nur die Verärgerung über Grissman, die an diesem Tag an mir nagt. Es hat auch etwas mit Winnie zu tun. Etwas, das sie mir nicht erzählt; vielleicht hängt es damit zusammen, dass Sarah noch am Leben sein soll. Sie ist nicht wieder darauf zurückgekommen, als ob es etwas wäre, das ich nicht verstehe oder von dem ich mir keine korrekte Vorstellung machen kann. Ich nehme an, es handelt sich um eine innere Überzeugung, die ihr gekommen ist; sie kann einen Traum gehabt haben, in dem Sarah aufgetaucht ist und in dem Sarah ihr erzählt hat, dass sie lebt, so etwas ist schon ein oder zwei Mal passiert.

Sie will natürlich meiner Skepsis aus dem Weg gehen. Wie gesagt. Ich ärgere mich über mich selbst, das gehört auch zur Sache. Ich schleiche um sie herum wie die Katze um den heißen Brei, aber was zum Teufel soll ich denn tun? Bitte, was?

Dieses Bild von ihr in dem gelben Kleid auf der Bedford haftet noch auf meiner Netzhaut. Habe ich mich wirklich geirrt? Sollte ich meine eigene Ehefrau auf vierzig Meter Entfernung nicht erkennen? Das halte ich für ausgeschlossen. Etwas ist mit Winnie in den letzten Tagen passiert, sie ist dabei, sich zu verändern, und ich fühle mich mehr und mehr ausgeschlossen. Vielleicht bin ich auch einfach nur müde; ich habe mehrere Nächte hintereinander schlecht geschlafen, und ich wünschte, ich könnte sie einfach zur Rede stellen und direkt zur Sache kommen. Was ist los, Winnie? Was geht hier vor? Verdammt noch mal, was? Aber wir haben nicht mehr diese Art von Beziehung, und Doktor Vargas hat mir sehr eindringliche Instruktionen gegeben, was diese Sachen betrifft: *Nehmen Sie ihr nicht die Hoffnung. Lassen Sie ihr die Träume von einem guten Ende, Sie müssen sie nicht unterstützen, aber Sie dürfen sie nicht mit dem brutalen Nudelholz der Vernunft zerstören.*

Das brutale Nudelholz der Vernunft? Er drückt sich gern phantasievoll aus, unser Doktor Vargas. Ich überlege erneut, ob ich ihn anrufen soll, entscheide mich aber dafür, es noch ein paar Tage aufzuschieben. Noch ein paar weitere Tage. Ich kaufe bei Out Of the Kitchen an der Ecke Hudson/Leroy einen Becher Kaffee und nehme ihn mit in die Bibliothek. Mr. Edwards nickt mir freundlich aus seiner Ecke zu, wie immer, aber wir sind noch lange nicht so weit, miteinander zu sprechen. Ich lasse mich an meinem Tisch nieder, schließe die Augen und hole fünf Mal tief Luft. Betrachte ein paar Sekunden lang die immer noch grünen Bäume draußen im Park, lausche den Rufen der Ballspieler, bevor ich anfange, dort weiterzuschreiben, wo ich vor zwei Stunden aufgehört habe.

Abends gehen wir aus, essen im A.O.C., einem kleinen französischen Lokal an der Bedford, gleich um die Ecke unserer Wohnung. Winnie scheint offensichtlich besorgt über etwas zu sein, sie ist nicht bei der Sache, und nach anderthalb Gläsern Wein rückt sie damit heraus.

»Barbara hat angerufen«, sagt sie. »Ich weiß nicht, warum ich überhaupt rangegangen bin, ich will gar keinen Kontakt mit ihr haben.«

»Hat sie deshalb angerufen?«, frage ich. »Weil sie Kontakt zu dir haben möchte?«

Winnie zuckt mit den Schultern. »Nehme ich an. Sie kommt in ein paar Wochen nach New York, aber ich habe gesagt, dass wir dann vielleicht verreist sind.«

Ich nicke. Barbara ist eine Cousine von Winnies Mutter. Sie ist irgendwann in den Siebzigern in die USA gezogen; wohnt ein paar Tagesreisen weiter westlich, außerhalb von Billings im Staat Montana. Winnie hat sie nie getroffen, ich natürlich auch nicht, aber ihre Mutter hat offensichtlich einen gewissen Kontakt aufrechterhalten. Ich weiß nicht, woher sie weiß, dass wir uns in Manhattan befinden, vielleicht hat sie es von irgendwelchen anderen Verwandten erfahren. Auf jeden Fall bekam Winnie bereits wenige Tage, nachdem wir in der Carmine Street eingezogen waren, eine Email von ihr.

»Ich glaube, sie ist nicht ganz richtig im Kopf«, sagt Winnie. »Meine Mutter hat sie nie gemocht, sie ist mit einem ökologischen Bienenzüchter verheiratet, und sie produzieren jede

Menge makrobiotisches Gemüse. Außerdem Honig und Gelee Royale natürlich. Mein Gott, sie muss über fünfundsiebzig sein, ihr Kerl sieht aus wie Dostojewski!«

»Woher weißt du das?«

»Ich habe ein Foto von ihnen gesehen. Darauf stehen sie vor ihrer roten Scheune wie richtige Siedler, ich glaube, er hat sogar eine Heugabel in der Hand. Wenn es irgendwelche Menschen gibt, die wir auf keinen Fall treffen sollten, dann sind das Barbara und Fingal Kripnik.«

»Kripnik?«, frage ich nach.

»Ja, genau«, sagt Winnie.

Ich stelle fest, dass es sie trotz allem ein wenig amüsiert, die beiden auf diese Art und Weise zu beschreiben, und einen kurzen Moment lang ist es die alte Winnie, die mir an dem Restauranttisch gegenübersitzt. Sie trägt ein einfaches schwarzes Kleid, das sie in der ersten Woche hier in New York gekauft hat, und sie ist sehr, sehr schön. Dicht neben uns sitzt ein Paar um die fünfundzwanzig, sie sehen frisch verliebt aus, stecken die Köpfe über den Tisch hinweg dicht zusammen, sie hat ein Buch neben dem Teller liegen, und ab und zu liest sie ihrem Geliebten wohl ein paar Zeilen vor. Flüstert sie ihm ins Ohr, damit nicht das ganze Lokal etwas davon mitbekommt; ich versuche herauszufinden, was für ein Buch es ist, doch es gelingt mir nicht. Ich denke mir, dass das Leben doch in vielerlei Hinsicht einfacher wäre, wenn das Gedächtnis wie ein Computer funktionierte, bei dem man die Dinge, die man nicht mehr erträgt und mit denen man nicht umgehen kann, einfach löscht. Zwei verlorene Kinder beispielsweise. In meinem Fall nur eins. *Delete*, und dann einfach weitermachen.

Aber in diesem Fall wären Fingal und Barbara Kripnik schon vor langer Zeit gelöscht worden, und wir hätten nichts gehabt, worüber wir reden können. Winnie verstummt nach einer Weile, schaut über meine Schulter hinweg aus dem Fenster. Ich drehe den Kopf – eine ansehnliche Reihe von Menschen und Taxis bevölkern da draußen die enge Straße, aber ich denke nicht, dass sie sie sieht. Mir ist schon klar, dass sie an Sarah denkt, irgendetwas in ihren Augen verrät mir immer, wenn sie von diesen Gedanken erfüllt ist. Die Pupillen verengen sich, ziehen sich zusammen, als könnten sie es nicht länger ertragen, dass Licht ins Bewusstsein dringt. Die Bilder, die Winnie sieht, entstehen in ihr selbst, aus dem Vergangenen, nicht aus unserer jetzigen Umgebung: den Jakobsmuscheln auf unseren Tellern, dem Wein in unseren Gläsern, den eingerahmten Schwarzweißfotos an den Wänden, den Menschen um uns herum in dieser Ecke des dicht bewohnten, brodelnden Stadtteils des Nabels der Welt und meiner eigenen traurigen Gestalt. Genauso verhält es sich mit ihren anderen Sinnen; auch sie liegen brach in Erwartung einer Rückkehr.

»Wie bitte?«, fragt sie nach einer Weile, obwohl ich gar nichts gesagt habe. »Was hast du gesagt?«

»Ich habe nur gefragt, ob du heute etwas gemalt hast«, sage ich.

Sie schüttelt den Kopf. »Ich warte auf dieses Gesicht.«

Sie sieht mich ein wenig herausfordernd an. »Es tut mir leid«, sage ich. »Ich versuche es, aber es klappt nicht.«

Wozu sollte es gut sein, wenn ich mich wirklich erinnern könnte?, denke ich. Was wäre damit gewonnen? Wenn es uns tatsächlich gelänge, den Mann zu identifizieren, der unsere Tochter entführt hat? Ja, natürlich, nichts könnte wichtiger sein, aber es scheint, als wollten meine Gedanken es heute Abend einfach leugnen. Auslöschen und vergessen, wie gesagt. Weder Winnie noch ich haben die vierzig erreicht, es ist statistisch durchaus möglich, dass wir einen großen Teil unseres Lebens noch vor uns haben. Sie legt ihre Hand auf meine. »Das macht nichts«, sagt sie. »Ich weiß so oder so, dass sie lebt.«

Mir wird plötzlich übel. Ich verlasse den Tisch und suche die Toilette auf.

Später am Abend, vielleicht ist es schon nach Mitternacht, liegen wir noch wach im Bett und starren durch unser kleines Dachfenster hinauf zum Himmel. Schweigend liegen wir da, Seite an Seite auf dem Rücken, und der Abstand zwischen uns scheint größer zu sein als der Abstand zu den Sternen da oben. Ein Bild taucht in meiner Erinnerung auf, aus dem Sommer, bevor Sarah verschwand. Ich möchte eigentlich lieber nicht daran denken, aber es gibt keinen Schutz vor den Bildern. Nicht zu dieser Tageszeit, ich wünsche mir nur, dass der Schlaf mich nicht auch in dieser Nacht wieder im Stich lässt.

Wir hatten ein Haus außerhalb von Oostwerdingen gemietet. Nicht direkt an der Küste, sondern ein paar Kilometer landeinwärts lag es in den Dünen. Ein altes, heruntergekommenes, baufälliges Holzhaus, das einem ziemlich berühmten Konzertpianisten gehört hatte, aber nach seinem Tod in die Hände der Erben gefallen war. Da sie sich offensichtlich in allem uneinig waren, konnten sie sich auch nicht darüber einigen, das Haus entweder zu nutzen oder es zu verkaufen. Stattdessen vermieteten sie es an Sommergäste. Das war zumindest die Information, die ich ganz im Vertrauen vom Makler erhalten hatte.

Es war groß, hatte einen gewissen Charme, aber war nicht besonders praktisch, um eine lange Geschichte kurz zu machen. Wir zogen Anfang Juni ein und wohnten dort bis Mitte August. Wir hatten beide, Winnie und ich, einiges an Arbeit mitgenommen.

Ich war dabei, das zu schreiben, was mein siebter Roman werden sollte (Arbeitstitel *Der springende Punkt*, immer noch nicht erschienen, trotz mehr als sechshundert Seiten chaotischen Textes), Winnie malte für eine Ausstellung in Hamburg mit Vernissage im Oktober.

Es war in vielerlei Hinsicht ein reicher Sommer, der letzte, bevor sich alles veränderte. Aber das Bild, das mir immer noch am stärksten vor Augen steht, ist das von dem Abend, als wir mit einem Mal Sarah nicht finden konnten.

Unser Haus lag etwas abgelegen am Rande eines kleinen Ortes namens Wermlingen. Das Grundstück wurde auf zwei Seiten von Laubwald begrenzt, in erster Linie Buchen, auf den anderen beiden von Getreidefeldern. Normalerweise arbeitete ich auf der schattigen Veranda, die auf den zugewachsenen Garten führte. Winnie malte meistens im ersten Stock, wo zwei große Dachfenster viel Licht hereinließen. Sarah, die es gewohnt war, sich allein zu beschäftigen, hielt sich fast immer im Garten auf, wo sie ein Planschbecken hatte, das wir jeden Morgen mit frischem Wasser füllten, eine alte Schaukel, die in einem Apfelbaum hing, und ein kleines Indianerzelt, in dem sie ihre Spielsachen aufbewahrte.

So war es auch an diesem Abend, doch als ich, wie ich es immer mal wieder tat, einen Blick vom Computer hob, um zu sehen, ob sie noch da war, konnte ich sie plötzlich nirgends entdecken. Ich erhob mich von dem knarrenden Korbstuhl, rief ihren Namen, erhielt jedoch keine Antwort. Ich ging in den Garten hinaus, schaute ins Zelt, obwohl ich wusste, dass es eigentlich zu klein war für sie, rief noch einmal nach ihr.

Keine Antwort. Ich ging ums Haus herum, kehrte zur Veranda zurück, ging weiter hinein ins Wohnzimmer und in die Küche, während ich ununterbrochen ihren Namen rief. Winnie kam herunter und fragte, was denn los sei. Ich erklärte ihr, dass ich nicht wüsste, wo Sarah geblieben war.

Winnie erblasste und sank auf einem Küchenstuhl nieder, faltete die Hände und schaute mich mit einem Blick an, wie ich ihn noch nie zuvor bei ihr gesehen hatte. Eine Sekunde lang fürchtete ich, sie könnte in Ohnmacht fallen. Sie war ganz weiß im Gesicht und atmete mit offenem Mund.

»Finde heraus, wo sie ist«, flüsterte sie. »Bitte, Erik, finde heraus, wo sie ist.«

Sie selbst blieb am Küchentisch sitzen, reglos wie eine Statue. Ich ahnte eher, als dass ich begriff, was in ihrem Kopf vor sich ging, und ich tat mein Bestes, Ruhe zu bewahren. »Keine Sorge«, sagte ich. »Bleib du hier drinnen, ich werde rausgehen und herausfinden, wo sie ist.«

»Bist du sicher, dass sie nicht im Haus ist?«, fragte Winnie, immer noch mit einer Stimme, die nicht trug.

»Das glaube ich nicht«, antwortete ich. »Aber schau du dich doch im Haus um, dann suche ich draußen.«

Sie machte jedoch keinerlei Anstalten, ihren Platz am Küchentisch zu verlassen. Ich nickte, strich ihr etwas linkisch über den Rücken und ging hinaus. Schaute auf die Uhr, es war kurz nach halb sieben, es würde erst in einigen Stunden dunkel werden.

Zuerst suchte ich noch einmal den Garten ab, dann begann ich planlos immer größere Kreise zu ziehen – im Buchenwald, entlang des schmalen, nicht befahrenen Wegs, der am Haus vorbeiführte, die Treckerspuren entlang, die in verschiedenen Richtungen über das Getreidefeld liefen.

Ich weiß nicht, wie viel Zeit darüber verstrich, vermutlich waren es nicht mehr als zehn oder fünfzehn Minuten, doch während ich suchte und nach Sarah rief, wusste ich, dass ich unter keinen Umständen ohne unsere Tochter zurück ins Haus kommen konnte. *Nicht ohne meine Tochter,* der Titel eines spektakulären Bestsellers, tauchte immer wieder kurz in meinem Kopf auf, ich erinnere mich, dass ich das aus irgendeinem Grund unpassend fand. Wie die meisten Eltern – unabhängig von Lebensanschauung und Glauben – es in so einer Situation wohl tun, betete auch ich zu Gott, ein wortloses, verwirrtes Gebet dahingehend, dass ihr nichts passiert sein möge, dass ich bereit war, alle möglichen Opfer zu bringen, wenn sie nur nicht …

Als ich sie endlich fand, war es das schönste Bild, das ich jemals sehen würde in meinem Leben. Das war mir augenblicklich klar. Nichts würde dies jemals übertreffen können. Wenn alles einmal ein Ende finden muss, wäre dieser Moment perfekt dafür gewesen.

Sie kam mir auf einem der Feldwege entgegen, das reife Getreide reichte ihr fast bis über den Kopf, sie sang leise vor sich hin und trug in der Hand einen großen Strauß wilder Blumen. Die untergehende Sonne ruhte auf dem Waldrand im Westen.

»Sarah«, rief ich, und als sie mich entdeckte, lachte sie mit ihrem ganzen Körper, wie es nur ein glückliches Kind tun kann.

»Ich habe für Mama und dich Blumen gepflückt«, sagte sie. »Guck mal.«

Als wir die Küche betraten, saß Winnie immer noch dort am Tisch. Als sie uns sah, fürchtete ich erneut, sie könnte ohnmächtig werden. Sie zog Sarah zu sich auf den Schoß, umarmte sie so fest, dass es weh tun musste, aber Sarah lachte nur. »Blumen«, sagte sie. »Es gibt tausend Blumen da draußen. Guck mal, Mama.«

»Gütiger Gott«, flüsterte Winnie. »Lass es nie wieder geschehen.«

Doch zehn Monate später geschah es wieder. Auch dieses Mal schickte ich Gebete zum Himmel. Mehr und mehr gehe ich dazu über, die Episode in Wermlingen als Omen zu betrachten.

10

Wir sprachen nur selten über Judith und Frank. Ich griff das Thema manchmal auf, aber Winnie wollte nur ungern Details preisgeben, und ich konnte sehen, wie weh es ihr tat, zu diesen Ereignissen zurückzukehren. Es war auf dem Heimweg von Cottbus nach Berlin passiert; Frank war mit einem größeren Projekt in Cottbus beschäftigt gewesen, und manchmal nahm er die Tochter mit, um Winnie zu entlasten. Die Arbeitstage konnten lang werden. Als das Unglück passierte, war es schon nach elf Uhr abends, höchstwahrscheinlich war er hinterm Steuer eingeschlafen.

Viel mehr erfuhr ich nie. Man muss vergessen dürfen, sagte Winnie. Entschuldige, aber ich bin nicht in der Lage, darüber zu sprechen, ich wäre dir dankbar, wenn du das respektierst.

Und das stimmte auch, wie ich feststellen konnte; bei den seltenen Gelegenheiten, an denen wir über das Unglück sprachen, war Winnie hinterher jedes Mal stundenlang in sich gekehrt und niedergeschlagen. Als sie dann entgegen ihrem ausdrücklichen Wunsch schwanger wurde, gab es natürlich noch weniger Grund, sie an das zu erinnern, was gewesen war. Es war Ende Januar, als sie mir erzählte, in welchem Zustand sie sich befand, und zu diesem Zeitpunkt wusste sie es bereits seit fünf Tagen und hatte die Tatsache akzeptiert.

Vielleicht hatte sie mit der Pille nicht aufgepasst, wie sie behauptete, vielleicht hatte ihr das Unterbewusstsein auch einen Streich gespielt. Offenbar gefiel ihr diese Unklarheit, und mir auch.

Der Zeitpunkt, den sie aussuchte, um es mir mitzuteilen, war etwas ungewöhnlich; zumindest kommt es mir so vor, ich habe keine anderweitigen persönlichen Erfahrungen, auf die ich mich berufen könnte. Sie tat es in einem Kinosaal, es waren ungefähr fünf Minuten des Films vergangen, als sie sich zu mir beugte und flüsterte: »Wir bekommen ein Kind, Erik.«

Zuerst verstand ich gar nicht, was sie da sagte – jemand in der Bankreihe hinter uns raschelte mit Papier –, doch als sie es wiederholte und ich die Botschaft voll und ganz begriffen hatte, wollte ich natürlich all meine Freude und Überraschung, die in meinem Kopf durcheinanderwirbelten, zum Ausdruck bringen, aber Winnie legte mir nur einen Zeigefinger auf die Lippen und sagte, ich solle mich lieber auf den Film konzentrieren.

Er hieß »Schwarze Tage, weiße Nächte«, ich glaube, er war kanadisch, und ich kann mich an keine einzige Szene mehr erinnern.

Sarah wurde am 28. Oktober 2001 geboren, zwei Tage vor unserem Hochzeitstag. Die Schwangerschaft verlief problemlos, abgesehen von den letzten Wochen, in denen Winnie Rückenschmerzen bekam und gezwungen war, die meiste Zeit halb liegend zwischen diversen Kissen auf unserem Wohnzimmersofa zu verbringen. Die Geburt selbst dauerte vier Stunden, gerechnet von dem Moment, als wir ins Krankenhaus kamen, und Winnie erklärte, dass sie nur ungefähr ein Zehntel so schmerzhaft war wie Judiths Geburt.

Wir waren inzwischen noch einmal umgezogen, nach Saaren, wo wir uns ein Haus am Rande der Stadt gekauft hatten. Eine typische kinderfreundliche Obere-Mittelschicht-Gegend mit Parks, Schulen, Bibliothek, Einkaufszentrum und überwiegend freistehenden Häusern. Ich merke, dass es mir schwer fällt, über diese Zeit zu schreiben, aber ich weiß, dass ich es muss; das ist ja der Sinn des Ganzen. Zumindest teilweise, wenn es denn überhaupt einen Sinn gibt. Ich rede mir ein, dass es notwendig ist, es gibt da etwas, das ich zu begreifen oder zumindest zu erahnen versuche, eine Art Erklärung oder Korrespondenz ganz am Rande meines Blickfelds; ich kann nicht sagen, woher dieses Gedankenkonstrukt kommt, aber ich fühle, dass dieser gesamte Lebensabschnitt, den ich in Worte zu fassen versuche – all diese Tage, Monate und Jahre, die vorbeigezogen sind und so bedeutungsvoll und pulsierend erschienen, während ich mitten in diesem Leben steckte, während sie doch gleichzeitig etwas Geheimnisvolles, nur schwer Fassbares und vielleicht auf lange Sicht hin Destruktives in sich bargen –, plötzlich in einen vergessenen, geschichtslosen Sumpf versunken ist, und dass der Versuch, diese eingebildeten Schlüssel herauszufischen, zu rein gar nichts dient.

Schlüssel wozu?, frage ich mich. Um etwas aufzuschließen oder um etwas zu verschließen? Was kann man mit dem Leben tun, abgesehen davon, zu versuchen, es zu leben?

Wir lebten also dort, fünf Jahre lang, in der Wallnerstraat 24 im Stadtteil Zwingen in Saaren. Winnie, ich und unsere Tochter Sarah. So war es, ob nun geschichtslos oder nicht: Zeit wie auch Ort stehen unleugbar fest, sind unverrückbar in die Kategorie Unbestreitbare Fakten eingeschrieben.

Da sowohl ich als auch Winnie freiberuflich arbeiteten, machten wir uns nicht die Mühe, in den ersten Jahren nach einer Kinderbetreuung Ausschau zu halten, aber ab September 2004 hatten wir ein Au-pair-Mädchen. Sie hieß Anne und kam aus Norwegen, wir teilten sie uns mit der Familie Nesbith im selben Viertel. Anne arbeitete vier Tage in der Woche bei Nesbiths, wo sie auch ein Zimmer im ersten Stock hatte. Diese hatten zwei Kinder, Emily und Casper, und montags bis donnerstags lieferten wir Sarah dort ab; freitags kamen Anne und die Nesbith-Kinder zu uns ins Haus, und Winnie und ich hielten uns dann meistens fern. Erledigten an diesem Wochentag Dinge im Zentrum und gönnten uns meist den Luxus, bei Kramers unten am Fluss oder im Mephisto zu Mittag zu essen.

In diesem Rhythmus – abgesehen vom Sommer 2005, den ich bereits beschrieben habe – lebten wir, bis Anne Saaren verließ und zurück nach Trondheim ging. Das war im April 2006, ungefähr einen Monat, bevor Sarah verschwand, was unmittelbar damit zusammenhing, dass sie ein halbes Jahr lang ein Verhältnis mit Herrn Nesbith gehabt hatte. Wahrscheinlich länger, doch das gaben sie nie zu.

Natürlich hatte ich einige Male Termine an verschiedenen Orten, was im Zusammenhang mit den Büchern stand, die herauskamen, und Winnie fuhr ein paar Mal fort, wenn sie Ausstellungen hatte, aber abgesehen von diesen Unterbrechungen blieben wir daheim in der Wallnerstraat.

Wir hatten nie einen größeren Bekanntenkreis in Saaren. Winnies Schwester Abigail kündigte zwei oder drei Mal ihren Besuch an, aber sie kam nie. Dafür erschienen einige meiner Jugendfreunde, jeweils für einen Abend und einen Morgen, um genau zu sein, aber weder Winnie noch ich unternahmen größere Anstrengungen, unseren Bekanntschaftskreis zu erweitern. Ziemlich bald stellten wir fest, dass wir beide ausgeprägte Individualisten waren und uns eigentlich am wohlsten allein oder in der Gesellschaft des anderen fühlten. Wir waren uns selbst genug, über lange Perioden war Winnie wie besessen vom Malen. Sie konnte jeden Tag zwischen zehn, zwölf Stunden am Stück arbeiten – wir hatten die Garage zum Atelier umgebaut –, und ich nehme an, dass ich genau genommen ebenso vertieft in meine Arbeit war wie Winnie in die ihre. Zumindest zeitweise, ich schrieb meinen vierten und meinen fünften Roman in Saaren, und wenn man es im Nachhinein und distanziert betrachtet – der einzige Aussichtspunkt, der mir gewissermaßen zur Verfügung steht –, dann erkennt man, dass es eine Periode intensiver und beglückender Schaffenskraft für uns beide gewesen sein muss. Unsere Beziehung schien zu funktionieren, wir liebten uns oft und intensiv, und auch wenn wir fast keine Freunde hatten, so hatten wir doch das Gefühl, dass wir genau das Leben führten, das wir wollten. Eine Art Dreieinigkeit aus Familienleben, Liebe und Schöpfungskraft, eine Konstellation, die zu erleben es wahrscheinlich nur wenigen Menschen vergönnt ist.

Zumindest war es das, was wir uns während dieser Zeit einzureden versuchten, natürlich war uns klar, dass ein Hauch von Extravaganz über unserer Ehe lag, wir erklärten einander, dass es sich um eine Art Gnade handele, die zumindest niemand anderem schadete. Wir erhielten für unsere Mühen auch gute Rückmeldungen, von den Rezensenten und der Allgemeinheit. Jedes Mal, wenn Winnie eine neue Ausstellung hatte, verkauften sich die meisten ihrer Werke bereits in der ersten Woche, und meine beiden Romane landeten hoch oben auf den Bestsellerlisten. Wie ich bereits erwähnt habe, wurden sie auch beide verfilmt – der letzte Film lief ein paar Monate vor Sarahs Verschwinden in den Kinos, und ich erinnere mich, dass wir nach der Premiere und nachdem wir uns am Champagner und allem möglichen anderen einen leichten Rausch angetrunken hatten, überrascht feststellten, dass wir auf dem Weg waren, reich zu werden.

Im Nachhinein und aus der Distanz betrachtet.

Sarah war ein glückliches Kind. Das wage ich zu behaupten, und während ich das schreibe, höre ich einen Knall vom Fenster über dem Tisch, an dem ich sitze – ein Vogel oder ein fehlgeleiteter Ball vom Spielfeld, ich weiß es nicht, es ist nichts zu sehen –, ich hebe den Blick und senke ihn wieder, schaue auf den fünf Wörter langen Satz, den ich gerade formuliert habe, und zucke zusammen vor der Zeitform, die ich verwendet habe, und vor der Selbstverständlichkeit, mit der ich meine Wahl getroffen habe.

Sarah *war* ein glückliches Kind.

Bedeutet das, dass ich davon ausgehe, dass sie tot ist? Ich denke nicht, nicht unbedingt, aber welchen Grund gibt es für die Vermutung, dass sie ein glückliches Kind *ist*? Darüber kann ich mich nicht wirklich auslassen, und da *Sarah* und *jetzt* Begriffe sind, die nicht im selben Raum oder im selben Satz stehen können, kann ich nur von ihrer Vergangenheit sprechen. So ist das nun mal, und ich bin der Erste, der das bedauert. Ich fange noch einmal an.

Sarah war ein glückliches Kind. Das wage ich zu behaupten, es gab eine Sorglosigkeit und Unbedarftheit, die sie vom ersten Atemzug ihres Lebens zu umgeben schienen. Sie war immer zufrieden, jammerte nie, nicht einmal, wenn sie müde war. Herr und Frau Nesbith erzählten, dass Emily und Casper häufiger miteinander stritten, wenn sie zu zweit waren, aber nie, wenn Sarah dabei war. Beide spielten gern mit ihr, und sie spielte gern mit den beiden. Sie schien das Leben und die Welt um sich herum mit solch einer fröhlichen Neugier und unerschütterlichen Zuversicht zu betrachten, wie man sie, wenn man versucht, das Leben auf die grundlegendsten Bestandteile herunterzubrechen, allen Menschen in ihr Gepäck wünschen würde. Ich weiß, dass ich als Teenager ein Buch über eine sehr, sehr alte Seele las, die ein letztes Mal auf die Erde geschickt wurde, obwohl sie nur noch eine ganz geringe Anzahl von Jahren übrig hatte, obwohl sie die Auflage bekam, ein Kind mit zurück in den Himmel zu nehmen – aber die Seele bat trotzdem beharrlich darum, diese letzte Reise tun zu dürfen, und schließlich gab der Liebe Gott nach. Glück und Freude auf der Erde verbreiten zu dürfen, wenn auch nur für eine begrenzte Zeit, muss doch allemal besser sein, als niemals etwas verbreiten zu dürfen. Unter all den tröstlichen Dingen, die nach Sarahs Verschwinden zum Vorschein kamen, war es wohl diese Erzählung, die mit größter Hartnäckigkeit immer wieder auftauchte.

Es hatte sie trotz allem gegeben. Sie hatte uns einige Jahre lang Sinn, Zufriedenheit und Freude geschenkt. Sie war ein glückliches Kind gewesen. Wäre es besser gewesen, sie wäre niemals geboren worden?

Einmal, bei einer einzigen Gelegenheit, fragte ich Winnie, was sie dazu meinte, und ihre Antwort kam unmittelbar, wie eine Retourkutsche auf einen Angriff.

Natürlich wäre es besser gewesen, sie wäre niemals geboren worden.

Natürlich.

Es vergingen nur zwei Tage nach Sarahs Verschwinden, bis Winnie versuchte, sich das Leben zu nehmen. Ich fand sie mit aufgeschnittenen Pulsadern und einer ausgetrunkenen Whiskyflasche in der Badewanne, aber die Schnitte waren zu klein und zu schlecht gesetzt, und ich entdeckte sie etwas zu früh, als dass ihr Vorsatz hätte gelingen können.

Die psychiatrische Klinik, in der sie kurz darauf landete, hieß Rozenhejm. Sie war schön gelegen, gut zehn Kilometer südlich von Saaren, an einem Südhang mit Obstbäumen, von denen viele in voller Blüte standen, als Winnie aufgenommen wurde. Den ganzen Sommer über unternahmen wir lange, ruhige Spaziergänge auf diesen Hängen, hinunter zum Fluss Meusel. Schweigend gingen wir nebeneinander her; manchmal, besonders in den ersten Wochen, als Winnie die Station nicht verlassen wollte oder noch nicht durfte, wanderte ich dort allein.

Der Unterschied war erschreckend gering.

11

Etwas am Rande meines Blickfelds lässt mich mein Schreiben unterbrechen und aufschauen.

Eine Bewegung irgendeiner Art. Jemand, der den Raum verlässt wahrscheinlich oder seine Position an einem der Tische weiter hinten verändert, ich weiß es nicht, ich habe keinen Grund, länger darüber nachzusinnen, was sich da bewegt haben könnte.

Entscheidend ist, dass ich den Blick hebe und aus dem Fenster schaue und dass ich eine Weile so sitzen bleibe. Nicht besonders lange, fünf, zehn Sekunden vielleicht, aber lange genug, dass ich sie draußen auf der Leroy entdecke.

Es ist natürlich ein unglaublicher Zufall, dass es sich um genau den richtigen Moment handelt. Vielleicht ist es auch gar kein Zufall, aber dann möchte ich lieber nicht wissen, wie die Erklärung aussieht. Auf jeden Fall ist es das erste Mal, dass ich an diesem Morgen überhaupt aus dem Fenster schaue; dessen bin ich mir sicher, ich habe mehr als zwei Stunden gebeugt dagesessen und konzentriert geschrieben, und als ich jetzt da draußen meine Ehefrau auf dem Bürgersteig vorbeieilen sehe, überfällt mich für ein paar Sekunden ein Schwindelgefühl.

Oder etwas in der Art. Ich kann das Gefühl nicht so recht beschreiben, aber es ist, als wäre mein Leben unabhängig von meinem Bewusstsein und unabhängig von dem Text, in den ich vertieft gewesen bin, aus der Bahn geraten, und plötzlich ist mir alles unbekannt. Fremd und bedrohlich.

Wo befinde ich mich? Welchen Tag, welches Jahr haben wir heute? Was tue ich, und was ist das für eine Frau, die da draußen auf der Straße entlangspaziert und mir so vertraut erscheint?

Kurz gesagt: Wer bin ich?

Nach einer Weile stabilisiert sich das wieder. Ich verlasse eilig meinen Tisch, Mr. Edwards wirft mir einen verwunderten Blick zu, aber in weniger als einer Minute bin ich draußen auf dem Bürgersteig. Gerade noch rechtzeitig, um zu sehen, wie sie hinten bei der Hudson um die Ecke biegt. Ich folge ihr mit ausholenden, energischen Schritten; dieses Mal will ich sie nicht wieder aus den Augen verlieren. Ich rechne nach und komme zu dem Schluss, dass fünf Tage vergangen sind, seit ich sie in der Christopher Street habe verschwinden sehen.

Sie trägt heute wieder dasselbe gelbe Kleid, dazu eine kleine Jacke, da die Luft etwas kühler geworden ist. Ich halte mich zwanzig, dreißig Meter hinter ihr, während wir uns die Hudson Street entlang in Richtung Norden bewegen. Es gibt viele Leute auf dem Bürgersteig, ich glaube nicht, dass sie mich entdecken würde, selbst wenn sie den Kopf drehte.

Aber sie dreht den Kopf nicht, sie geht entschlossenen Schrittes, ich bekomme den Eindruck, dass sie genau weiß, wohin sie will, und dass sie ein wenig verspätet ist. Sie geht weiter zur Bethune Street, biegt hier nach links ab, zum Fluss hin, dann nach rechts in die Greenwich Street, geht in den Meatpacking District, und bevor wir es erreichen, weiß ich, was ihr Endziel ist.

Pastis. Das berühmte Restaurant in der Little West 12th Street.

Ganz richtig. Sie huscht durch die Tür an der Ecke, die ein Türwächter für sie offen hält, ich bleibe ein Stück zurück auf dem unebenen Kopfsteinpflaster stehen und überlege, was ich machen soll.

Schaue auf die Uhr. 12.30 Uhr, keine ungewöhnliche Zeit für eine Verabredung zum Mittagessen.

Ein geplantes Treffen, es hätte keinen Sinn, ins Pastis zu gehen, ohne vorher einen Tisch zu reservieren. Nicht einmal an einem Tag mitten in der Woche – wenn man nicht zuvor eine halbe oder eine ganze Stunde an der Bar verbringen will.

Na und?, denke ich schließlich. Meine Ehefrau speist mit einem Bekannten im Pastis zu Mittag. Was sollte daran so bemerkenswert sein? Warum reagiere ich plötzlich wie ein eifersüchtiger Paranoiker?

Ich weiß es nicht. Ich stelle mich in den Schatten einer Häuserwand in der Little West 12th und denke nach. Muss einsehen, dass ich ihr kaum ins Restaurant folgen kann; wir haben dort einmal zusammen gegessen, es war genauso bunt, gut und laut, wie der Ruf es verlangt, aber ich hätte große Probleme, zu behaupten, ich würde dorthin gehen, um ganz allein zu Mittag zu essen. Man sitzt nicht allein im Pastis, zumindest nicht ein Mensch meines Kalibers, es ist ein bisschen zu teuer, und ich bin nicht egozentrisch genug dafür.

Also muss ich mich damit begnügen, zu wissen, dass sie dort drinnen sitzt. Und wenn ich sie danach frage, wenn wir uns am späten Nachmittag sehen, überlege ich, und wenn sie mit einer vernünftigen Erklärung kommt … ja, was gibt es dann für einen Grund, sich Sorgen zu machen oder sich zu beunruhigen?

Ich zucke mit den Schultern. Gehe hinunter zum Fluss und wandere dann zurück, zwischen Joggern und Hundebesitzern. Eine Weile bleibe ich in der Höhe der Zehnten Straße stehen und unterhalte mich mit einem aus der letzteren Gruppe. Er heißt Scott und hat eine englische Bulldogge, die sich eine Weile ausruhen muss, bevor sie weiter nach Hause in die Bank Street laufen kann. Der Hund trägt den ungewöhnlichen Namen Empire State Building, und er hat es sich direkt auf meinen Füßen gemütlich gemacht. Vielleicht hofft er, dass ich ihn trage.

Es ist in erster Linie Scott, der redet, ich erfahre bald, dass er Banker ist und eine Islamphobie hat. Empire State Building und ich beschäftigen uns vor allem damit, aufs Wasser zu starren. Die Welt ist bizarr und willkürlich, denke ich. Es hängt nichts zusammen, wie sehr wir es uns auch wünschen würden.

Die vernünftige Erklärung bleibt aus.

»Ich meine gesehen zu haben, wie du ins Pastis gegangen bist«, sage ich, als ich ein paar Stunden später nach Hause komme.

»Pastis?«, fragt Winnie, ohne von ihrem Block aufzusehen, auf dem sie Skizzen macht.

»Zur Mittagszeit«, sage ich. »Ich kam zufällig vorbei. Hab einen Spaziergang nach Chelsea gemacht.«

»Ich war heute nicht im Pastis«, erklärt Winnie, und ihr Tonfall ist so entspannt und gelangweilt, dass mir nie der Verdacht kommen würde, sie könnte lügen. Wenn ich es nicht besser wüsste.

Wenn ich es nicht besser wüsste. Was geht hier vor?, denke ich erneut. Was zum Teufel treibt sie? Ich bereue, nicht ins Restaurant gegangen zu sein, um sie auf frischer Tat zu ertappen; hier zu stehen und sie zur Rede zu stellen, erscheint mir nicht wirklich erstrebenswert.

Auf meinem Standpunkt zu beharren und tatsächlich zu behaupten, sie lüge. Dass ich ihr von der Bibliothek gefolgt bin und dass … nein, das wäre sowohl für sie wie auch für mich nur peinlich. Wenn unsere Beziehung derzeit etwas nicht brauchen kann, dann sind es Scham und offenes Misstrauen. Ich beschließe also zu schweigen. Die Zähne zusammenzubeißen und sich für die Zukunft bessere Strategien zu überlegen.

Strategien? Was für ein Wort benutze ich da? Wie schon gesagt: Was geht hier eigentlich vor?

»Möchtest du ein Glas Wein?«, frage ich.

»Ja, gern«, nickt Winnie. »Aber nur, wenn wir noch weißen im Kühlschrank haben.«

Sie hebt immer noch nicht den Blick von ihrem Skizzenblock. Ich finde eine halbleere Flasche.

Später am Abend nehmen wir die Metro zum Lincoln Center, und es gelingt uns, noch zwei Zwanzig-Dollar-Tickets für Rigoletto zu bekommen. Weder Winnie noch ich sind besonders begeistert von der Oper – gemeinsam haben wir vielleicht drei oder vier Vorstellungen besucht –, aber während des berühmten Quartetts spüre ich, wie plötzlich Tränen in mir aufsteigen. Ich kann sie nicht zurückhalten, und unbewusst taste ich im Dunkel nach Winnies Hand. Ich finde sie, vielleicht ist sie es auch, die mich findet, und während der schmerzhaft schöne Gesang erklingt und ausklingt, spüre ich einen unerwarteten Trost. Vielleicht liegt er in der trivialen Tatsache begründet, dass Musik – und ganz besonders Opernmusik – die Fähigkeit besitzt, über die Ohren direkt ins Herz zu gehen, ohne den Umweg über den Kopf nehmen zu müssen. Und dass es gerade das Leiden ist, das uns Menschen vereint, mehr als irgendetwas anderes. Hinterher, während wir unten an der 63. Straße an der Haltestelle stehen und auf die Metro warten, frage ich Winnie, wie sie darüber denkt.

»Wie ist es eigentlich mit deiner Kunst?«, frage ich. »Deine

Bilder, müssen die erst das Bewusstsein durchlaufen, bevor sie ins Herz gehen? Und gibt es etwas anderes als Leiden, was wert ist, geschildert zu werden?«

Über diese Fragen haben wir natürlich schon früher gesprochen, oft und auf den verschiedensten Ebenen, dennoch bin ich über ihre Antwort überrascht.

»Armer Erik«, sagt sie. »Du verstehst so wenig. Und deshalb kann ich dir auch Sarahs Wiederkehr nicht erklären.«

»Sarahs Wiederkehr?«, wiederhole ich.

»Ja.«

Ich stehe stumm da und betrachte sie eine Weile, bevor ich sage:

»Du könntest es wenigstens versuchen.«

»Ein andermal«, sagt Winnie, und dann kommt unser Zug und legt alle weiteren Worte in Schutt und Asche.

12

Die Polizisten, mit denen ich sprach – nachdem Kommissar Schmidt mit mir fertig war –, hießen Tupolsky und Vendler. Ein Mann und eine Frau, beide so um die fünfundvierzig, beide professionell freundlich und entgegenkommend.

»Gibt es jemanden aus Ihrem Bekanntenkreis, der dahinterstecken könnte?«, fragte Inspektorin Vendler. Ich erinnere mich, dass ich sie hübsch fand, auf eine sanfte, nordische Art – und dass ich, während ich dasaß und versuchte, nach einem denkbaren Täter in unserem spärlichen Bekanntenkreis zu suchen, mich fragte, warum sie wohl Polizistin geworden war. Warum es Frauen überhaupt zur Polizei zieht.

»Nein«, antwortete ich, nachdem ich ausreichend nachgedacht hatte. »Ich bin mir ziemlich sicher, dass da keiner ist. Außerdem habe ich ihn ja gesehen und ihn nicht wiedererkannt.«

»Kann ein Strohmann gewesen sein«, schlug Inspektor Tupolsky vor. »Es gibt niemanden in Ihrer Familie, der ein Motiv hätte haben können, Ihre Tochter zu entführen?«

»Weder ich noch meine Frau haben irgendeine Familie«, sagte ich. »Wenn man es genau nimmt, jedenfalls.«

»Sie waren beide schon einmal verheiratet?«

»Ja. Aber das tut nichts zur Sache. Meine Frau hat ihren Ehemann und ihre Tochter vor vielen Jahren bei einem Unfall verloren. Meine frühere Frau lebt in Spanien, wir haben keinerlei Kontakt.«

»Aha«, kommentierte Vendler. »Nun ja, wir wollen nur das Motiv ausschließen. Ist Ihnen in der letzten Zeit irgendetwas Ungewöhnliches aufgefallen?«

»Ungewöhnliches?«, fragte ich.

»Im Hinblick auf Sarah«, präzisierte Tupolsky. »Personen, die … ja, die sich irgendwie ungewöhnlich benommen haben.«

«Nein.«

»Fremde Menschen, die sich in der Nähe Ihres Hauses aufhielten zum Beispiel?«

Ich überlegte und schüttelte den Kopf. »Nein, nichts dergleichen.«

»Sicher?«

»Jedenfalls nicht, soweit ich mich erinnern kann.«

»Merkwürdige Telefonanrufe?«

»Nein.«

»Unbekannte Nummern auf dem Anrufbeantworter?«

»Nein, das habe ich überprüft.«

»Ausgezeichnet. Es wäre jedenfalls gut, wenn Sie in dieser Richtung noch einmal nachdächten. Der kleinste Hinweis kann genügen. Zögern Sie nicht, mit uns Kontakt aufzunehmen, wenn Ihnen noch etwas einfällt.«

»Natürlich. Ich verstehe.«

Vendler übernahm.

»Der Täter hat nicht versucht, Ihnen eine Nachricht zukommen zu lassen, seit es passiert ist?«

»Nein. Warum fragen Sie?«

»Kidnapping. Möglicherweise ist ja jemand auf Geld aus. Will Sie dazu bringen, eine größere Summe zu bezahlen, damit Sie Ihre Tochter wiederbekommen.«

Ich schüttelte den Kopf.

»So einen Kontakt hat es also nicht gegeben?«

»Nein.«

Vendler warf ihrem Kollegen einen kurzen Blick zu, bevor sie fortfuhr. »Wir möchten Sie dringend ermahnen, uns in dieser Richtung nichts vorzuenthalten. Unter keinen Umständen. Wenn es sich um diese Art von Verbrechen handelt, warnen Kriminelle immer davor, die Polizei einzuschalten. Auch heftige, rabiate Drohungen sind nicht ungewöhnlich.«

»Ich verstehe«, sagte ich. »Aber wie gesagt, wir haben keinerlei Mitteilungen dieser Art erhalten.«

»Falls doch noch eine auftauchen sollte, können Sie sich darauf verlassen, dass wir sie mit Diskretion behandeln werden«, sagte Tupolsky. »Auf jeden Fall wäre es das Beste, wenn wir davon erfahren.«

Ich wiederholte, dass ich in dieser Beziehung ganz ihrer Meinung sei, und dann sprachen wir nicht mehr darüber.

Es gab nämlich noch eine andere Alternative.

»Sie haben ihn gesehen«, stellte Vendler fest. »Aber Sie können keine ausführliche Personenbeschreibung geben.«

»Ich erinnere mich daran, wie er gekleidet war«, bemerkte ich. »Und das Auto war grün, ziemlich neu, aber ich kümmere mich nicht um Automarken, und außerdem sehen sie heutzutage alle gleich aus.«

»Ein Mann, beginnenden mittleren Alters«, las Tupolsky von einem Papier ab. »Grüner, dünner Mantel, dunkle Hose. Mittelgroß, wahrscheinlich braunes, kurz geschnittenes Haar.«

»Kann auch schwarz gewesen sein.«

»Das haben wir notiert. Kein Gesicht?«

»Ich kann mich einfach nicht mehr erinnern. Außerdem war ich fünfundzwanzig Meter entfernt.«

»Wollen wir uns noch weitere Fotos ansehen?«, schlug Vendler vor.

Ich zuckte mit den Schultern. »Warum nicht?«

Winnie wurde nie von irgendeinem Polizeibeamten verhört.

Ihr Zustand ließ es nicht zu, und es gab auch keinen Grund dafür. Doktor Vargas erklärte, dass Winnie langsam versuchen musste, sich dem Geschehenen anzunähern und es zu akzeptieren – ganz gleich, welches Schicksal Sarah ereilt hatte –, dass es jedoch vor dem Hintergrund ihres momentanen psychischen Zustandes dafür noch zu früh sei. Viel zu früh. Wir waren bereits an dem Tag, als Sarah verschwand, mit dem Doktor in Kontakt gekommen – anderthalb Tage, bevor ich Winnie in der Badewanne fand. Er war auf einen späten, kurzen Hausbesuch vorbeigekommen und hatte zwei medizinische Präparate verschrieben. Eines, um schlafen zu können, eines, um die Nerven zu beruhigen, wie er sich auf seine ein wenig altertümliche Art und Weise ausdrückte.

Soweit ich es verstanden habe, akzeptierte die Polizei Doktor Vargas' Anweisungen ohne große Einwände, aber Inspektorin Vendler bat mich ausdrücklich, Winnie einige Fragen zu stellen.

»Sie stehen ihr am nächsten. Wenn jemand zu ihr vordringen kann, dann sind Sie es. Es ist natürlich nicht anzunehmen, dass sie Informationen zurückhält, die uns helfen könnten, aber man kann ja nie wissen.«

»Man kann nie wissen«, wiederholte Tupolsky.

»Selbstverständlich«, erwiderte ich. »Ich werde mit ihr reden, sobald die Zeit reif ist.«

Es ist schwer zu sagen, ob die Zeit jemals reif sein wird.

Winnie blieb bis Anfang November in Rozenhejm, fast ein halbes Jahr, und ich besuchte sie jeden Tag. Doktor Vargas wollte mich ab und zu überreden, mal einen Tag oder mehrere auszulassen, aber auf dem Ohr war ich taub. Es gehörte zu meiner Überlebensstrategie, mich ins Auto zu setzen und nach Rozenhejm zu fahren; das war die einzige bedeutungsvolle Handlung, die ich im Laufe dieses Halbjahrs ausführte, das war der Nagel, an dem meine Vernunft und mein Leben hingen. Ich versuchte zu schreiben, brachte nicht eine Zeile zustande, ich versuchte zu lesen, Fernsehen zu schauen, ins Kino oder Theater zu gehen, nichts vermochte auch nur ein Fünkchen Interesse in mir zu wecken. Ich verließ zwei klassische Konzerte, nachdem ich jeweils eine halbe Stunde dort gesessen und versucht hatte, zuzuhören. Ich nahm fast zehn Kilo Gewicht ab. Das Einzige, worauf ich mich zu konzentrieren vermochte, das waren die täglichen Treffen mit Winnie.

Während dieser schweren Zeit machte ich auch eine Therapie, bei einer Frau namens Hertha Baussmann. Sie empfing mich zweimal in der Woche, dienstags und freitags, in einem düsteren Raum mit vorgezogenen Gardinen in der Ruyderstraat hinter dem Bahnhof in Saaren. Mir ging es dadurch nicht besser, aber auch nicht schlechter, und jedes Mal schwand wieder eine sinnlose Stunde aus meinem Leben dahin.

Winnie und ich sprachen nur wenig miteinander, ganz gleich, ob wir nun durch die schöne Natur um Rozenhejm herum spazieren gingen oder ob wir – vereinzelte Male, wenn das Wetter es nicht zuließ – uns drinnen in der Klinik aufhielten. Ich fragte jedes Mal, wie es ihr gehe und ob sie letzte Nacht gut geschlafen habe, sie antwortete nie darauf. Selbst ergriff sie nur selten die Initiative zu einem Gespräch, es war meine Aufgabe, einen Riss in ihrem Schweigen zu finden, und ab und zu gelang es mir tatsächlich. Meistens ging es dann um Themen und Ereignisse, weit von unserem eigenen Leben und unserer eigenen Wirklichkeit entfernt: Indianerkulturen, Neo Rauchs Bildersprache, die Möglichkeit, zu Fuß nach Santiago de Compostela zu pilgern.

Nur selten erwähnten wir Sarahs Verschwinden. Anfangs erschien es wie ein Tabu, zumindest, wenn ich derjenige war, der das Thema aufgriff. Meistens bedeutete das, dass sich eine Tür schloss; Winnie konnte mitten im Schritt stehen bleiben, sich umdrehen und, ohne auch nur die geringste Notiz von meiner Anwesenheit zu nehmen, zurück in die Klinik gehen.

Vereinzelte Male konnte Winnie aber auch Sarah selbst erwähnen. Der Grund war immer derselbe: auf irgendeine Weise hatte sie erfahren, dass unsere Tochter noch am Leben war, aber woher sie diese Kenntnis hatte, erschien meistens etwas nebulös. Normalerweise hatte sie eine Art Botschaft im Traum erhalten.

Ich erinnere mich jedoch an eine Ausnahme. Es war unten am Fluss. Wir waren in Höhe der alten Zugbrücke stehen geblieben; es war ein schöner Herbsttag mit frischer, klarer Luft und kräftigen Farben. Ich bemerkte Letzteres und sagte:

»Mit genau solchen Farben hat Sarah immer gern gemalt.«

Winnie schaute sich um. »Nicht ganz«, sagte sie. »Das Rot hat sie vermieden.«

»Ist das bei dir nicht auch so?«, fragte ich. »Auf deinen Bildern ist doch nur selten Rot zu finden. Abgesehen von dem, was du in Aarlach an der Wand hängen hattest, als wir uns kennen gelernt haben.«

»Stimmt«, nickte Winnie. »Da haben wir einen gemeinsamen Zug, Sarah und ich. Wir haben beide ein wenig Angst vor dem Rot.«

Dann lachte sie, nur eine kurze Sekunde lang, und ihre Miene schien so etwas wie Überraschung zu zeigen. Wodurch mir klar wurde, dass etwas in ihr geschehen war. Dass es vielleicht einen Weg zurück gab.

Einen Monat später verließ Winnie Rozenhejm. Während der Zeit ihres Aufenthaltes dort hatte ich unser Haus in der Wallnerstraat verkauft und eine kleine Wohnung in Maardam angemietet. Weder Winnie noch ich konnten uns vorstellen, nach dem, was passiert war, weiterhin in Saaren wohnen zu bleiben, gleichzeitig war uns klar, dass auch Kellners Steeg am Grote Markt in Maardam nur eine temporäre Lösung darstellte.

Es dauerte dann auch nicht mehr als zehn Monate, bis wir alle unsere Möbel in einem Lager unterstellten und uns ins Flugzeug nach New York setzten. Mit *vier Koffern und zwei leeren Herzen.*

Zu dem Zeitpunkt hatte die Polizei, was das Verschwinden unserer Tochter Sarah betraf, noch immer keine Spur, arbeitete laut eigenen Angaben aber weiterhin an dem Fall.

13

Am Tag nach Winnies Besuch im Pastis eröffnet Mr. Edwards unvermutet das Gespräch. Kurz vor halb zwölf kommt er an meinen Tisch und setzt sich mir gegenüber.

»Mr. Steinbeck«, sagt er. »Bitte entschuldigen Sie, dass ich mich Ihnen so aufdränge, aber ich wollte fragen, ob ich Sie nicht zum Mittagessen einladen dürfte?«

Ich überlege zwei Sekunden lang, bevor ich einwillige.

»Danke, gern. Nun, es sieht ja so aus, als wenn wir Arbeitskollegen sind.«

Er lacht zustimmend. »Zumindest sitzen wir im selben Boot. Das Café Cluny in der Vierten Straße ist eigentlich immer ganz gut, und es ist noch ein kleiner Spaziergang bis dorthin. Das ist für den Blutkreislauf nötig, zumindest in meinem Alter.«

Ich akzeptiere auch diesen Vorschlag, und wir gehen gleich los. Mr. Edwards erklärt, dass er hungrig ist und dass es immer am besten ist, wenn man vor halb eins an Ort und Stelle ist.

Während unseres Spaziergangs reden wir in erster Linie über das Wetter und das Stadtviertel. Mr. Edwards ist in Lafayette in Louisiana geboren, hat aber sein gesamtes Erwachsenenleben in New York verbracht. Die letzten zwanzig Jahre in der Greenwich Avenue, Ecke Jane Street. Er hat viele andere Städte und Viertel in der Welt gesehen, wie er behauptet, aber es gibt nichts, was sich mit West Village messen kann.

Ich erkläre, dass ich zwar erst seit ein paar Monaten hier wohne, aber bisher nichts entdeckt habe, was seine Behauptung in Frage stellen könnte.

Wir bekommen einen Fenstertisch zum Abingdon Square hinaus, bestellen jeweils ein Stück Fleisch und einen Salat, und nach einigen Momenten der Verlegenheit fragt er, mit was für einer Art von Schreibarbeit ich beschäftigt sei. Ich erzähle, dass ich Schriftsteller bin und dass ich denke, dass es ein Roman wird, an dem ich arbeite.

Wieder lacht er, ein tiefes, zufriedenes Lachen, und ich frage mich insgeheim, wie seine Lebensgeschichte wohl aussieht. Ist er verheiratet? Oder gewesen? Hat er Kinder und Enkelkinder, und womit hat er sich beschäftigt? Aber das hat keine Eile, es ist klar, dass wir mit der Zeit schon so weit kommen werden. Stattdessen gebe ich seine Frage zurück:

»Und was schreiben Sie selbst?«

Er lehnt sich zurück und gönnt sich ein paar Sekunden, um Nachdenken vorzutäuschen: »Eine Art Memoiren, nehme ich an.«

Ich nicke. Trinke einen Schluck Wasser und warte ab.

»Nichts Besonderes. Ich habe keinen Verlag oder Agenten, es ist eher für mich selbst. Wenn man alt wird, möchte man gern diverse Fragezeichen ausmerzen, zumindest das eine oder andere. Und es wird einem einiges klarer, wenn man es aufschreibt, aber das brauche ich einem Schriftsteller wohl nicht zu erzählen?«

»Nein«, bestätige ich. »Das stimmt, im besten Fall fungiert Sprache auf diese Art und Weise.«

»Sie meinen, es kann auch genau andersherum sein?«

»Ich fürchte, ja«, sage ich.

Er bleibt schweigend sitzen, ein leichtes Lächeln auf den Lippen. »Ich nehme an, Sie sind verheiratet?«, fragt er nach einer Weile.

Ich gebe zu, dass es sich so verhält, und frage, wie es mit ihm in dieser Beziehung steht. Wir sind höflich wie zwei alte Mandarine.

»Gewesen«, stellt er etwas wehmütig fest. »Meine Frau ist vor zehn Jahren gestorben. Wir haben nie Kinder bekommen, aber es ging uns gut miteinander. Bis auf ein paar Monate fast ein Vierteljahrhundert lang.«

Unser Fleisch und unser Salat kommen, und eine Weile essen wir schweigend. Mir fällt auf, wie schnell er von meiner Behauptung, dass Sprache ein Hindernis sein kann, zu der Frage gekommen ist, ob ich verheiratet bin, beschließe aber, diesen Gedanken nicht weiter zu verfolgen. Ich überlege auch, wie alt er wohl sein mag. Um die siebzig vermutlich, vielleicht schon an die fünfundsiebzig, aber weder Körper noch Kopf erscheinen besonders gebrechlich. Trotz seiner Probleme mit der Hüfte hat er bei unserem Spaziergang das Tempo gut gehalten.

»Gut?«, fragt er und zeigt mit der Gabel auf meinen Teller. Wie alle Amerikaner hat er sein Fleisch in kleine Stückchen geschnitten und dann das Messer abgelegt.

»Ausgezeichnet«, versichere ich ihm.

»In dieser Stadt muss man nie schlecht essen«, sagt er. »Wenn ein Restaurant einen schlechten Ruf hat, muss es in der Regel innerhalb eines halben Jahres schließen. Die Leute gehen woanders hin.«

Ich erkläre ihm, dass das mit meiner kurzen Erfahrung übereinstimmt. Ich weiß eigentlich nichts von Restaurants, die hätten schließen müssen, aber meine Frau und ich, wir sind uns einig, dass wir noch nie so gut und abwechslungsreich gegessen haben wie in New York.

»Was arbeitet sie?«, fragt er bei dieser Gelegenheit. »Ihre Frau.«

»Sie ist Künstlerin«, antworte ich. »Malerin.«

Ich habe das Gefühl, ich sollte noch mehr zu Winnie und unserer Beziehung sagen, und zu dem Grund, warum wir hierher gezogen sind, aber ich finde nicht die richtigen Worte. Nicht die richtigen Ausflüchte, Mr. Edwards sieht es mir anscheinend an, denn über einer seiner Augenbrauen entwickelt sich eine kleine Sorgenfalte. Wir essen weiter, ohne etwas zu sagen.

»Und Sie selbst?«, frage ich dann. »Was haben Sie gearbeitet? Denn ich vermute, dass Sie pensioniert sind?«

»Eine vollkommen richtige Vermutung«, bestätigt er und wischt sich etwas umständlich mit der Serviette den Mund ab. »Es ist sechs Jahre her, dass ich mit dem Arbeiten aufgehört habe. Ich habe mich später zwar noch dem einen oder anderen Fall gewidmet, aber das immer nur unter besonderen Bedingungen.«

»Fall?«, hake ich nach.

»Entschuldigen Sie«, sagt er mit einem kurzen Lächeln. »Ich habe die letzten zwanzig Jahre als Privatdetektiv gearbeitet. Ich habe vergessen, das zu sagen.«

»Privatdetektiv?«

»Ja. Nach zwanzig Jahren bei der Polizei habe ich mich sozusagen selbstständig gemacht.«

Wieder lässt er sein tiefes Lachen vernehmen. »Das ist im Kino und in den Büchern sehr viel glamouröser als in der Wirklichkeit, das kann ich Ihnen versichern.«

»Das kann ich mir denken«, sage ich. »Dann sind es wohl Fragezeichen aus Ihrem Berufsleben, die in den Memoiren beantwortet werden sollen?«

»Ja, das eine oder andere«, wiederholt Mr. Edwards und sieht nachdenklich aus. »Das eine oder andere.«

Wir gönnen uns auch noch eine Tasse Kaffee und ein Stück Kuchen, und als es auf dem Tisch steht, kommt er mit seiner überraschenden Frage.

Oder Beobachtung, besser gesagt.

»Es bedrückt Sie doch etwas, nicht wahr, Mr. Steinbeck?«

»Wieso glauben Sie das?«

»Ich habe es gar nicht übersehen können. Besonders in den letzten Tagen. Entschuldigen Sie bitte, ich möchte auf keinen Fall aufdringlich erscheinen, aber Sie ...«

»Nein, nein«, unterbreche ich ihn. »Sie sind absolut nicht aufdringlich. Und es stimmt tatsächlich, dass ... dass mein Leben momentan etwas schwierig ist.«

»Ach, ja?«

Er lehnt sich zurück, die Kaffeetasse auf halbem Weg zum Mund.

Betrachtet mich wieder mit dieser Falte über dem Auge. Plötzlich muss ich an Studienrat Verbausen denken, meinen alten muttersprachlichen Lehrer aus der Schule in Linden – wie der immer dreinschaute, wenn man seinen Erwartungen nicht Genüge tat. Wenn er eine Erklärung für eine besonders missglückte Formulierung im letzten Aufsatz erwartete.

Ich blinzle schnell Studienrat Verbausen weg und versuche, eine Entscheidung zu treffen.

»Es sieht so aus, als versuchten Sie, eine Entscheidung zu treffen«, sagt Mr. Edwards und nippt an seinem Espresso. »Korrigieren Sie mich, wenn ich mich irre.«

Das entscheidet die Sache.

Im Laufe der nächsten Stunde berichte ich Mr. Edwards von meiner Lage. Wir sind umgezogen in ein Café auf der Christopher Street, und als ich fertig bin, fühle ich mich, als wäre ich endlich einen entzündeten Zahn los. Eine Verstopfung, eine unbezahlte Rechnung, was auch immer.

Wie Mr. Edwards sich fühlt, weiß ich nicht. Er hat meiner ganzen Geschichte ohne besonders große Einwürfe oder Fragen zugehört. Ich habe mir aber auch Mühe gegeben, so genau und so chronologisch wie möglich zu berichten, aber ich sehe natürlich ein, dass es Ungereimtheiten gibt. Ich selbst habe Schwierigkeiten, meine Lebenssituation zu begreifen und zu beschreiben, und für einen Außenstehenden muss das Ganze ja noch ungereimter erscheinen.

Vielleicht ist ein anderer Blickwinkel aber ganz hilfreich. Es heißt ja, dass es so sein kann, und vielleicht ist diese unausgesprochene Hoffnung der Grund, dass ich mich dazu entschlossen habe, Mr. Edwards der Geschichte meines Leidens auszusetzen. Auf jeden Fall ist es die Entwicklung der letzten Tage, die ihn am meisten interessiert – natürlich drückt er seine tiefe Sympathie und sein Mitgefühl aus, was Sarahs Verschwinden und Winnies Selbstmordversuch betrifft –, aber es ist in erster Linie die momentane Rolle meiner Frau, über die er sich wundert; ihre Behauptung, sie wisse, dass unsere Tochter am Leben ist, ihr Bild, ihr Leugnen, nachdem ich sie zweimal in West Village gesehen habe.

»Und Sie sind sich sicher, dass sie es war?«, will er wissen. »Hundertprozentig sicher?«

»Hundertprozentig«, bestätige ich. »Nun ja, lassen Sie uns sagen, neunzig beim ersten Mal und hundert beim zweiten.«

»Hundert, was das Pastis betrifft?«

Ich nicke. Mr. Edwards saugt die Wangen ein und blinzelt, ich nehme an, das ist ein Ausdruck für Zweifel und leichte Verwunderung. Vielleicht wägt er einen Moment lang die Möglichkeit ab, er könnte einem Mythomanen gegenübersitzen. Schriftsteller und Mythomanen wohnen Seit an Seit in Dantes Inferno, das ist nichts Neues.

»Was glauben Sie?«, fragt er nach einer halben Minute Schweigen. »Welche Erklärung haben Sie selbst?«

Das Problem ist, dass ich keine Erklärung habe, und dabei bleibe ich auch. Er fragt mich, ob er das richtig verstanden habe, die Beziehung zwischen meiner Frau und mir habe sich seit dem Verschwinden unserer Tochter radikal verändert.

Auch das gebe ich zu. »Sie hat sich verändert«, sage ich, während mein Blick einer dunkelhäutigen, langbeinigen Frau folgt, die auf dem gegenüberliegenden Bürgersteig vorbeigeht und einen großen roten Reisekoffer hinter sich herzieht. »Unglaublich verändert, manchmal habe ich das Gefühl, meine Frau ist vollkommen unbegreiflich für mich. Aber ich liebe sie, vermutlich mehr, als ich es je getan habe.«

Die Frau bleibt stehen, spricht in ein Handy. Dann setzt sie sich auf eine Bank und stützt den Kopf schwer in die Hände. Vielleicht weint sie. Nach einer Weile steht sie auf und geht weiter.

»Es ist nicht das Vertraute, das Objekt unserer Arbeit ist«, sagt Mr. Edwards. »Es ist das Unbekannte, das Fremde. Und, was haben Sie sich gedacht, wie Sie in der Zukunft reagieren werden? Vorausgesetzt, dass es wieder passiert natürlich … Sie können ja wohl nicht für alle Zeiten nur ein Zuschauer bleiben?«

»Ich weiß es nicht«, sage ich und zucke mit den Schultern. »Ich weiß es wirklich nicht.«

Er bleibt eine Weile sitzen und lässt eine Münze über seine Handknochen rollen, bevor er eine Entscheidung trifft. Wieder erinnert er mich an Studienrat Verbausen.

»Wenn ich Ihnen in irgendeiner Form behilflich sein kann, dann können Sie mit mir rechnen. Wie ich schon sagte, hatte ich schon mehrfach einen Rückfall.«

Ich danke ihm, ohne richtig zu verstehen, wofür ich ihm eigentlich danke. Wir bezahlen und gehen zurück zur Bibliothek.

14

Meine Bücher sind in eine Handvoll Sprachen übersetzt.

Drei größere: Deutsch, Französisch, Italienisch. Zwei kleinere: Estnisch und Isländisch. Vor einigen Jahren kaufte ein amerikanischer Verlag die englischsprachigen Rechte an zweien meiner Romane, ich bekam einen ersten Vorschuss, doch dann ging der Verlag Konkurs, und das Projekt war gestorben. Die Sache war jedoch schon so weit gediehen, dass man einen Übersetzer verpflichtet hatte – einen jungen Mann namens Peter Brockenmeyer –, der wiederum bereits eine erste Rohübersetzung meines Debütwerks *Die Abende im St. Stefans* fertig gestellt hatte. Wir trafen uns einmal kurz bei einem Verlagsessen auf der Frankfurter Buchmesse 2003, und wir tauschten im Laufe der Zeit gut ein Dutzend Emails aus.

Peter Brockenmeyer wohnt mit seiner Freundin in der Park Slope in Brooklyn, und auf irgendeine Art und Weise hat er in Erfahrung gebracht, dass ich mit meiner Frau nach New York gezogen bin. Zwei Mal haben die beiden uns bereits zum Essen eingeladen, zweimal haben wir es verschoben – aber am Samstag, dem 29. September, setzen Winnie und ich uns in den Regionalzug und verlassen Manhattan zum ersten Mal, seit wir Anfang August hier angekommen sind.

Es ist der Tag nach meinem langen Gespräch mit Mr. Edwards; ich habe in der Nacht schlecht geschlafen, und während wir uns vom Zug durchschütteln lassen, fällt es mir schwer, wach zu bleiben. Ich kann mich so gut wie gar nicht mehr an Brockenmeyer von Frankfurt her erinnern, und Winnie scheint schon den ganzen Nachmittag abwesend zu sein. Wir haben keine Sitzplätze nebeneinander bekommen, sie sitzt mir gegenüber, eingeklemmt zwischen einem hünenhaften schwarzen Mann mit iPod und einer kleinen Asiatin mit rosa Handtasche. Plötzlich kommt mir der Gedanke, dass mir alle drei gleich fremd sind. Wir machen ein Quartett willkürlich ausgesuchter, einzelner Menschen in einem Zug aus, in einer Stadt, in der 59 000 Menschen pro Quadratmeile leben; wenn es zu einem Unfall käme, wenn beispielsweise unser Zug in einen anderen Zug führe oder der Tunnel, durch den wir fahren, einstürzte, würden wir alle zuerst einer nach dem anderen ausgegraben und anschließend wieder im Grab des unbekannten Soldaten bestattet werden, das wäre die beste Lösung.

Nur widerstrebend löse ich mich von diesen kleinkarierten Entfremdungsgedanken. Stelle stattdessen fest, dass mir auch auf einer viel banaleren Ebene graut: nämlich davor, meinen auf Eis gelegten Übersetzer zu treffen. Davor, seine Freundin zu treffen. Nach Park Slope zu fahren; soweit ich verstanden habe, wird dieser Stadtteil von zwei Sorten Menschen bevölkert: zum einen von richtig erfolgreichen Schriftstellern mit mindestens zwei Booker-Nominierungen und einem Pulitzerpreis im Gepäck, zum anderen von kulturellen und literarischen Wannabes mit schwarzen Hornbrillen und Schädeln, die vollgestopft sind mit Zitaten von Ginsberg und Tatler.

»Wie heißen die noch?«, fragt Winnie, als wir aus dem Zug steigen.

»Peter und Martha«, erkläre ich ihr zum zehnten Mal. »Was

ist los mit dir? Möchtest du, dass wir lieber darauf verzichten und wieder nach Hause fahren?«

»Wenn wir schon so weit gekommen sind, können wir auch hingehen«, erwidert Winnie. »Aber sollten wir nicht Blumen mitbringen? Oder ist das zu bürgerlich?«

Wir finden gleich hinter dem Bahnhof einen Blumenladen und kaufen sieben Gerbera in verschiedenen Farben. Peter und Martha wohnen in der Vierten Straße, ganz oben in einem Fünfetagenhaus aus braunem Klinker. Kein Fahrstuhl, es riecht im Treppenhaus nach Jasminzweigen und zwei, drei anderen Dingen, die zu identifizieren mir nicht gelingt oder mich nicht interessiert, aber es ist mir schon klar, dass das kulturelle Goldene Zeitalter dieses Stadtteils nicht auf die Pflege der Mietshäuser abgefärbt hat. Zumindest nicht, was diesen Schuppen in dieser Straße hier betrifft – aber vielleicht ist Park Slope genauso Park Slope, wie The Village The Village ist. Scheinbar grenzenlos, ausufernd, und so soll es auch sein.

Wir klingeln und werden von einer Frau, die aussieht wie die kleine Schwester von Liza Minelli in Cabaret, in einen engen Flur eingelassen. Ganz richtig heißt sie Martha Bowles, unsere Gerbera nimmt sie mit einem vorsichtigen Lächeln entgegen. Als hätte sie noch nie zuvor Blumen gesehen. Sie erklärt, dass Peter in der Küche steht und dass es schrecklich nett ist, dass wir kommen konnten. Dann ruft sie nach Peter und gibt uns jeweils einen roten Drink in einem hohen Glas.

Peter Brockenmeyer sieht aus wie Elvis Costello in seiner Jugend, unversehens fällt mir ein, dass ich vor vier Jahren in Frankfurt genau den gleichen Vergleich aufgestellt habe, er trägt ein schwarzes Polohemd und eine große Schürze, auf der für BAM, die Brooklyn Academy of Music, geworben wird.

»Phantastisch, dass ihr habt kommen können«, sagt er. »Martha und ich haben uns schon wahnsinnig darauf gefreut, euch zu sehen. Einfach phantastisch.«

Warum zum Teufel?, denke ich und hoffe, dass seine Begeisterung nur ein Zeichen der üblichen amerikanischen Übertreibung ist. Wir nippen jeder an unserem Drink, der gut ist, eine Art hausgemachter Mojito mit dem Geschmack von Limone, Minze, Erdbeere und Zimt. Peter geht zurück in die Küche, Martha, Winnie und ich setzen uns um einen schwarzen Glastisch und beginnen mit der Konversation.

Mir ist übel. Wir reden der Reihe nach über: New York, Europa, Barcelona, Präsident Bush (für den noch kein Amerikaner, dem ich je begegnet bin, gestimmt hat oder Sympathie hegt), Brooklyn, Paul Auster, den Drink, Coney Island und Hunderassen (Letzteres, weil nach fünf Minuten ein brauner Köter ankommt und uns begrüßt, er heißt Truman und sieht aus, als wäre er hundert Jahre alt; Martha erklärt, dass er ein Rettungshund ist und dass er nicht mehr lange zu leben hat; sie haben ihn seit zwei Jahren, und als er alle Anwesenden genügend beschnuppert hat, hinkt er von dannen und legt sich ins Schlafzimmer). Winnie meistert das Gespräch ganz gut, ich schlucke meine Übelkeit zusammen mit dem restlichen Drink hinunter und schaue mich im Zimmer um.

Es ist klein und voll gestellt. Verschiedene, selbst gebaute Bücherregale vom Fußboden bis zur Decke, ein Alkoven mit einem gedeckten Esstisch – Peter legt gerade letzte Hand daran, eilt zwischen Küche und Zimmer hin und her wie eine Schwalbe mit Jungen im Nest und verkündet zwischendurch, wie weit die Essenszubereitung ist –, Zwergpalmen, afrikanische Holzskulpturen, eingerahmte Plakate alter Filme: Der unsichtbare Dritte, Fenster zum Hof, Citizen Kane. Aber auch ein

Klavier; ich frage, wer spielt, und Martha gibt zu, dass sie es ist. Sie arbeitet als Musiklehrerin in einer Schule in Brooklyn Heights, außerdem hat sie für drei oder vier Zeitschriften Kulturbeiträge geschrieben und arbeitet an einem Roman. Sie lesen sich gegenseitig laut vor und schenken einander Feedback und konstruktive Kritik. Beide haben Kurse in creative writing absolviert und sind immer noch in einem. Martha kennt eine ehemalige Freundin von Harrison Moore ein wenig. Ich habe immer gedacht, Moore sei homosexuell, protestiere jedoch nicht.

Wir setzen uns an den Tisch, essen zunächst stark gewürzte Jakobsmuscheln, dann eine leckere, knallgelbe Paella. Trinken eine größere Menge Rotwein. Martha und Winnie werden ziemlich betrunken und finden einander; nach dem Dessert, Pflaume in Madeira mit Zitronensorbet, ziehen die beiden um auf das Sofa und tauschen weibliche Erfahrungen aus. Peter Brockenmeyer und ich sind auch ziemlich angesäuselt, wir bleiben am Tisch sitzen, wo wir wichtige Fragen behandeln, was die Erzählperspektive im Allgemeinen betrifft, die von Virginia Woolf im Besonderen, die Postmoderne und die Demokratie in Europa im Gegensatz zu der in den USA, den Roman und Film *Die Stunden*, Sylvia Plaths Selbstmord sowie das mysteriöse Punktezählen beim Baseball.

Die ganze Zeit habe ich immer ein Auge auf Winnie hinten auf dem Sofa, es ist lange her, dass ich sie in so guter, entspannter Laune gesehen habe wie heute Abend. Mehrere Jahre sicher, ich spüre einen Hauch von Neid und Ärger darüber, dass es nicht mein Verdienst ist, und darüber, dass es nicht mir zugute kommt. Gleichzeitig erscheint sie mir fremd, in der gleichen Art, wie sie mir früher am Abend im Zug als eine vollkommen unbekannte Frau erschienen ist; ich habe Probleme, mir klar zu machen, dass es sich wirklich um Winnie Mason handelt, meine Ehefrau, die da sitzt und zusammen mit der kleinen, reizbaren Martha Bowles lacht, und da der Unterschied zwischen Schein und Wirklichkeit in dieser Stadt und in meinem Leben momentan so gering ist, habe ich den Eindruck, ich sähe nur eine Szene aus einem Film; das sind Sally Bowles und irgendeine Nebenrolle, die dort hinten auf dem Sofa mit einer Aufnahme beschäftigt sind, ich begreife zwar nicht so recht, welche Funktion Peter Brockenmeyer und ich in diesem Zusammenhang haben, vielleicht sind wir die Produzenten oder Kameramänner oder Drehbuchautoren, ich bekomme mit, dass er gerade mit einer längeren und offenbar gelungenen Ausführung über Gott weiß was fertig ist. Er trinkt einen großen Schluck Wein und wartet auf meinen Kommentar, ich entschuldige mich und erkläre, dass ich auf die Toilette muss.

Um Viertel vor eins betreten wir den Bahnsteig. Winnies gute Laune ist verflogen, jetzt ist sie nur noch müde und berauscht. Mein eigener Zustand ist ungefähr genauso, außerdem reizt es mich, dass wir einander in gewisser Weise fremd sind. Ich weiß, dass der Moment vollkommen falsch gewählt ist, aber in dem Maße, in dem der Wein zu Kopf steigt, schwindet der Verstand, und dieser verfluchte Zug lässt auf sich warten.

»Warum lügst du mich an, Winnie?«, frage ich.

»Was?«, erwidert Winnie. »Was sagst du da?«

»Ich frage dich, warum du mich anlügst. Ich weiß, dass du mich hinters Licht führst, und ich würde gerne wissen, warum.«

»Ich verstehe nicht, wovon du redest«, erklärt Winnie.

»Das verstehst du ganz genau«, widerspreche ich.

»Tue ich nicht«, beharrt Winnie.

»Ich rede von diesem Mittagessen im Pastis«, sage ich. »Davon rede ich, und von dem Nachmittag, als ich dich auf der Bedford gesehen habe. Du behauptest, ich hätte mich jedes Mal geirrt, aber du weißt doch genauso gut wie ich, dass das nicht stimmt. Du warst da, verdammt noch mal, Winnie, ich weiß, dass du da warst!«

Sie schüttelt den Kopf, ohne mich anzusehen. Starrt stattdessen auf eine fette schwarze Ratte, die über die Gleise läuft.

»Da geht etwas vor sich, wovon ich nichts mitkriegen soll«, fahre ich fort, als mir klar wird, dass sie gar nicht daran denkt, etwas zu sagen, »und ich will, dass du mir sagst, worum es geht. Das *verlange* ich. Du hast … du hast mir nicht einmal erklärt, warum du glaubst, dass Sarah am Leben ist, du schließt mich von allem aus, und ich will mich nicht mehr damit abfinden. Findest du es merkwürdig, dass ich wütend bin? Sind wir eigentlich immer noch Mann und Frau, oder wie soll ich mich deiner Meinung nach verhalten?«

Die Worte platzen in einem ununterbrochenen Strom aus mir heraus, in einer aggressiven Tonlage, wie ich sie seit dem Unglück nicht mehr benutzt habe, auch vorher wohl kaum, da ich immer damit geprahlt habe, ein kontrollierter Mensch zu sein, dessen Worte stärker sind als Fäuste, und Winnie bleibt starr und schweigend sitzen, die Hände fest im Schoß gefaltet. Eine ganze Weile sitzt sie so da und starrt auf die dunklen Schienen, immer noch ist nicht die Spur eines Zuges zu sehen, auch keine Ratte mehr, aber es gibt ziemlich viele Menschen auf dem Bahnsteig, es wird hier und da über den Fahrplan gemurrt, der offensichtlich nie eingehalten wird, und dass man sich nie auf diesen verdammten Zug verlassen kann, aber weiter hinten spielen drei dunkelhäutige Männer Jazz – Tenorsaxophon, Klarinette und Gitarre –, die Stimmung ist also durchaus gemischt. Während ich auf eine Antwort von meiner Ehefrau warte, lausche ich unbewusst diesem gespaltenen Chor aus wütenden Stimmen und ruhig dahinswingender Musik; ich spüre, wie der Alkoholrausch langsam verfliegt und von einer anschwellenden Hoffnungslosigkeit ersetzt wird. Es vergeht ziemlich viel Zeit, mehrere Minuten, schließlich dreht sie den Kopf und sieht mich an; ich kann eine andere Art von Hoffnungslosigkeit in ihren Augen erkennen, vielleicht ist es auch etwas ganz anderes, ich weiß nicht, was. Ich kann sie nicht länger deuten. Ich kann nichts mehr deuten, ich bin nur noch müde, und mir ist übel.

»Eine Woche«, sagt sie in einem Tonfall, der plötzlich fast flehentlich klingt. »Gib mir eine Woche, Erik. Ich kann dir jetzt noch nichts sagen.«

Die Worte bleiben mir in der Kehle stecken, vielleicht versuchen sie sich in eine Reihe zu stellen und irgendeinen Standpunkt zu formulieren – und auf irgendeine Art und Weise ist mir klar, dass sie die Wahrheit sagt. Es gelingt mir nicht, etwas zu erwidern. Ich nicke und lege den Arm um ihre Schultern. Unsere jeweilige Hoffnungslosigkeit lehnt sich aneinander, und der Zug lässt auf sich warten.

15

Am Sonntagmorgen macht sich Winnie bereits um halb neun Uhr auf, um schwimmen zu gehen. Sie verspricht, vor drei Uhr wieder zurück zu sein, erzählt mir aber nicht, was sie abgesehen vom Training noch machen will.

Oder will sie die fünf, sechs Stunden tatsächlich im Schwimmbecken verbringen? Wohl kaum, aber ich frage nicht nach. Das Schweigen ist zu unserer normalen Umgangsform geworden, und ich habe ihren Wunsch nach einem einwöchigen Moratorium noch gut in Erinnerung. *Moratorium?* Vielleicht ist das nicht der richtige Ausdruck in diesem Zusammenhang, aber mir hat das Wort immer gut gefallen, es hat den unzweifelhaften Klang von Tod und Determinismus an sich, obwohl seine Bedeutung eigentlich nur »Frist« ist. Der Aufschub von etwas Unangenehmem und Unausweichlichem, ich denke, dass es sich mit dem Leben selbst und auch mit dem Tod haargenau so verhält. Jeder Tag, jedes Jahr, jede Stunde sind natürlich ein Aufschub; manchmal auch mehr, aber das auf jeden Fall.

Ich dusche, frühstücke, und da die Leroy-Bibliothek sonntags geschlossen hat, nehme ich die Metro hoch zum Fort Tryon Park. Das Wetter ist ausgezeichnet, ich kann gut ein paar Stunden im Park sitzen und schreiben. Ausnahmsweise erscheint mir das gar nicht schlecht, ich muss einiges verändern, vielleicht nicht gerade Antworten finden, aber zumindest eine gewisse Anzahl relevanter Fragen stellen. Und oben im Tryon Park wird man in Ruhe gelassen, Winnie und ich haben das Klostermuseum in unserer ersten Woche in der Stadt besucht, und ich habe festgestellt, dass nicht besonders viele Menschen so hoch in den Norden Manhattans fahren.

Ich finde eine Bank, die in einen üppigen Busch geschoben wurde, aber dennoch einen schönen Blick über den Fluss und etwas weiter die George Washington Bridge bietet. Ich denke, das hier ist ein einmaliger Platz, dieser historische Park; als Rockefeller dieses Land kaufte und es den Einwohnern von New York schenkte, da kaufte er gleichzeitig ein großes Stück Land auf der anderen Seite des Hudson – so dass man, wenn man hier sitzt, nicht jede Menge unschöner Bausünden vor Augen haben muss. Nur den gewaltigen Strom – die Wasser, die in zwei Richtungen fließen und zweifellos als Quelle für die Souveränität der Stadt gelten können –, ein hoher Felsabbruch und Wildnis.

Doch ich ignoriere all das, senke meinen Blick auf mein Notizheft und beschließe, wieder beim Nullpunkt anzufangen.

Mittwoch, der 5. 5. 2006, schreibe ich ganz oben auf eine rechte Seite. *Was ist passiert?*

Auf einer klinischen Oberfläche ist es ja ganz einfach zu beschreiben. Unerhört einfach: ein vierjähriges Mädchen namens Sarah Mason-Steinbeck sitzt auf einer Rasenfläche vor ihrem Haus in der Wallnerstraat in der Stadt Saaren und spielt. Es ist Nachmittag, die Uhr zeigt kurz nach halb vier. Frühling liegt in der Luft, schönes Wetter. Draußen auf der Straße hält ein mittelgroßer, ziemlich neuer, grün lackierter Wagen. Ein Mann Anfang mittleren Alters steigt aus, lockt das Mädchen zu sich und unterhält sich mit ihr. Nach einer Weile willigt sie ein, in das Auto zu steigen, und folgt ihm. Der Vater des Mädchens beobachtet die ganze Szene von einem Fenster in ungefähr fünfundzwanzig Meter Entfernung aus. Fast augenblicklich wird ihm klar, dass das Mädchen mit größter Wahrscheinlichkeit entführt worden ist, und er ruft die Polizei. Siebzehn Monate später ist Sarah Mason-Steinbeck immer noch verschwunden, und weder die Polizei noch sonst jemand weiß etwas über ihr Schicksal.

Das ist der klinische Nullpunkt. Hinzugefügt werden kann, dass es der Polizei im Laufe der Zeit nie auch nur annähernd gelungen ist, etwas vorzuweisen, was man wohlwollend betrachtet als Spur oder Anhaltspunkt bezeichnen könnte. Außerdem darf hinzugefügt werden, dass die Ermittlungshypothese A1 – wonach der Täter sich an dem Mädchen vergriffen hat, es anschließend tötete, um es dann an einem unbekannten Ort zu vergraben – in keiner Weise der Tatsache widerspricht, dass brauchbare Spuren oder Anzeichen fehlen. Ganz im Gegenteil: Er muss nur sorgfältig genug vorgegangen sein, ziemlich vorsichtig, und dazu noch das gehörige Maß Glück auf seiner Seite gehabt haben.

Möglicherweise hat er auch eine Art Motiv gehabt. Eine Art krankhaften Trieb jedenfalls. In den letzten zehn Jahren ist in der Gegend um Saaren kein anderes kleines Mädchen dem gleichen Schicksal zum Opfer gefallen wie Sarah. Und in den folgenden siebzehn Monaten auch nicht. Es gibt keinerlei Hinweise darauf, dass unsere Tochter einem Serienmörder zum Opfer gefallen ist.

Ich mache eine Pause und hebe meinen Blick. Lehne mich auf der Bank zurück und schaue mich um. Es ist schwer, sich klar zu machen, dass man sich immer noch in Manhattan befindet. Der Fort Tryon Park ist die Inkarnation des Begriffspaares Ruhe und Frieden, und dass es sich hierbei um etwas Konstruiertes handelt, verstärkt den Eindruck fast noch. Mit dem Taxi sind es nicht mehr als zehn Minuten zur Metropolitan Opera oder der Fifth Avenue. Ich lese meine Aufzeichnungen vom Nullpunkt und kehre zur Gegenwart zurück.

Hypothese B3? Sarah ist am Leben?

Was bringt Winnie dazu, dies mit solch einer Beharrlichkeit zu behaupten? Wie kommt sie dazu?

Ist es einzig und allein eine Frage ihrer inneren Überzeugung? Etwas, das sie geträumt oder phantasiert hat? Ist dies wiederum ein Zeichen dafür, dass sie wieder verrückt wird?

Oder gibt es tatsächliche Beweise? Eine Art Berechtigung für das, was sie behauptet? Und wenn ja, was dann? Und warum ist sie nie darauf zurückgekommen?

Die Fragen sind berechtigt und gleichzeitig unbequem. Besonders während ihrer Zeit in Rozenhejm ist Winnie mehrere Male auf derartige Dinge zu sprechen gekommen. Via Zeichen, Erscheinungen oder Träumen hatte sie verschiedene Arten von Hinweisen dahingehend empfangen, wie wir unsere Tochter wiederfinden könnten. Wir sollten diese oder jene Telefonnummer anrufen, zu dieser oder jener Adresse fahren oder nach einer gewissen Person mit einem bestimmten Namen suchen. Oder nach bestimmten Initialen. Auf Doktor Vargas' Rat hin versuchte ich nicht, Winnie zur Vernunft zu bringen oder mich ihren Vorschlägen allzu energisch zu widersetzen. Es kam vor, dass ich in Cafés saß und darauf wartete, dass eine Frau mit einem roten Regenmantel auftauchte, dass ich wildfremde Menschen anrief und dass ich in Tageszeitungs-Anzeigen nach geheimen Mitteilungen suchte – einmal verbrachte ich vier Stunden auf einer Bank vor einem Spielplatz in der Gemeinde

Gimsen und versuchte Sarah zwischen der Horde von Kindergartenkindern zu entdecken –, aber jedes Mal musste ich meiner Ehefrau mitteilen, dass ich keinen Schimmer von unserer Tochter gesehen hatte. Doktor Vargas meinte trotzdem, es sei die richtige Methode – Winnies Hinweise ernst zu nehmen. Einem Menschen die Hoffnung zu nehmen, fördert nicht den Heilungsprozess. Natürlich müsse man Grenzen setzen, wenn es allzu phantastisch werde, erklärte er mir, aber es gab absolut keinen Grund für allzu enges, einschränkendes Verhalten. Zu gegebener Zeit musste man möglicherweise die schwärzeste aller Tatsachen akzeptieren, aber warum das Dunkel schon vorzeitig heraufbeschwören?

Ja, warum?, denke ich, während ich einen schwarzen, verrosteten Flusskahn betrachte, der langsam auf dem vielbefahrenen Wasser unter der Brücke hindurchgleitet. In hundert Jahren sind wir alle tot.

Winnie wurde besonders in diesen sechs Monaten ihrer Krankheitsphase von derartigen Phantasien heimgesucht. Damals wagte ich es als Phantasien zu bezeichnen, und ich begreife nicht, was mich jetzt zögern lässt, die gleiche Bezeichnung zu benutzen, ein Jahr später auf einer Bank im Fort Tryon Park im Staat New York. Aber so ist es nun einmal, etwas sagt mir, dass die Voraussetzungen jetzt andere sind. Winnie ist nicht mehr psychisch krank, sie nimmt ihre Medikamente, wir haben das Alte hinter uns gelassen und sind dabei, uns ein neues Leben in einem anderen Teil der Welt aufzubauen.

Ja, ich will mir nur zu gern einreden, dass es sich so verhält; ich *muss* es mir in regelmäßigen Abständen immer wieder einreden, damit mein eigenes Leben nicht aus der Bahn gerät, und wenn … wenn nun meine Ehefrau behauptet, unsere Tochter sei tatsächlich am Leben, dann will ich das nicht als

Zeichen sehen, dass sie auf dem Weg zurück in die Dunkelheit ihrer Krankheit ist. Obwohl es natürlich so ist. Ich brauche eine gesunde Winnie – zumindest eine einigermaßen gesunde Winnie –, meine Kräfte reichen nicht für eine neue Welle des Wahnsinns. Guter Gott, denke ich, lass sie nicht den Verstand verlieren, lass nicht alles den Bach runtergehen. Lass etwas geschehen, das uns wieder ein bisschen Hoffnung gibt.

Aber dass Sarah tatsächlich am Leben sein soll? Ich wage diesen Gedanken kaum zu denken.

Ich spüre, wie ich tatsächlich hier sitze und bete, und während ich es tue, möchte ich Gott gleichzeitig um Verzeihung bitten – dafür, dass ich nun wirklich kein tüchtiger oder zuverlässiger Arbeiter im Weinberg gewesen bin; ganz im Gegenteil, solche wie ich haben nicht das Recht, mit Forderungen oder allen möglichen Wünschen oder auch nur Gebeten anzukommen. Und trotzdem. *Trotzdem?*

Ich trinke aus der Flasche, die ich mitgebracht habe, einen Schluck Wasser und versuche zu der nüchternen Frage zurückzufinden: Was bringt Winnie dazu zu glauben, Sarah wäre noch am Leben? Was ist *hier in dieser Stadt*, das ihr ein Zeichen gibt? Wenn man nun einmal davon ausgehen will, dass das Ganze nicht nur ein Traum- oder Hirngespinst ist.

Und plötzlich fällt mir ein, dass es Winnie war, die New York vorgeschlagen hat. Sie war es, nicht ich, die sich unter all den denkbaren Orten auf der Welt diesen Zufluchtsort ausgesucht hat, als wir schließlich beschlossen, das Alte hinter uns zu lassen. Ich war sofort mit ihrem Vorschlag einverstanden gewesen, und ich war auch derjenige, der sich um die ganze Abwicklung kümmerte; aber die Initiative war von ihr ausgegangen. Und verblüffenderweise kommt mir diese Tatsache erst an diesem milden Herbstsonntag im Fort Tryon Park in den Sinn.

Wir hatten locker über Rom, London oder Barcelona gesprochen, ohne Enthusiasmus, aber eines Morgens, irgendwann im Januar, da hatte Winnie erklärt, sie hätte in der Nacht von New York geträumt – von einer Wanderung über die Brooklyn Bridge, die sie vor vielen Jahren mit einer Freundin gemacht hatte, genauer gesagt –, und sie fände, wir sollten dorthin ziehen, es wäre doch nur gut, wenn wir ein ganzes Meer zwischen das Alte und das Neue legten. Genauso wie es die Immigranten zu allen Zeiten gemacht hatten.

Wie gesagt, ich war nicht schwer zu überreden gewesen, und auch dieser Ausdruck hatte mir gefallen: ein Meer zwischen das Alte und das Neue legen. Auch wenn es in keiner Weise funktionierte, so war es doch zumindest ein schönes Bild.

Ich komme mit meinen Fragen nicht weiter. Nicht in Bezug auf das Motiv, das hinter Winnies New-York-Initiative steckte, und sonst auch nicht. Stattdessen höre ich plötzlich Sarahs Stimme in meinem Kopf: *Papa, jetzt musst du mal kommen und gucken, was ich gebaut habe!*

Ganz deutlich höre ich sie; es muss gewesen sein, kurz bevor sie verschwand, vielleicht sogar am selben Vormittag. Ihre Stimme ruft auch ein Bild hervor. Sie sitzt an ihrem Schreibtisch und ist gerade mit einer Ritterburg fertig geworden. Ich stehe in der Tür, habe dort schon eine Weile gestanden, ohne dass Sarah es bemerkt hat. Als sie ruft, dass ich kommen soll, dreht sie den Kopf und entdeckt mich. Überrascht darüber, dass ich bereits da bin, breitet sie die Arme aus, und das halbe Gebäude fällt zu Boden. Wir brauchen zwanzig Minuten, um es gemeinsam wieder aufzubauen, ja, wenn ich jetzt daran denke, dann wird mir klar, dass es tatsächlich am selben Vormittag war.

Ich verlasse meine Bank, schlendere mit klopfendem Herzen noch eine Weile im Park herum, bevor ich zurück zur Metro in der 190. Straße gehe. Das Atmen fällt mir schwer. Wie kann eine Stimme nach so langer Zeit so deutlich zu hören sein?

16

»Es ist nur ein Vorschlag«, sagt Mr. Edwards. »Es kann kaum schaden, und ich nehme dafür kein Honorar.«

»Ich bin Ihnen für Ihr Angebot äußerst dankbar«, erwidere ich. »Aber ich weiß nicht so recht.«

»Sie halten es für unpassend, dass ein Mann seine Ehefrau überwachen lässt?«

»Ja«, stimme ich zu. »Ich habe so etwas noch nie getan. Nicht einmal in Gedanken. Es kommt mir … ja, unpassend vor, genau wie Sie gesagt haben.«

Mr. Edwards nickt und schiebt seine Brille zurecht. »Viele Männer in Ihrer Situation denken so. Ich möchte fast behaupten, dass alle *guten* Männer es tun. Wenn ein Mann seine Frau aus irgendeinem Grund verdächtigt, dann fällt damit auch ein Schatten auf ihn selbst. Das ist unausweichlich, und jeder muss selbst klarkommen damit – und Stellung dazu beziehen. Aber Sie müssen sich ja nicht hier und jetzt entscheiden. Mein Angebot gilt.«

Ich danke ihm noch einmal. Wir sitzen draußen im James Walker Park, jeder mit seinem Kaffeebecher. Die Bibliothek im Rücken, vor uns rote und blaue Kinder, die auf dem Spielfeld zur Hudson Street Baseball trainieren. Ich versuche ernsthaft, über seinen Vorschlag nachzudenken, abzuwägen, was dafür spricht und was dagegen, habe aber Probleme, eine Entscheidung zu treffen. Es ist ganz offensichtlich: Ich bin an eine Grenze gelangt. Sie überschreiten oder nicht, das ist die Frage. Mr. Edwards lehnt sich zurück und zündet eine seiner dünnen, hellbraunen Zigarren an.

»Gestern ist auch etwas passiert, wenn ich es richtig verstanden habe?«

»Ja«, nicke ich seufzend. »Gestern ist auch etwas passiert. Jedenfalls …«

»Ja?«

»Jedenfalls will sie mir nicht sagen, wo sie gewesen ist.«

»Lange Zeit?«

»Über sieben Stunden. Aber sie war auch eine Zeitlang schwimmen. Wahrscheinlich.«

»Keine Andeutungen hinsichtlich Ihrer Tochter?«

»Keine Andeutungen in welcher Hinsicht auch immer.«

»Ich verstehe.«

Ich frage mich, was er wohl versteht. Ich selbst habe das Gefühl, dass ich immer weniger verstehe, und wahrscheinlich ist es die Verärgerung über dieses Gefühl, was den Ausschlag gibt.

»Wie?«, frage ich. »Wie soll es vor sich gehen?«

»Oh«, sagt er und stößt eine Rauchwolke aus. »Eine reine Routineangelegenheit. Ich glaube, ich bin in dieser Stadt schon mehr als tausend Menschen gefolgt. Aus unterschiedlichen Gründen.«

»Und wenn Sie sie aus den Augen verlieren?« Ich denke an seine Hüfte und sein Alter.

Er räuspert sich und setzt sich ein wenig gerader hin. »Normalerweise verliere ich mein Objekt nicht aus den Augen, Mr. Steinbeck. Und wenn es doch passieren sollte, dann gibt es Schlimmeres. Wie gesagt. Dann kann man es bei einer späteren Gelegenheit erneut versuchen.«

Ich trinke einen Schluck Kaffee und denke nach.

»Wann?«, frage ich.

»Wann Sie wollen«, antwortet er. »Ich kann mich morgen früh vor Ihrer Haustür postieren, dann werden wir sehen, wohin sie geht. Liegt nicht das Grey Dog Café gegenüber auf der Carmine Street?«

Das bestätige ich.

«Ausgezeichnet«, sagt Mr. Edwards zufrieden. »Da kann ich sitzen und einen Kaffee trinken und darauf warten, bis sie Ihre Wohnung verlässt. Nichts einfacher als das.«

»Es ist nicht gesagt, dass sie morgen rausgeht. Vielleicht bleibt sie auch zu Hause und malt.«

»Wir werden sehen. Aber Sie sind derjenige, der normalerweise zuerst das Haus verlässt?«

»Ja. Jedenfalls meistens.«

»Gut«, fasst er zusammen. »Was meinen Sie? Denken Sie nicht, dass es einen Versuch wert ist?«

Ich zögere.

»Sie wird es niemals erfahren«, fügt er hinzu.

Ich zögere immer noch. Dann nicke ich.

Diese Gedichtzeilen in *Die Perspektive des Gärtners,* die Winnie Mason und mich zusammengeführt haben, verschwanden bald aus unserem Leben. Nachdem wir an jenem ersten Abend in Aarlach diesen sonderbaren Zufall diskutiert hatten – dass wir beide, jeder für sich, diese Zeilen offenbar mehr oder weniger zum selben Zeitpunkt komponiert hatten –, sprachen wir fast nie mehr darüber.

Sechs Fuß unter der Erde,
in der Morgenröte,
zwei blinde Würmer, die verweilen.

Natürlich tauchten sie ab und zu in meinem Kopf auf, ich nehme an, bei Winnie auch, aber aus welchem Grund auch immer, wir sprachen nie wieder darüber. Wir erwähnten diesen merkwürdigen Tatbestand auch nie jemand anderem gegenüber, vielleicht empfanden wir beide ja das Gedicht als eine Art privates, geheimes Band, etwas, das uns zusammenhielt, aber mit dem zu prahlen nicht nötig, ja nicht einmal passend gewesen wäre. Ja, ich glaube wirklich, dass es sich so verhielt.

Einmal – ein einziges Mal – wurde ich jedoch daran erinnert und war ein wenig aufgewühlt. In einem Artikel der angesehenen Literaturzeitschrift P.A.C. wies nämlich ein Kritiker namens Simon Frazer darauf hin, dass die Zeilen über die Würmer in meinem Roman schon selbst eine Übersetzung – oder zumindest Interpretation – eines Gedichts des französischen Lyrikers Bernard Grimaux aus seiner Sammlung *Les Lettres toxiques* von 1929 waren. In dem Artikel wurde das Gedicht in extenso wiedergegeben, und trotz meines ziemlich schlechten Französisch konnte ich feststellen, dass Frazer zweifellos Recht hatte. Meine – und Winnies – Zeilen stimmten ganz unzweifelhaft mit den letzten sieben Zeilen bei Grimaux überein.

Wobei ich aber sofort feststellen konnte, dass ich noch nie zuvor auf Grimaux' titelloses Gedicht gestoßen war, was ich natürlich als Erleichterung empfand. Ich meinte mich vage an seinen Namen erinnern zu können, aber ich war mir vollkommen sicher, dass ich noch nie auch nur ein Wort von dem gelesen hatte, was er geschrieben hatte.

Als ich am selben Abend Winnie gegenüber Grimaux erwähnte, stellte sich heraus, dass ihre Unkenntnis über diesen französischen Poeten genauso groß war wie meine.

»Bernard Grimaux?«, fragte sie. »Nie gehört von ihm. Wer ist das? Warum fragst du?«

Aus irgendeinem Grund, ich kann nicht genau sagen, wieso eigentlich, erzählte ich ihr nicht, wie ich auf seinen Namen gestoßen war. Damals nicht und auch später nie. Ich erklärte ihr nur, dass er ein Gedicht geschrieben hatte, das ein wenig an das von den Würmern erinnerte. Ein paar Tage später suchte ich ihn aber im Internet und erfuhr unter anderem, dass er 1933 in New York gestorben war, erst 34 Jahre alt. Er hatte ein Jahr zuvor Frankreich verlassen, nachdem seine Frau und seine Tochter bei einem Schiffsunglück im Mittelmeer ums Leben gekommen waren. In keinem der beiden Artikel, die ich las, wurde genau gesagt, an was Grimaux verstarb, aber zwischen den Zeilen meinte ich lesen zu können, dass er sich das Leben nahm.

Jetzt, während ich in der Bibliothek sitze und über Bernard Grimaux schreibe, ist es Dienstag, und Mr. Edwards' Platz ist leer. Obwohl ich fast warte, bis die Bibliothek schließt, taucht er nicht auf, und mit einem leicht unruhigen Gefühl begebe ich mich nach Hause in die Carmine Street.

17

»Wollen Sie behaupten, Sie würden die Situation Ihrer Frau verstehen?«

Das ist eine typische Hertha-Baussmann-Frage. Ein regnerischer Dienstag oder Freitag im September oder Oktober, die Gardinen in ihrem dunklen Sprechzimmer in der Ruyderstraat sind sorgfältig zugezogen, um die Umgebung außen vor zu lassen.

»Ob ich Winnies Situation verstehe?«, wiederhole ich.

»Ja.«

Ich zögere einige Sekunden mit meiner Antwort. »Sowohl ja als auch nein«, sage ich dann.

»Was bedeutet das?«, fragt Hertha Baussmann.

»Das bedeutet«, sage ich und versuche die Müdigkeit zu überwinden, die mich überfällt, weil ich hier sitzen muss und diesen abgestumpften Ohren so etwas erklären soll, »das bedeutet, dass ich mir vorstellen kann, welches Trauma es bedeuten muss, zwei Kinder zu verlieren, aber dass ich mir nicht sicher bin, wie Sie das Wort *verstehen* auslegen. Es gibt eine Grenze, die wir niemals überwinden können.«

»Entschuldigung«, sagt sie und verzieht kurz den Mund. »Ich habe vergessen, dass Sie Wortkünstler sind. Aber wenn wir jetzt mal alle denkbaren Doppelbedeutungen beiseite lassen, können

Sie mir sagen, in welcher Art sich Winnie verändert hat, seit Ihre Tochter verschwunden ist? Die allerwichtigste Veränderung.«

»Sie will nicht mehr leben«, sage ich.

Hertha Baussmann nickt und kritzelt eine Zeit lang mit ihrem altmodischen Füllfederhalter auf den Block, der immer vor ihr auf dem Tisch liegt. Ich glaube nicht, dass sie etwas Verständliches schreibt, vielleicht will sie nur den Anschein erwecken, als zeichnete sie etwas Wichtiges auf, aber mir ist aufgefallen, dass es sich meist nur um unverständliches Gekritzel handelt. Vermutlich ist das ihre Strategie, um Zeit zu gewinnen und nachzudenken.

»Das ist eine ganz wesentliche Veränderung, nicht wahr?«

»Es fällt mir schwer, mir eine größere vorzustellen«, stimme ich ihr zu. »Entweder, man will leben, oder man will sterben. Das ist ein Wahnsinnsunterschied.«

»Zweifellos«, nickt sie. »Und Sie selbst hegen keine Gedanken in dieser Richtung?«

»Mir das Leben zu nehmen?«

»Ja.«

»Natürlich habe ich die. Ich glaube, das sind Gedanken, die allen vernünftigen Menschen hin und wieder kommen.«

»Nun ja«, sagt Hertha Baussmann. »Darüber haben wir ja schon früher gesprochen. Und ich respektiere Ihren Standpunkt. Aber es gibt da etwas anderes, was mich verwundert.«

»Ja?«, frage ich und denke, dass auch das ein sich immer wiederholendes Muster in unserem Gespräch ist. Hertha Baussmann will, dass ich *ihr* etwas erkläre. Dinge, die *sie* nicht begreift. Ich bin mir nicht sicher, welches therapeutische Motiv sich hinter dieser Taktik verbirgt, aber vielleicht gibt es ja eines. Auf jeden Fall antworte ich normalerweise, da ich sie nicht enttäuschen und nicht unhöflich wirken will.

»Ja, wissen Sie«, führt sie aus. »Sie haben mir ja erzählt, dass Ihre Ehefrau Ihnen vor der Hochzeit erklärt hat, dass sie sich nicht vorstellen kann, noch einmal ein Kind zu bekommen. Was hat sie dazu bewogen, ihre Meinung zu ändern?«

»Sie ist schwanger geworden«, sage ich.

»Ganz einfach so?«, fragt Hertha Baussmann.

»Ganz einfach so«, bestätige ich. »Ist das nicht der Grund, der die meisten Frauen dazu bringt, ein Kind zu gebären?«

Sie legt den Füller hin. Ich registriere, dass es ein Parker ist. »Und wenn wir jetzt sozusagen einen Schritt zurück gehen: Was hat sie dazu gebracht, schwanger zu werden? Verzeihung, ich meinte: schwanger werden zu *wollen?*«

Ich seufze. »Es tut mir leid«, sage ich. »Ich fürchte, jetzt sind wir an so eine Grenze gelangt.«

Sie runzelt die Stirn und ist offensichtlich nicht zufrieden mit meiner Antwort. »Was halten Sie eigentlich von unserem Gespräch?«, fragt sie. »Wissen Sie, manchmal habe ich das Gefühl, Sie denken, es handelt sich hier um eine Schachpartie, die Sie auf die ein oder andere Art gewinnen müssen.«

»Ganz und gar nicht«, erkläre ich. »Ich habe keinerlei Bedürfnis, zu gewinnen.«

Ende November, es war bei einem unserer letzten Treffen, aber nicht beim allerletzten, stellte sie mir folgende Frage:

»Wenn Ihre Tochter tatsächlich wohlbehalten zurückkommen würde, was glauben Sie, wie Ihre Ehefrau eine derartige Situation bewältigen würde?«

Ich erinnere mich, dass ich erwiderte, dass ich das aus zwei Gründen für eine merkwürdige Frage hielte, zum einen, weil sie ganz eindeutig Winnie betraf, wobei doch trotz allem ich eigentlich die Hauptperson in unseren Gesprächen sein sollte –

zum anderen, weil ich fand, die Frage würde bereits eine negative Antwort beinhalten.

»Eine negative Antwort?«, wunderte Hertha Baussmann sich.

»Ich habe das Gefühl, dass Sie so etwas andeuten.«

»Was andeuten?«

»Dass es Winnie in negativer Richtung beeinflussen würde, sollte Sarah zurückkommen.«

Hertha Baussmann widersprach dem entschieden. »Aber nein!«, protestierte sie. »Ich dachte nur, es könnte sinnvoll sein, über diese Problematik nachzudenken. Es kann ja trotz allem so kommen.«

»Gewiss«, erwiderte ich. »Diese Entwicklung ist gut möglich, oder etwa nicht?«

»Gut möglich«, stimmte mir Hertha Baussmann zu. »Und was meine Fokusierung auf Ihre Ehefrau betrifft, so basiert sie natürlich auf Ihrer eigenen Fokusierung auf sie. Es gibt drei Menschen in Ihrem Leben. Der erste ist Ihre verschwundene Tochter Sarah, der zweite ist Ihre Ehefrau Winnie, die Sie auf Händen tragen, und der dritte sind Sie selbst.«

Ich erwiderte nichts darauf, da ich es nicht als Frage ansah.

»Der dritte sind Sie selbst«, wiederholte sie und schaute mich mit strengem Blick an, als wollte sie mir damit deutlich machen, dass es hier etwas zu lernen gab. In gewissen Augenblicken erinnerte sie mich tatsächlich an die Schulleiterin einer alten, ehrwürdigen Mädchenschule, diese Hertha Baussmann, und ich entschied mich, sie vorsichtig ein wenig herauszufordern.

»Vermutlich eine richtige Beschreibung«, sagte ich. »Aber die umgekehrte Reihenfolge wäre auch nicht besonders glücklich. Das ist zumindest meine Auffassung.«

Sie starrte mich eine Weile an, dann brach sie in ihr trockenes Lachen aus.

»Wissen Sie, Erik Steinbeck«, sagte sie und klappte ihren Block zu. »Ich bin überzeugt davon, dass Sie sowohl sich wie die Welt mit Ihren Wortkünsten manipulieren können und dass Sie alle Voraussetzungen dafür haben, aus dieser Geschichte mit heiler Haut herauszukommen.«

Das gab mir das Gefühl, derart durchschaubar zu sein, dass ich keine Lust hatte, weiter ihr Honorar zu bezahlen.

18

Mr. Edwards sieht am Mittwochmorgen ein wenig müde aus – aber gleichzeitig professionell und elektrisiert, und mir ist klar, dass er nichts dagegen hat, ein Gastspiel auf eigenem Boden zu absolvieren.

»Lassen Sie uns einen Kaffee im Kitchen trinken«, sagt er. »Dann kann ich in aller Ruhe berichten.«

Wir hasten die wenigen Meter durch einen Nieselregen zu Out Of the Kitchen an der Ecke zur Hudson Street. Das Lokal ist leer, es ist früher Vormittag, und wir lassen uns an einem Tisch am Fenster zur Leroy nieder.

»Ich dachte, Sie würden gestern Nachmittag noch in die Bibliothek kommen«, sage ich. »Ich war dort, bis sie geschlossen hat.«

Er nickt und löffelt Schaum von seinem Latte. »Ich hatte noch einen Arzttermin. Glauben Sie nicht, ich hätte mich den ganzen Tag um Ihre Frau gekümmert.«

Er holt einen schwarzen Notizblock aus der Aktentasche und blättert einen Augenblick lang vor und zurück. Ich sitze schweigend da und warte.

»Also«, sagt er und räuspert sich umständlich. »Ich kann Folgendes berichten.«

Ich spüre einen leichten Metallgeschmack auf der Zunge.

»Ihre Ehefrau hat Ihre Wohnung in der Carmine Street gestern kurz nach elf Uhr morgens verlassen. Sie ging zur Metrostation an der Siebten Avenue und nahm den V-Zug bis zur 34. Straße. Hier stieg sie aus und ging bis zur 36., dort betrat sie die Schwimmhalle zwischen der Fünften und der Sechsten Avenue. Hat gut drei Stunden dort verbracht, und …«

»Mein Gott«, unterbreche ich ihn, »es war ja nicht geplant, dass Sie die ganze Zeit …«

Er wedelt abwehrend mit der Hand. »Kein Problem. Es liegt ein kleines italienisches Restaurant gegenüber. Und ich habe immer Lektüre bei mir. Warten ist ein grundlegender Bestandteil aller Detektivarbeit.«

Ich nicke. »Und dann?«

Er schlägt ein Blatt seines Notizblocks zurück und räuspert sich erneut. »Jetzt kommen wir zu dem Interessanten. Sie hat das Schwimmbad um zwei Uhr fünfunddreißig verlassen, ist in einen Delikatessenladen gegangen und hat Suppe mit Brot sowie einen Salat gegessen, ungefähr zwischen zwei Uhr fünfundvierzig und drei Uhr. Dann ging sie die Siebte Avenue weiter Richtung Süden bis zur Perry Street. Hier bog sie nach rechts ab und überquerte die Vierte und Bleecker, und gleich nach der Bleecker, in Nummer 95, ging sie die Treppe hinauf – ohne zu zögern, wie man wohl anmerken sollte –, klingelte und wurde nach zehn Sekunden hineingelassen. Das ist ein vierstöckiges Stadthaus, und sie ist dort mindestens fünfundvierzig Minuten geblieben. Leider war ich gezwungen, meine Arbeit um vier Uhr abzubrechen, um noch zu meinem Arzttermin zu kommen.«

»95 Perry Street?«, frage ich.

»Genau«, bestätigt Mr. Edwards, kratzt sich am Kopf und nickt. »Nicht mehr als fünf, sechs Häuserblocks von hier entfernt.«

»Und es gibt keinen Zweifel?«

»Es gibt keinen Zweifel.«

»Was… ich meine, was hat sie da gemacht?«, frage ich dumm.

Mr. Edwards trinkt einen Schluck Kaffee, leckt sich den Schaum von den Lippen und schiebt sich die Brille auf die Nasenspitze hinunter. »Darauf kann ich keine Antwort geben«, sagt er. »Es gibt keinen unproblematischen Spähposten bei dieser Adresse, ich hatte keinen Einblick. Aber ich bin natürlich die Außentreppe hochgegangen und habe nachgesehen, wer dort wohnt. Bitte schön.«

Er dreht den Block so herum, dass ich selbst lesen kann. »Es sind offenbar nur drei Wohneinheiten«, fügt er hinzu. »Denkbar, dass die beiden obersten Stockwerke miteinander verbunden sind.«

Ich studiere die Namen von oben nach unten.

Lenovsky
Grimaux
Perriman

Bevor ich noch die absurde Verbindung erkenne, zeigt er mit dem Stift auf den mittleren Namen. »Dieser hier«, sagt er. »Ich weiß nicht, was Sie denken, aber vielleicht geht es um den. Hinter seinem Namen klebt ein kleines Metallschild. *Parapsychological Advice and Psychic Readings.*«

»Psychic Readings?«, wiederhole ich.

»Ja, ich weiß nicht«, brummt Mr. Edwards und zuckt mit den Schultern. »Was denken Sie?«

Ich antworte nicht. Habe keine Ahnung, was ich denke. Mr. Edwards redet noch eine Weile weiter, dass er bereit ist, die Aktivitäten meiner Frau im Laufe der nächsten Tage noch etwas genauer unter die Lupe zu nehmen, aber es fällt mir schwer, ihm konzentriert zuzuhören. Ich halte mich an der Tischkante fest und versuche mein Gleichgewicht wiederzufinden. Ich habe das Gefühl, dass meine Wahrnehmung gerade einen kräftigen Stoß abbekommen hat. Draußen gleiten gelbe Taxis vorbei, der Regen hat zugenommen, eine dünne, kleine Kellnerin mit dunklem, kurz geschnittenem Haar sitzt zusammengekauert auf einem hohen Hocker an der Kasse und feilt sich die Nägel. Ich versuche zu begreifen, warum ein französischer Lyriker des Surrealismus, der sich 1933 das Leben genommen hat, denselben Namen trägt wie ein Zeichendeuter und Hellseher, den meine Ehefrau aufsucht, weil unsere Tochter entführt wurde.

Sechs Fuß unter der Erde …

Dieselbe Stadt, vierundsiebzig Jahre später. Ich beschließe – sobald ich mich wieder gefangen habe –, darüber selbst einiges in Erfahrung zu bringen, bevor ich Mr. Edwards' Dienste wieder in Anspruch nehme.

»Sie sehen blass aus«, sagt er.

»Ich habe letzte Nacht schlecht geschlafen«, erkläre ich.

Bernard Grimaux wurde 1899 in Rouen geboren und starb vierunddreißig Jahre später in New York. Ich lese die kurzgefassten Angaben über ihn, die ich in der Bibliothek im Internet finde. In seinem kurzen Leben veröffentlichte er vier Gedichtsammlungen, von denen die dritte, *Les Lettres toxiques,* zweifellos als seine beste angesehen wird. Hier erscheint er auch zum ersten Mal voll und ganz als Surrealist. Seine letzte Sammlung, *Les Meubles obscurantes,* erschien 1932, im selben Jahr, in dem er nach New York zog, nachdem seine Frau und seine vierjährige

Tochter bei einem tragischen Schiffsunglück im Mittelmeer vor der Küste von Collioure nahe der spanischen Grenze ums Leben kamen. Für *Les Lettres toxiques* wurde Grimaux 1930 mit dem prestigeträchtigen Preis P.S.C.P belohnt.

Das ist im Groben alles, was ich über ihn finde. Von seiner kurzen Zeit in New York – nach allem, was ich gelesen habe, nicht mehr als ein halbes Jahr – handelt keine Zeile.

Abgesehen davon, dass er hier starb. Wahrscheinlich durch eigene Hand; auch hier meine ich es zwischen den Zeilen lesen zu können.

Über den Parapsychologen in 95 Perry Street weiß ich bis dato nichts, aber als ich den Namen Grimaux google, bekomme ich mehr als 58 000 Treffer, und mir wird klar, dass diese Namensübereinstimmung vielleicht doch nicht so merkwürdig ist, wie ich es mir eingebildet habe. Bernard Grimaux ergibt 13 900 Treffer, die meisten handeln nicht von meinem Dichter, sondern von einem berühmten Architekten, der sich ganz und gar nicht das Leben in New York nahm. Außerdem kenne ich den Vornamen des Perry-Mannes ja gar nicht, er steht jedenfalls nicht im Telefonbuch, so viel lässt sich sagen, während ich mich noch in der Bibliothek befinde. Gleichzeitig wächst mein Bedürfnis, meine Frau zu sehen und sie mit den Informationen zu konfrontieren, die ich durch Mr. Edwards' Bemühungen herausbekommen habe. Plötzlich habe ich das Gefühl, es wäre eilig; es ist erst kurz nach zwei, als ich mich mit einem Nicken von Mr. Edwards verabschiede und durch das Portal hinaushaste.

Noch bevor ich die 7th Avenue überquert habe, packt mich der Zweifel mit seinen Krallen. Es ist wie immer. Das Nachdenken ist die ältere Schwester des Entschlusses.

Was nützt es, Winnie wegen ihres Besuchs in der Perry Street unter Druck zu setzen? Und wenn sie sich nun ein wenig übernatürliche Hilfe sucht, ist das tatsächlich etwas, weswegen man sich aufregen sollte? Oder Trost – wahrscheinlich geht es eher darum. Es kann doch nichts Schlimmes sein, wenn sie ab und zu dieser Art von Einbildung folgt? Geschieht das nicht sogar mit ausdrücklicher Erlaubnis von Doktor Vargas?

Oder nicht?

Sie ist nicht zu Hause. Ich rufe sie auf ihrem Handy an, bekomme aber keine Verbindung. Laufe in unserer Wohnung in einer nagenden, sich steigernden Unruhe herum, bevor ich schließlich wieder hinausgehe und mich in das kleine italienische Restaurant an der Ecke Carmine/Bleecker setze. Ich bestelle eine kleine Karaffe Rotwein und einen Salat. Von meiner Position aus auf dem Bürgersteig habe ich freien Blick auf unseren Hauseingang; wenn Winnie zurückkommt, während ich hier sitze, kann ich sie gar nicht verfehlen.

Nach einer Stunde habe ich den Wein ausgetrunken, den Salat aufgegessen und die New York Times gelesen. Außerdem noch einen Kaffee und ein Glas Grappa getrunken und mich eine Weile mit Carmencita Velasquez unterhalten, einer kräftigen Puertoricanerin, die in der katholischen Kirche gegenüber arbeitet. Sie kennt hier im Viertel alle und redet mit allen; eine ihrer wichtigsten Aufgaben besteht darin, die Kinder über die Straße zu schleusen, wenn sie auf dem Weg zur oder von der Schule sind, jeden Morgen und Nachmittag sorgt sie dafür, dass der Verkehr auf der Carmine und Bleecker einige Minuten lang vollkommen still steht. Wenn irgendwelche Taxi- oder Busfahrer ungeduldig werden und hupen, geht sie zu dem betreffenden Fahrzeug hin und schlägt mit der geballten Faust eine Delle ins Blech. Kinder sind das Leben und die Zukunft, meint Carmencita Velasquez. Sie selbst hat acht Stück, aber auch das

Jüngste ist bereits übers Teenageralter hinaus und von zu Hause ausgezogen.

Sie weiß, dass ich schreibe, und sie selbst liest so einiges. Aber sie hat nicht viel für diese jungen westlichen Autoren übrig. Mit »jung« meint sie Leute unter fünfzig.

»Ihr habt doch nichts erlebt«, stellt sie fest und verschränkt die Arme vor ihrem beeindruckenden Busen. »Das ist das Problem. Ihr wart mal besoffen, habt versucht, euch zu paaren, ihr habt jemanden in der Liebe enttäuscht und seid auch selbst mal enttäuscht worden. Einige von euch haben ein paar Tage lang mal Angst gehabt. Das reicht für jämmerliche drei Kapitel, aber dann ist Schluss, korrigiere mich, wenn das nicht stimmt.«

Ich lade sie auf ein Glas Wein ein und überlege, ob ich ihr erzählen soll, dass ich eine verschwundene Tochter und eine Ehefrau kurz vorm Nervenzusammenbruch mit mir herumschleppe, beschließe dann aber, es lieber nicht zu tun. Vielleicht hat sie ja recht, vielleicht sollte ich den Stift ein für alle Mal hinlegen und aufhören, mir etwas einzubilden.

»Nimm es mir nicht übel«, sagt sie, als sie meine Unschlüssigkeit sieht. »Diejenigen, die wirklich etwas zu erzählen haben, die haben weder Zeit noch Möglichkeit, es zu tun, so einfach ist es in dieser Welt eingerichtet.«

Jemand ruft sie von der Kirchentreppe auf der anderen Straßenseite, sie trinkt ihren Wein aus und verlässt mich. Ich bezahle und gehe nach Hause. Fühle mich lustlos und müde und frage mich, wie lange man eigentlich ohne irgendeinen Antrieb im Körper weiterleben kann.

Es ist bereits Viertel nach acht, als Winnie nach Hause kommt, und bis dahin habe ich drei weitere Gläser Wein getrunken.

Oder vier, ich kann mich nicht mehr so genau erinnern. Der

Regen prasselt auf unser Dachfenster, wenn man ein paar Kerzen anzündete, wäre es stimmungsvoll bis an die Grenze zum Romantischen.

Aber ich habe keine Kerzen angezündet.

19

»Weißt du noch, wie dieser Dichter hieß?«

Das ist eine wohl überlegte Spieleröffnung, und obwohl der Wein in meinen Adern braust, achte ich aufmerksam auf ihre Reaktion.

»Dichter? Was für ein Dichter?«

»Na, dieser französische Surrealist, der über die Würmer geschrieben hat, bevor du und ich es getan haben. Weißt du nicht mehr?«

»Doch, schon, aber ich weiß nicht mehr, wie er hieß. Warum fragst du?«

Ich zucke mit den Schultern und versuche desinteressiert zu wirken. »Ist mir nur so durch den Kopf gegangen. Gri…? War das nicht irgendwas mit Gri…?«

»Keine Ahnung. Wie viel Wein hast du getrunken?«

»Ein paar Gläser. Wo bist du gewesen?«

Sie antwortet nicht, und das tut sie auf die natürlichste Art und Weise, indem sie meine Frage einfach ignoriert. Sie geht ins Badezimmer, ich höre, wie sie die Dusche anstellt, und es dauert mindestens zwanzig Minuten, bevor sie wieder auftaucht. Der Regen prasselt stetig auf unser Dachfenster, und es wird langsam ziemlich dunkel, aber ich mag noch kein Licht einschalten. Sie hat sich ein Handtuch um den Körper geschlungen und eins um die Haare. Ich denke, dass sie ja möglicherweise sehr wohl weiß, wie dieser Parapsychologe heißt, sie aber den Namen des Poeten vergessen hat, genau wie sie behauptet. Während ich das denke, habe ich das Gefühl, ich tue das aus einem Bedürfnis heraus, ihr zu verzeihen. Ich möchte alles möglichst positiv interpretieren.

»Wie geht es dir eigentlich?«, frage ich.

Sie gibt keine Antwort. Geht zum Schrank, trocknet sich noch eine Weile ab und schlüpft dann mit ihrem schlanken Körper in ihre bunte Malerkluft. Ich wiederhole meine Frage.

»Wie geht es dir, Winnie?«

»Ich weiß nicht so recht«, antwortet sie und betrachtet mich kurz. Vielleicht auch etwas verärgert. »Ich dachte, wir wären übereingekommen, uns nicht zu fragen, wie es uns geht. Das führt doch zu nichts.«

Ich kann mich nicht so recht an eine derartige Übereinkunft erinnern und versuche das Winnie zu erklären. Doch ich merke, dass sie gar nicht zuhört. Sie geht nach oben ins Loft und fängt an, zwischen ihren Leinwänden, Pinseln und Farbtuben zu suchen. »Ich muss noch ein bisschen malen«, sagt sie. »Hast du etwas dagegen?«

»Ich erkenne dich nicht wieder«, erkläre ich.

»Wie bitte?«, fragt Winnie. »Was hast du gesagt?«

»Ich erkenne dich nicht wieder«, wiederhole ich.

»Auf welche Zeit beziehst du dich?«, fragt sie.

»Was meinst du damit?«

»Erkennst du mich nicht wieder, wenn du an die Zeit denkst, als ich im Krankenhaus war? Oder wie ich vor drei Jahren war? Oder vor einer Woche?«

Ich merke, dass sie jetzt ernsthaft verärgert ist. Gleichzeitig finde ich ihre Frage berechtigt.

»Ich beziehe mich auf alle«, antworte ich. »Auf alle.«

Es dauert eine Weile, bevor sie wieder etwas sagt.

»Du warst mit einer Woche einverstanden«, erinnert sie mich.

»Ich weiß«, sage ich. »Und jetzt sind vier Tage vergangen.«

»Du könntest ein wenig Musik machen«, sagt Winnie. »Gerne die Cellosuiten, wenn du sie findest. Ich muss noch ein wenig arbeiten.«

»Trinkst du anschließend noch ein Glas Wein mit mir?«

»Kann sein«, sagt Winnie, meine Ehefrau. »Kann sein. Leg erst mal Bach auf, dann sehen wir weiter.«

Ich tue ihr den Gefallen und entschließe mich zu einem Spaziergang im Regen.

Als ich zurückkomme, ist es zehn Uhr, und Winnie ist immer noch oben im Loft. Ich habe die letzte halbe Stunde in einer Bar auf der Bedford verbracht. Habe ein Bier und einen Mojito getrunken und mich in meiner Einsamkeit gesuhlt. Ich weiß, dass ich betrunken bin und dass ich direkt ins Bett gehen sollte, stattdessen klettere ich die Leiter zu Winnie hinauf.

Sie sitzt vor einer kleinen dunklen Leinwand und tupft vorsichtig mit dem Pinsel, ich stelle mich hinter ihren Rücken und versuche zu erkennen, was es darstellen soll. Es gelingt mir nicht, vielleicht stellt es auch gar nichts dar. Keiner von uns sagt etwas. Bachs Cellosuiten erklingen immer noch aus den Lautsprechern, sie muss unten gewesen sein und sie wieder angestellt haben. Ich möchte ihr am liebsten die Hände auf die Schultern legen, doch das geht nicht. Ich denke, dass der Abstand zwischen uns nie größer war als genau in diesem Moment, aber auch, dass sie vielleicht genau den gleichen Gedanken denkt und dass uns das auf eine paradoxe Art vereint. Das Gute mit dem Bösen.

In dieser stummen, aber möglichen Vereinigung verharren wir eine ganze Weile. Winnie tupft dunkle Farbe auf ihr dunkles Gemälde, ich stehe reglos da und betrachte ihre Bewegungen. Nichts passiert, nur ab und zu rufen sich die Geräusche der Stadt in Erinnerung. Sirenen, Hundegebell und Lachen. Ich überlege, ob wir nicht bis in alle Ewigkeit so weitermachen könnten. Zumindest für Stunden und Tage oder bis wir an Hunger und Austrocknung sterben, zwei erstarrte Gestalten auf einem sinnlosen und gleichzeitig wahrheitsgetreuen Gemälde, die Zeit scheint nicht zu vergehen, nichts verändert sich, nicht einmal die Cellosuiten kommen zu einem Schluss, und vielleicht ist es das, worüber Pascal gesprochen hat.

Vielleicht sind es auch einfach nur banale Gedanken, die wie eine Schlangenbrut in meinen berauschten Schädel schlüpfen. Ja, vermutlich ist es so. Ich hole tief Luft, gehe die Leiter hinunter und ins Badezimmer.

Eine Viertelstunde später liege ich im Bett und habe das Licht gelöscht. Winnie ist immer noch oben im Loft. Ich nehme an, dass sie immer noch dunkle Farbe auf ihr dunkles Gemälde tupft. Ich falte die Hände, aber kein Wort will mir entschlüpfen.

Später in der Nacht wache ich davon auf, dass sie weint. Sie liegt auf der Seite, von mir abgewandt, und ihr Körper wird vom Schluchzen erschüttert. Vorsichtig lege ich eine Hand auf ihre Schulter, doch das ändert nichts. Sie weint und weint, ich streiche leicht über ihre nackte Haut und frage mich, ob sie wach ist oder ob sie träumt. Mir wird klar, dass der Unterschied möglicherweise gar nicht so groß ist, denn wahrscheinlich träumt sie von der Wirklichkeit, von der sie der Schlaf eigentlich hätte befreien sollen. So soll es nicht sein, das hat keinen Sinn, dennoch verhält es sich so.

Gleichzeitig öffnet das Weinen eine Tür, zumindest einen Spalt weit, ich merke, dass sie mir jetzt näher ist als vor ein paar Stunden oben im Loft. Vielleicht ist es ihre Schwäche, die ich brauche, denke ich. Vielleicht ist das das ganze Geheimnis, die ganze Zeit, seit Sarahs Verschwinden bis zu unserer Abreise nach New York, habe ich sie auf Händen getragen – wobei es mir nicht gelingt, diese Formulierung von Hertha Baussmann aus meinem Kopf zu verbannen –, aber seit wir hierhergekommen sind, in diesen nur acht, neun Wochen, hat sie sich verändert. Ist stärker geworden, wie es scheint, hat eine Haltung eingenommen und eine Art Ziel gefunden, und ist es nicht diese plötzliche Stärke, die mir den Boden unter den Füßen wegreißt? Ich habe nichts mehr, was ich auf Händen tragen kann, und was um alles in der Welt soll ich dann tun? Welchen Dingen soll ich jetzt auf den Grund gehen, wozu soll ich diese Hände benutzen? Braucht … braucht der Patient den Arzt, oder ist es umgekehrt? Jäger oder Beute?

Ich rümpfe die Nase über meine Gedanken. Erinnere mich erneut an Hertha Baussmanns giftige Kommentare über die Ausreden der Schriftsteller; Carmencita Velasquez' übrigens auch. Dieser abgestandene, unausweichliche Narzissmus. Um halb vier Uhr morgens. Zur Wolfsstunde. Winnie weint und weint. Ich betrachte meine Hand auf ihrem Arm und frage mich, ob er sich genauso fehl am Platze fühlt, wie er aussieht. Einige Augenblicke lang wird plötzlich alles unscharf, und mir fällt die Blindheit ein, die mich in Aarlach überfallen hat, bevor ich Winnie zum ersten Mal sah. Mir kommt der Gedanke, das Gleiche könnte wieder passieren, aber nachdem ich ein paar Mal gezwinkert habe, kehrt meine Sehstärke mit der üblichen Schärfe wieder zurück.

Am nächsten Morgen wache ich erst spät auf, und als ich aus dem Bett steige, weiß ich, dass Winnie mich verlassen hat. Die ganze Wohnung riecht nach Abwesenheit, und als ich aus dem Badezimmer komme, finde ich ihren Zettel auf dem Tisch.

Es sind nur wenige Zeilen.

Liebster Erik,
ich gehe jetzt und werde eine Weile fortbleiben. Bitte sei so gut und versuche nicht, mich zu finden. Ich lasse in ein paar Tagen von mir hören, ich muss erst einmal allein sein, auch wenn du das nicht verstehen kannst. Es geht um Sarah.
Kuss, Winnie

Ich lese den Zettel wieder und wieder. Zähle die Worte. Ich weiß nicht, warum ich das tue, aber es sind neunundvierzig.

Es geht um Sarah?

Ich lasse mich auf einen Stuhl am Tisch sinken und stütze den Kopf in die Hände. Meine Schläfen pochen, ich weiß mir keinen Rat.

II

20

Ich träume immer wieder den gleichen Traum.

Ich sitze an einem Tisch in einem Zimmer ohne Fenster. Die Wände sind kahl, es ist warm, ein altmodischer Ventilator dreht sich nutzlos oben an der Decke. Mir gegenüber sitzen ein Mann und eine Frau, beide um die fünfundvierzig, beide in Uniform. Anfangs scheinen sie meine Anwesenheit gar nicht zu bemerken, sie studieren jede Menge Dokumente, die sie ab und zu mit leisen Kommentaren zwischen sich hin- und herschieben. Ich versuche etwas von dem, was sie sagen, zu verstehen, aber es gelingt mir nicht. Vielleicht sprechen sie ja auch eine Sprache, die ich nicht verstehe.

Nach einer Weile – ich kann nicht sagen, wie viel Zeit vergangen ist, aber jedes Mal, in jedem einzelnen Traum, muss ich eine quälende Wartezeit durchstehen – schiebt die Frau alle Papiere zusammen und richtet ihre Aufmerksamkeit auf mich. Der Mann ebenso, und jedes Mal stelle ich genau in diesem Moment fest, dass es sich um die Kriminalinspektoren Vendler und Tupolsky handelt.

Und als mir das klar wird, habe ich gleichzeitig – auch das jedes Mal – das Gefühl, als hätte ich es bereits vorher gewusst, aber insgeheim gewünscht, es würde sich um ganz andere Menschen handeln.

Aber es sind immer Tupolsky und Vendler, und es ist jedes Mal Tupolsky, der anfängt. In einer Sprache, die ich nur zu gut verstehe.

»Herr Steinbeck«, sagt er und beugt sich ein wenig über den Tisch. »Es gibt eine Alternative, die wir bisher mit Ihnen noch nicht diskutiert haben.«

Er klingt äußerst formell. Ich nicke und versuche mir einzureden, dass ich keine Ahnung habe, worauf er anspielt.

»Eine Alternative?«, wiederhole ich.

»Genau«, sagt Tupolsky. »Es ist wichtig, dass wir nichts außer Acht lassen. Wir wollen doch alle wissen, was mit Ihrer Tochter passiert ist. Nicht wahr?«

»Natürlich«, sage ich.

Tupolsky tauscht einen Blick mit Vendler und bekommt ein Blatt Papier. Doch bevor sie es ihm gibt, kontrolliert sie zunächst, was darauf steht, was in einer Art einstudierter Langsamkeit geschieht und in jedem Traum mit exakt der gleichen Präzision. Während ich schwitzend ihre Aktionen beobachte, habe ich das Gefühl, dass es sich eigentlich gar nicht um irgendeinen Traum handelt, sondern um eine Filmaufnahme. Die dritte, achte oder fünfzehnte Aufnahme einer Szene, die so gründlich misslingt, dass sie, wenn es noch eine Art Urteilskraft in der Welt gibt, aus dem fertigen Film herausgeschnitten werden müsste, aber was weiß denn ich, und auch diese Reflexion tritt jedes Mal mit irritierender Beharrlichkeit auf.

»Wir haben ja nicht so viele Zeugen«, erklärt Tupolsky.

Ich antworte nichts.

»Tatsache ist, dass wir nur eine einzige Zeugenaussage haben, auf die wir uns stützen können, und das ist Ihre, Herr Steinbeck.«

Ich erkläre, dass ich nicht weiß, was er damit sagen will.

»Wir haben mit einigen Nachbarn gesprochen«, sagt Inspektorin Vendler. »Alle, die wir haben erreichen können, alle, die zu dem betreffenden Zeitpunkt zu Hause waren.«

»Insgesamt elf Personen im Viertel«, souffliert Tupolsky von seinem Papier.

»Keinem von ihnen ist irgendein fremdes grünes Auto in der Nachbarschaft aufgefallen«, sagt Vendler. »Und kein fremder Mann in einem grünen Mantel.«

»Worauf wollen Sie hinaus?«, frage ich.

»Es gibt keine Zeugen«, wiederholt Tupolsky. »Wir haben nur Ihre Angaben, an die wir uns halten können. Und wenn wir etwas herausfinden wollen, müssen wir sorgfältig alle Tatsachen beachten.«

»Sorgfältig alle Tatsachen beachten«, wiederholt Vendler.

»Beispielsweise die Tatsache, dass Ihre Angaben möglicherweise nicht stimmen«, sagt Tupolsky. »Was für ein Verhältnis hatten Sie eigentlich zu Ihrer Tochter, Herr Steinbeck?«

Zu diesem Zeitpunkt des Gesprächs ist mir klar, dass es darum geht, genau so viel Empörung zu zeigen, wie der Moment erfordert, aber jedes Mal misslingt mir das. Zum Teil liegt es daran, dass ich zu lange nachdenke und damit die natürliche Spontaneität verloren geht, zum Teil, und zwar in erster Linie, daran, dass sich die Tür hinter Tupolsky und Vendler öffnet und eine Frau den Raum betritt.

Sie stellt sich zwischen die beiden Kriminalinspektoren, legt jedem eine Hand auf die Schulter, als wollte sie betonen, dass sie diejenige ist, die das entscheidende Wort zu sagen hat. Mir wird klar, dass es eine Art Tribunal ist, vor dem ich stehe, und gleichzeitig erkenne ich, um wen es sich bei der Frau handelt.

Um Agnes, meine erste Ehefrau. Sie hat die Haare gefärbt, größere Brüste bekommen und ist um diverse Zentimeter gewachsen, wie mir scheint, aber es besteht kein Zweifel daran, dass sie es ist. Sie trägt ein merkwürdiges, eng anliegendes Goldlamékleid, das absolut nicht in einen Verhörraum passt – eher wohl zu einer Art Galapremiere. Es steht ihr auch überhaupt nicht, und ich kann ums Verrecken nicht begreifen, was sie in diesem Traum zu suchen hat.

Jedes Mal bin ich wieder gleich verwundert und empört darüber. Doch ihre Empörung ist größer, viel größer.

»Was hast du mit unserer Tochter gemacht?«, zischt sie zwischen zusammengebissenen Zahnreihen hindurch. »Was hast du mit unserem Kind gemacht?«

»Beruhige dich«, sage ich. »Du gehörst gar nicht hierher. Wir haben kein Kind zusammen, das weißt du nur zu gut, denn du bist unfruchtbar.«

Sie ignoriert meine Bemerkung vollständig.

»Du bist schuldig!«, schreit sie. »Schuldig, schuldig, schuldig!«

»Wessen bin ich schuldig?«, versuche ich zu protestieren, doch in dem Moment, als ich das frage, werfe ich schnell einen Blick auf meine Hände. Sie sind voller Blut, und ich versuche sie schnell unter dem Tisch zu verstecken. Es ist zu spät, in jeder Beziehung zu spät.

»Die Hände auf den Tisch, die Hände auf den Tisch!«, rufen alle drei im Chor, und jetzt verliert der Traum langsam alle logischen Proportionen. Ich stehe von meinem Stuhl auf und laufe los, um zu entkommen, das Zimmer löst sich auf, ich befinde mich in einem Wald, vor einer starken Steigung, ich weiß, dass ich dort hinaufkommen muss, denn meine Verfolger sind mir auf den Fersen, ich pralle gegen alle möglichen Bäume, stolpere über Wurzeln und Steine und falle in dornige Büsche. Meine Hände sind immer noch voller Wunden und bluten. Vögel fliegen krächzend auf, und obwohl ich mich die ganze Zeit nach oben kämpfe, komme ich schließlich an einen breiten Fluss. Das Wasser ist rau, es ist mir klar, dass es unmöglich ist, hinüberzuschwimmen, aber da ich meine Plagegeister nur wenige Schritte hinter mir höre, werfe ich mich trotzdem hinein. Ich muss auf die andere Seite gelangen, werde jedoch stattdessen von einem kräftigen Mahlstrom mitgerissen, in Wirbeln immer weiter nach unten gezogen, und während dieser kreiselnden Wirbelbewegung wache ich irgendwann auf.

Immer wache ich in diesem Wirbel auf, mit einer leichten Übelkeit und einem Schwindelgefühl – aber gleichzeitig mit Erleichterung. Erleichtert darüber, davongekommen zu sein.

Es gibt Variationen von Traum zu Traum, natürlich, aber im Großen und Ganzen läuft er immer auf die gleiche Art ab. Er fängt an im Verhörzimmer, setzt sich fort im Wald und endet im Mahlstrom, und allein seit wir in New York angekommen sind, habe ich diesen Traum sicher ein halbes Dutzend Mal geträumt.

Alles in allem ziehe ich die Schlaflosigkeit vor.

21

Ich stoße auf Peter Brockenmeyer bei Barnes & Noble am Union Square. Es ist Montag, der 8. Oktober – noch zwanzig Tage bis zu Sarahs Geburtstag, zweiundzwanzig bis zu Winnies und meinem Hochzeitstag –, und es ist Vormittag; draußen im Regen geht der Obst- und Gemüseverkauf auf dem Markt immer noch seinen Gang. Ich sitze im Café im dritten Stock und blättere im New Yorker, als er plötzlich vor mir steht. Ich habe seit drei Nächten nicht geschlafen.

Nicht mehr, seit Winnie mich verlassen hat; als ich zu Peter Brockenmeyer hochschaue, tanzen gelbe Flecken am Rand meines Blickfelds. Ein paar Sekunden lang fällt mir nicht ein, wer er ist, doch dann kommt die Erinnerung wieder.

»Erik«, sagt er. »Das ist aber eine schöne Überraschung, dich hier zu sehen.«

Mir fällt ein, dass ich mich noch gar nicht für die Einladung bedankt habe, und ich beeile mich, das nachzuholen. Er nickt zu dem leeren Stuhl mir gegenüber; ich sehe, dass er einen Kaffeebecher in der Hand hat, und gebe ihm mit einem Zeichen zu verstehen, dass er sich setzen soll.

»Scheißwetter«, sagt er und schaut auf den Union Square hinaus. »New York ist bekannt für seinen schönen Herbst, ich weiß gar nicht, was das zu bedeuten hat.«

Ich murmele irgendetwas als Antwort. Er hüstelt etwas peinlich berührt.

»Ich werde Martha in zehn Minuten treffen, wollte mich nur vorher mit einem kleinen Kaffee aufwärmen. Wie geht es Winnie?«

»Gut«, antworte ich. »Obwohl, ich bin mir nicht sicher. Sie ist abgehauen.«

Ich weiß nicht, warum ich das sage, und Peter Brockenmeyer weiß definitiv nicht, wie er damit umgehen soll.

»Abgehauen«, wiederholt er und schaut sich nervös um. Als fürchte er, ich hätte zu laut gesprochen und ein peinliches Geheimnis verraten. »Ich meine …«

Er weiß nicht weiter, trinkt stattdessen von seinem Kaffee und verbrennt sich dabei die Lippen. »So eine Scheiße«, wiederholt er und wischt sich den Mund mit einer Serviette ab.

»Ich habe nur Spaß gemacht«, sage ich. »Sie ist zu Besuch bei Verwandten in Boston. Kommt morgen zurück.«

»Habe ich mir doch gedacht«, sagt mein Übersetzer mit einem angestrengten Lachen. Ich merke, dass er meiner Erklärung nicht so recht glaubt.

»Ich muss dich leider verlassen«, sage ich und schaue auf die Uhr. »Habe in ein paar Minuten eine Verabredung.«

Er nickt, ich stehe auf und arbeite mich mit Mühe zwischen Tischen und Stühlen hindurch.

Als ich wieder zu Hause in der Carmine ankomme, bin ich durchnässt. Ich ziehe mich um und setze mich vor den Computer. Öffne mit einem Klick meine Mails und sehe nach, ob ich von Doktor Vargas eine Antwort erhalten habe.

Nein. Es sind achtundvierzig Stunden vergangen, seit ich ihm gemailt habe, ich kontrolliere noch einmal, ob meine Nachricht auch wirklich rausgegangen ist, dann lege ich mich aufs Bett und bitte um eine Stunde Schlaf.

Die mir nicht gegönnt ist. Ich bleibe dennoch liegen und ruhe mich aus, während ich warte, dass es zwei Uhr wird, der Zeitpunkt, zu dem die Leroy-Bibliothek montags öffnet. Fragen tanzen mir wie müde Hornissen im Kopf herum, die gleichen Fragen, die seit Freitagmorgen tanzen. Ich mag mir nicht einmal mehr irgendwelche Antworten vorstellen, aber mir ist klar, dass ich aus meiner Einsamkeit heraus muss. Wenn sonst nichts, wird mich diese Einsamkeit verrückt machen.

Aber die Vorstellung, meine Situation mit so jemandem wie Peter Brockenmeyer zu diskutieren, ist nicht besonders verlockend.

»Lassen Sie uns für eine Weile in den Park gehen«, sagt Mr. Edwards. »Ich glaube, der Regen hat sich zurückgezogen.«

Das tun wir. Setzen uns jeder auf einer Bank bei der Boulebahn auf eine Zeitung. Trinken einen Schluck aus unseren Kaffeebechern, die wir bei Out of the Kitchen gekauft haben. Ich denke, das hier könnte eine Szene aus einem alten englischen Spionagefilm sein. Zwei abgehalfterte Agenten, die sich treffen, um miteinander Informationen auszutauschen, ohne abgehört werden zu können. Dann denke ich: Was für ein vollkommen sinnloser Vergleich, ein Zeichen dafür, dass ich kurz davor bin, die Kontrolle zu verlieren. Mr. Edwards bringt einen anderen Aspekt ein.

»Edgar Allan Poe ist zu seiner Zeit gern hier herumgelaufen.«

»Poe?«, frage ich. »Hier?«

Er nickt. »Damals war das hier ein Friedhof. Ein potter's field, Sie wissen, was das ist? Es gibt ziemlich viele Parks hier in der Stadt mit dieser Geschichte. Auf jeden Fall scheint es hier gewesen zu sein, wo er *The Raven* geschrieben hat. Oder zumindest die Inspiration dafür bekommen hat. *Once upon a midnight dreary*… Sie wissen schon?«

Ich bestätige, dass ich weiß, was ein potter's field ist, und dass ich The Raven kenne. Wir schweigen eine Weile und denken über die Bedeutung dieses Ortes nach, ich meine *die Bedeutung des Ortes* im weiteren Sinne, zumindest ist es das, womit ich mich beschäftige. Denke, wie schwer es ist, eine gewisse Art von Verbindung nicht herzustellen, eine gewisse Art von Entsprechung… *'Tis some visitor, I muttered – Only this, and nothing more.*

»Seit Freitag also?«, fragt Mr. Edwards nach einer Weile. »Sie sagen, sie ist seit Freitag fort?«

»Stimmt«, bestätige ich und schiebe Poe beiseite. »Frühmorgens ist sie weggegangen.«

»Heute haben wir Montag«, stellt er fest. »Bedeutet das, dass Sie seit drei Tagen nichts mehr von ihr gehört haben?«

»Ich nehme an, dass es das bedeutet«, sage ich. »Unter anderem.«

Mr. Edwards sitzt eine Weile schweigend da, während er sich mit der Hand über den kahlen Kopf streicht und einer Gruppe Mädchen zuschaut, die einen Ball hin und her über ein Netz befördern. »Was geht da eigentlich vor?«, fragt er dann. »Ich muss sagen, das gefällt mir nicht. Das klingt unheilvoll, Sie müssen ja schrecklich beunruhigt sein, oder?«

»Ich habe das ganze Wochenende nicht geschlafen«, gebe ich zu. »Nein, mir geht es nicht besonders.«

»Was war der Sinn Ihres Umzugs nach New York?«, fragt er nach einer weiteren Pause. »Ich dachte, der Punkt wäre, dass Sie über diese tragische Geschichte mit Ihrer Tochter hinwegkommen wollen. Sozusagen Abstand zu ihr gewinnen.«

»Das habe ich auch gedacht«, sage ich. »Soweit ich überhaupt irgendetwas gedacht habe.«

»Da komme ich jetzt nicht mehr ganz mit«, sagt Mr. Edwards. »Es war die Idee Ihrer Ehefrau, wenn ich es recht verstanden habe, oder?«

»In gewisser Weise ja«, bestätige ich. »Aber den Beschluss haben wir schon gemeinsam getroffen.«

»Und jetzt hat sie also eine Spur von Ihrer Tochter gefunden?«

»Sie behauptet es. Nein, das stimmt nicht, das behauptet sie gar nicht. Es ist nur etwas, was sie andeutet.«

»Andeutet?«

»Ja. Höchstens andeutet.«

Er nickt, sagt jedoch nichts.

»Mein Gott, ich weiß es nicht«, fahre ich fort, während Poe wieder vor meinem inneren Auge auftaucht, diese berühmte Daguerrotypie. Als säße er da und hörte unserem Gespräch zu, wahrscheinlich mit dem Notizblock in der Hand. »Wir reden ja kaum miteinander. Ich habe ehrlich gesagt absolut keine Ahnung, was da eigentlich vor sich geht. Sie ist verschwunden, sie hat eine Mitteilung hinterlassen, in der sie schreibt, dass es mit Sarah zu tun hat, das ist alles.«

Mr. Poe zieht sich zurück, Mr. Edwards nimmt eine Zigarre heraus, ohne sie anzuzünden, rollt sie schweigend eine Weile zwischen Daumen und Zeigefinger.

»Das ist alles«, wiederhole ich. »Es tut mir leid, dass ich Sie da mit reingezogen habe. Das hätte ich nicht tun sollen.«

Mr. Edwards breitet die Hände in einer abwehrenden Geste aus. »Blödsinn«, sagt er. »Soweit es nach mir geht, müsste ich Ihnen nicht eine Sekunde zuhören, wenn ich nicht wollte. Darüber brauchen Sie sich keine Sorgen zu machen, ich suche mir selbst meine Sackgassen aus.«

»Danke«, sage ich und habe ausnahmsweise einmal das Gefühl, dass dieses kleine Wort etwas bedeutet. Ich spüre tatsächlich Dankbarkeit dafür, dass er hier an meiner Seite sitzt.

Er zündet sich seine Zigarre an und scheint einen Entschluss gefasst zu haben. »Wenn wir jetzt einfach einmal«, sagt er und bläst eine nachdenkliche Rauchwolke aus, »wenn wir jetzt einfach einmal so tun, als wären Sie ein Klient, der zu mir in meiner alten Eigenschaft als Privatdetektiv gekommen ist, hätten Sie etwas dagegen?«

Ich zucke mit den Achseln.

»Ich verlange natürlich kein Honorar, ich bin pensioniert und habe gar keine Lizenz mehr. Aber es wäre nur einfacher, wenn unsere Rollen geklärt sind. Ich merke, dass ich Sie etwas intensiver ausfragen müsste, wenn wir weiterkommen wollen, und dazu bin ich kaum befugt als … als zufällige Bibliotheksbekanntschaft.«

Ich verstehe nicht so recht, warum er unsere Rollen präzisieren muss, wiederhole aber, dass ich dankbar dafür bin, dass er sich zur Verfügung stellt. Dann erkläre ich, dass er freie Hand hat, welche Fragen auch immer zu stellen. Wenn ich nicht antworten will, dann brauche ich ja nur zu schweigen. Auch ich suche mir meine Gassen selbst aus.

»Ausgezeichnet«, sagt er lachend. »Aber erwarten Sie nicht, dass ich Ihnen erklären kann, was hier vor sich geht. Ich muss sagen, es ist verwirrend. Äußerst verwirrend, schade, dass ich nie die Gelegenheit hatte, Ihre Frau kennen zu lernen.«

»Wieso das?«, frage ich.

»Um ihre Glaubwürdigkeit beurteilen zu können natürlich. Wenn Sie entschuldigen, dass ich das sage, aber es könnte doch ganz einfach so sein, dass sie verrückt ist. Und dann ist es plötzlich gar nicht mehr so verwirrend.«

»Der Gedanke hat sich mir auch schon aufgedrängt«, gebe ich zu.

»Glauben Sie, dass dem so ist?«, fragt er nach einer kurzen Pause des Nachdenkens. »Ist sie allein das Problem, geht es nur darum, sie zu suchen, sie zu finden und in Behandlung zu bringen. Oder … oder gibt es da noch etwas anderes?«

Da ich nicht sofort eine gute Antwort darauf finde, fährt er fort:

»Könnte es mit anderen Worten irgendeine Form von Substanz in ihren …. Andeutungen geben? So haben Sie es doch genannt, oder? Gibt es tatsächlich die Möglichkeit, dass sie eine Spur von Ihrer Tochter gefunden hat?«

»Das kann ich nicht beurteilen.«

»Aber die Polizei ist nicht weitergekommen in … wie lange ist es jetzt her? Anderthalb Jahre?«

»So in etwa, ja«, bestätige ich. »Nein, die haben nichts gefunden.«

»Was glauben Sie? Ganz intuitiv.«

Ich zucke wieder mit den Schultern. Er zieht an seiner Zigarre und kratzt sich am Kinn. »Wie gesagt habe ich nie das Glück gehabt, Kinder zu bekommen«, sagt er. »Aber ich kann mir ohne Probleme vorstellen, welches Gefühl der Vollkommenheit das beinhalten muss. Und welcher Schmerz entsteht, wenn ein Kind verschwindet. Natürlich können Sie nur hoffen – vielleicht gegen alle Regeln der Wahrscheinlichkeit –, dass Ihre Frau Recht hat mit ihren … Ahnungen. Oder etwa nicht?«

»Natürlich«, sage ich.

»Sie sind aber kein Anhänger von Parapsychologie oder solchen Dingen?«

»Nein.«

»Gegner?«

»Ich … man muss kein Gegner von etwas sein, was es nicht gibt. Das verdient keinen Widerstand.«

Er nickt. »Ich verstehe. Nein, ich habe auch noch nie über diese Grenze hüpfen müssen, aber in so einer Lage wie dieser … wenn wir annehmen, dass jemand ein Kind verliert und dass dieses Kind auf irgendeine Art und Weise, in irgendeiner Form von Existenz, das Bedürfnis hat, Kontakt zu seinen Eltern aufzunehmen … ja, vielleicht sollten wir dann diesen Gedanken doch nicht allzu leichtfertig verwerfen?«

»In irgendeiner Form von Existenz?«, wiederhole ich. »Was meinen Sie damit?«

Er zieht wieder an seiner Zigarre und weicht einer Antwort aus.

»Ich weiß nicht, was ich glauben soll«, sage ich nach ein paar Sekunden Schweigen. »Winnie hat nichts von übernatürlichen Dingen gesagt. Sie hat nur gesagt, dass Sarah am Leben ist.«

»Aber sie ist zu diesem Parapsychologen auf der Perry gegangen.«

»Offensichtlich.«

»Hat sie früher schon von irgendwelchen Zeichen in ihren Träumen erzählt?«

»Früher, ja. Aber nicht mehr, seit wir hierhergezogen sind.«

»Meinen Sie …«, setzt er an und unterbricht sich selbst einen Moment, um nachzudenken, »meinen Sie nicht, dass es doch so sein könnte, dass sie eine Spur gefunden hat. Dass Ihre Tochter tatsächlich am Leben sein könnte und dass … ja, dass sie vielleicht hier in New York ist?«

»Wie das?«, frage ich. »Wie um alles in der Welt sollte so etwas möglich sein?«

»Fragen Sie mich nicht«, sagt Mr. Edwards. »Aber in dieser Stadt kann im Großen und Ganzen so ziemlich alles passieren.

Es braucht einige Jahre, bis man das erkennt, aber so ist es nun einmal. Haben Sie irgendwelche Bekannte hier von früher?«

Ich schüttle den Kopf.

»Keine Kontakte?«

»Nein.«

»Nun mal konkret«, sagt er dann. »Sie gehen davon aus, dass Ihre Tochter tot ist, oder?«

»Ja«, stimme ich zu. »Ich denke, davon gehe ich aus.«

»Schon die ganze Zeit?«

»Ich glaube schon«, sage ich. »Ja, in meinem tiefsten Inneren habe ich das wohl von Anfang an gedacht.«

»Das ist schrecklich«, sagt Mr. Edwards. »Das muss für Sie unerträglich sein. Sowohl für Sie als auch für Ihre Frau.«

»Ja«, sage ich. »Seit es passiert ist, ist jeder einzelne Tag unerträglich gewesen, das ist vollkommen richtig.«

»Ich schlage vor, wir gehen folgendermaßen vor«, sagt er nach einer Weile, während wir uns noch immer auf derselben Bank befinden. »Ich statte diesem Mystiker in der Perry einen Besuch ab, und dann werden wir sehen. Wie hieß er noch einmal, das ist mir entfallen.«

»Grimaux«, sage ich.

»Grimaux, ja«, wiederholt Mr. Edwards. »Schwer zu sagen, was das bringt, natürlich. Vielleicht umgibt er sich ja mit jeder Menge Geheimniskrämerei und Hokuspokus, aber auf jeden Fall kann ich mir so ein Bild von ihm machen. Und von seiner Glaubwürdigkeit.«

»Ein Versuch kann ja nicht schaden«, sage ich. »Ich bin Ihnen wirklich dankbar für Ihre Hilfe, wie schon gesagt. Und ich bin bereit, Sie zu bezahlen, ich denke, das ist eine Selbstverständlichkeit.«

»Sie können mich zum Essen einladen«, schlägt Mr. Edwards vor. »Sagen wir morgen Abend. Bis dahin sollte ich diesen Monsieur Grimaux unter die Lupe genommen haben.«

Ich nicke. »Wo?«

Er überlegt einen Moment. »Bei August in der Bleecker«, sagt er. »Dort kann man in Ruhe sitzen und sich unterhalten. Um acht Uhr?«

»Morgen Abend um acht Uhr«, bestätige ich und frage mich gleichzeitig, wie ich alle diese Stunden totschlagen soll.

22

Im Zusammenhang mit einer ihrer Ausstellungen wurde Winnie einmal von einem Fernsehjournalisten folgende Frage gestellt:

»Winnie Mason, was sehen Sie als wichtigstes Element in Ihren Bildern an?«

»Die Stille«, antwortete Winnie.

»Die Stille?«, wunderte sich der Journalist.

»Das ist das wichtigste Element in allen Bildern«, erklärte Winnie. »Nicht nur in meinen.«

Am selben Abend, als wir zu Hause waren, griffen wir das Thema noch einmal auf. »Warum hast du so geantwortet?«, wollte ich wissen. »Stille ist doch nur eine Abwesenheit.«

»Nein«, widersprach Winnie. »Stille ist eine Anwesenheit, eine Präsenz. Und Wortlosigkeit ist eine Eigenschaft, das ist vielleicht schwer zu begreifen, aber so ist es.«

Ich erinnere mich, dass es in Saaren war, im Winter. Ungewöhnlicherweise hatten wir Schnee, der auf dem Boden liegen geblieben war; ich schaute aus dem Fenster und dachte, dass so eine Winterlandschaft tatsächlich eng verwandt ist mit dem Schweigen.

»Und wie ist es mit der Dunkelheit?«, fragte ich. »Ist das auch eine Eigenschaft? Oder nur die Abwesenheit von Licht?«

»Meinst du auf einem Bild oder im Leben?«, fragte Winnie.

»Ist das nicht das Gleiche?«

»Ich denke, das sind unterschiedliche Dinge«, erklärte Winnie. »Aber es ist nicht das gleiche Verhältnis zwischen Licht und Dunkelheit wie zwischen Geräuschen und Stille. Hast du nie darüber nachgedacht, wie wichtig es ist, dass um dich herum Stille herrscht, wenn du ein Gemälde betrachtest? Ich meine, wirklich betrachten und versuchen, es zu verstehen. Es kommt der Augenblick – wenn es absolut ruhig und still ist –, in dem du entdeckst, dass nicht nur du derjenige bist, der das Bild betrachtet. Das Bild betrachtet auch dich. Genau in dem …«

»Ja?«, frage ich abwartend.

»Genau in dem Moment, in dem du dich beobachtet fühlst, weichst du aus mit dem Blick und gehst weiter zum nächsten Bild. Wenn du dich in einem Museum oder in einer Galerie befindest, meine ich.«

Ich schaute wieder nach draußen auf die Schneelandschaft. Versuchte mir vorzustellen, dass sie tatsächlich auf mich zurückschaute, aber ich kann mich nicht mehr erinnern, ob ich etwas Entsprechendes fühlte oder ob ich mir das nur einbildete.

»Es lohnt sich immer, vor einem Bild stehen zu bleiben«, sagte Winnie. »Man sollte dem Blick nicht ausweichen. Denn erst wenn mir klar wird, dass auch ich betrachtet werde, fangen die Dinge an zu geschehen.«

»Denkst du an so etwas, wenn du malst?«, fragte ich.

»Ich denke die ganze Zeit daran«, antwortete Winnie, und mir fällt ein, wie verwundert ich über das Traurige in ihrem Tonfall war.

Im Laufe des Nachmittags gelingt es mir tatsächlich, ein paar Stunden zu schlafen, ich werde von einer Autosirene geweckt, ein Polizeiauto oder ein Krankenwagen, der draußen auf der Straße mit laut aufgedrehten Sirenen vorbeifährt.

Es ist halb sechs, ich versuche mir in Erinnerung zu rufen, was ich geträumt habe, aber es wird nicht recht deutlich, doch ich weiß, dass es von Winnie und mir handelte, wir waren in einem Kunstmuseum in einer fremden Stadt zu Besuch. Vielleicht ist es dieses kleine Traumfragment, das mich dazu bringt, ins Loft hinaufzugehen und das Bild herauszusuchen.

Ich habe fast so eine Art Vorahnung gehabt. Auf jeden Fall starre ich mit einem heftigen Déjà-vu-Gefühl auf den Mann neben dem grünen Auto.

Er hat ein Gesicht bekommen. Ich weiß nicht, wer er ist, trotzdem erscheint er mir alles andere als unbekannt.

Als Winnie Rozenhejm verließ, geschah das unter der Voraussetzung, dass sie weiterhin zuverlässig ihre Medikamente einnehmen würde. Doktor Vargas verschrieb ihr zwei verschiedene Präparate, Zunamtin und Cipralex, und er betonte sowohl mir als auch ihr gegenüber, dass es unabdingbar war, dass sie regelmäßig ihre Tabletten nahm, wenn sie ihre psychische Stabilität behalten wollte.

»Sie wird Ihnen vielleicht gefühlsmäßig ein wenig abgestumpft erscheinen«, erklärte er mir unter vier Augen. »Aber sie hat die letzten Monate bereits die gleiche Dosis bekommen, und inzwischen haben Sie sicher genug Zeit gehabt, sich daran zu gewöhnen, oder?«

»Das stimmt«, bestätigte ich. »Ich habe genug Zeit gehabt.«

»Es ist möglich, dass wir die Dosis in den nächsten Monaten nach und nach reduzieren können, aber das darf auf keinen Fall ohne ärztliche Anweisung passieren. Das muss in Zusammenarbeit mit mir oder einem anderen Arzt geschehen.«

Ich erklärte, dass mir das klar sei.

»Es wäre gut, wenn Sie etwas drauf achten könnten«, fügte er hinzu. »Aber das versteht sich ja von selbst?«

»Natürlich.«

»Und es steht Ihnen frei, Kontakt mit mir aufzunehmen, sobald etwas passiert. Was immer das auch sein mag.«

Ich sicherte ihm zu, dass ich damit einverstanden sei, und dann schüttelte er meine Hand und wünschte mir viel Glück.

Im Juli, ein paar Wochen, bevor wir uns ins Flugzeug nach New York setzten, waren wir noch einmal in Kontakt mit ihm. Er schrieb Rezepte über eine ansehnliche Menge der Medikamente für Winnie aus, und nachdem er mich erneut ein wenig zur Seite genommen hatte, bat er mich ausdrücklich, ihn über die Entwicklung auf dem Laufenden zu halten.

»Und wenn es keine Entwicklung gibt?«, fragte ich.

»Die gibt es immer«, versicherte er mir. »Entweder in die eine oder in die andere Richtung.«

Ich weiß nicht, warum er nicht auf meine Mail antwortet, es sind jetzt drei Tage vergangen, seit ich sie losgeschickt habe, aber vielleicht sitzt er ja irgendwo in einer Konferenz fest. Auf jeden Fall sehe ich, dass Winnie die beiden Tablettenröhrchen mitgenommen hat, die sie angefangen hatte. Außerdem noch jeweils zwei Extrapackungen; es gibt Zeichen dafür, dass sie einen Plan gemacht hat und für längere Zeit nicht zurückkommen will. Ein großer Teil ihrer Kleidung ist auch weg, genau wie die rote Reisetasche, ja, ich muss mich wohl an den Gedanken gewöhnen, dass sie wirklich weggegangen ist.

Worte – Schweigen.

Licht – Dunkelheit.

Anwesenheit, Präsenz – Abwesenheit?

Verdammter Scheiß, denke ich dann. Ich sehe gar nicht ein, mich daran zu gewöhnen.

Über das mit dem Schweigen grübele ich, während ich abends in der Noodle Bar sitze und ein pad thai esse.

Agnes, meine erste Gattin, war eine Frau, die viel geredet hat – mehr oder weniger kontinuierlich. Winnie war nie eine Freundin vom Reden um des Redens willen. Was sich während ihrer Krankheitsperiode nach Sarahs Verschwinden noch verstärkte, und auch nachdem sie Rozenhejm verlassen durfte, hat es Tage gegeben, an denen wir fast kein Wort miteinander gewechselt haben. Ich habe das nie als besonders anstrengend empfunden, ich weiß, es gibt Menschen, die haben Probleme, mit ihrem Schweigen umzugehen – von der üblichen falschen Vorstellung geleitet, dass ein schweigsamer Mensch gleichzusetzen ist mit einem unglücklichen Menschen oder sogar mit einem anklagenden –, aber schon von Anfang an war das wortlose Zusammensein ein natürlicher Bestandteil unserer Beziehung.

Und ich habe die Dinge, über die sie trotz allem sprechen wollte, immer sehr bewusst mit großem Ernst betrachtet. Eigentlich wünsche ich erst jetzt, es hätte mehr Worte zwischen uns gegeben, nach diesen Wochen in dieser theatralischen Stadt, in der sich alle im Großen und Ganzen immer zu allem äußern.

Denn es stimmt ja schon, dass Schweigen nicht nur ein gemeinsames Einverständnis bedeuten, sondern auch etwas anderes beinhalten kann. Den Gegensatz davon beispielsweise, und wenn es vom einen ins andere übergeht, handelt es sich wahrscheinlich um eine äußerst diskrete Grenzüberschreitung, die man erst entdeckt, wenn es zu spät ist und man sich bereits in Feindesland befindet.

Sarah war in dieser Beziehung nicht die Tochter ihrer Mutter; wieder spreche ich in der Vergangenheit von ihr, aber – noch einmal – alles, was Sarah betrifft, geschah ja im Vergangenen. Dort und nur dort.

Auf jeden Fall redete sie gern, sowohl mit sich selbst als auch mit anderen. Auf diese charmante Art und Weise, von der ich weiß, dass viele Kinder eines gewissen Alters sie pflegen, gab sie ununterbrochen Kommentare ab zu allem, was um sie herum und tief in ihr drin vor sich ging; wenn sie noch am Leben sein sollte, bin ich überzeugt davon, dass sie eines dieser Mädchen werden wird, die eifrig Tagebuch schreiben und alles in Worte fassen, einfach aus dem Bedürfnis heraus, sich im Leben und in der Welt zu orientieren.

Ich weiß noch, dass ich selbst, als ich anfing zu schreiben, es unter ganz ähnlichen Voraussetzungen tat. Inzwischen hat sich die Lage geändert, und während ich hier sitze und mit den rot lackierten Essstäbchen in meinen Reisnudeln herumstochere, kann ich Hertha Baussmanns neunmalkluge Kommentare über mich als hoffnungslosen Fall fast wie einen Fluch hören. Ich erinnere mich auch an eine Sache, die Winnie einmal sagte:

»All die Gedanken, all die Worte, die wir von uns geben, die gehören uns dann nicht mehr. Nur das Unausgesprochene tragen wir in uns. Es ist das Ungeborene, das wirklich zählt in unserer Existenz.«

Ich bitte mit einer einfachen Handbewegung um die Rechnung und gehe heim zu meiner Einsamkeit.

Meine Einsamkeit ist an diesem Abend ein unzuverlässiger Kamerad. Nach zwei Gläsern Wein wollen wir nichts mehr voneinander wissen. Um Viertel nach neun setze ich mich in der Vierten Straße in einen Fernzug. Auf gut Glück steige ich bei

42a am Bryant Park aus. Gehe Richtung Times Square, wo mich Menschengewimmel, Neon und aufdringliches Getöse erwarten. Ich habe keine weiteren Pläne, möchte nur unter Menschen sein. Ich trinke zwei Bier und zwei Whisky in einer Bar neben dem Eugene-O'Neill-Theater, während ich mich mit einem betrunkenen Japaner unterhalte. Er gibt mir die Adresse seines Hotels auf der 54. und verspricht mir, dafür zu sorgen, dass wir zwei interessante Damen zur Gesellschaft haben, wenn ich in einer Stunde auf sein Zimmer komme. Als ich ihn verlasse und wieder auf die Straße trete, ist es Viertel vor elf, es ist so voll auf dem Bürgersteig, dass ich die Ellbogen benutzen muss, um vorwärts zu kommen, ich nehme an, dass ein paar Musicals gerade zu Ende gegangen sind. Auch das ist eines von New Yorks vielen Gesichtern, denke ich, eines der traurigeren.

Trotzdem will ich nicht nach Hause gehen. Wende mich nach Osten, die 44. Straße hinauf, und als ich das Algonquin entdecke, scheint mir das der rechte Ort in New York zu sein, wo ein gehetzter Schriftsteller sich zu Hause fühlen kann. Hier saß Dorothy Parker, hier betrank sich Faulkner, bevor er anfing zu schreiben; ich höre selbst, dass diese pathetischen, faden Argumente leichter als Luft sind, durchscheinender als das Neon am Times Square, aber ich habe schon zu viel getrunken, um nicht offen zu sein für pathetische, fade Argumente. Tender is the night, denke ich.

Ich komme an der legendären Katze vorbei, das muss natürlich inzwischen eine andere sein, finde einen Tisch ganz hinten in der Lobby und bekomme bald Gesellschaft von einem holländischen Paar mit roten Haaren und großem Busen. Er ist das mit dem Haar, sie die mit dem Busen. Er ist Literaturhistoriker, was sonst, und erst vor kurzem in die Stadt gekommen, um ein Jahr lang Niederländische Literatur auf der Columbia zu unterrichten, wir trinken Cocktails, viele phantasievolle, und erst als die beiden berichten, dass sie zwei Töchter haben, die in drei Tagen mit den rothaarigen Großeltern – väterlicherseits! – eintreffen, um in ihre Wohnung in Upper West, zweiunddreißig Stockwerke über dem Park, zu ziehen, ermüden meine Lebensgeister langsam.

Nach hartnäckiger Aufforderung leiste ich ihnen dennoch für einen Absacker Gesellschaft im Roosevelt Hotel, und als ich schließlich auf der 5th Avenue stehe und nach einem Taxi winke, ist es nach ein Uhr, und ich wünsche mir nicht nur, dass ich mich irgendwo anders in einer anderen Zeit befände – auf Poes potter's field beispielsweise, warum nicht? –, sondern auch, dass ich meine Identität mit der einer all dieser Marionetten tauschen könnte, die ebenfalls winkend vor dem Hoteleingang stehen.

Doch das gelingt mir nicht, weder das eine noch das andere, ich gehe zu Fuß ganz bis zur Carmine Street, irre eine Weile in Chelsea herum und versuche die White Horse Tavern zu finden, dieses Pub, in dem Dylan Thomas sich 1953 zu Tode gesoffen hat, aber ich erinnere mich nicht mehr, wo es genau liegt, und das ist wahrscheinlich nur gut so. Wenn der Abend auch sonst zu nichts gut war, dann hat er mich zumindest total erschöpft. Ich falle so ziemlich im selben Moment in den Schlaf, als ich mir in unserer traurigen, ungeputzten Dachwohnung die Schuhe abstreife. Ob später Träume auftauchen, kann ich nicht sagen.

23

»Wir haben es mit einer Frau zu tun«, erklärt Mr. Edwards. »Mit einer Frau in den Fünfzigern.«

An diesem Abend trägt er Anzug, weißes Hemd und Krawatte, nicht seine übliche Kluft, Polohemd und Cordhose. Ich weiß nicht, warum er sich so gut angezogen hat, und hake auch nicht nach.

»Eine Frau?«, frage ich stattdessen.

»Ja. Wundert Sie das?«

Ich überlege. »Nein«, sage ich. »Eigentlich nicht. Ich habe mir halt nur einen Mann vorgestellt.«

»Ich auch«, gibt er zu. »Ich weiß nicht, warum, das Geschlecht an sich ändert natürlich nichts. Außerdem sind wahrscheinlich die meisten, die in dieser Branche praktizieren, Frauen, oder?«

Ich sage, dass ich nicht weiß, wie es sich damit verhält, und bitte ihn, zur Sache zu kommen. Dann entschuldige ich mich für meine Ungeduld; meine Ausschweifungen am gestrigen Abend haben ihre Spuren hinterlassen, aber diesbezüglich schweige ich Mr. Edwards gegenüber lieber.

Er nickt und wartet, bis der Kellner kommt und Brot und Butter auf den Tisch gestellt hat.

»Eine gewisse Geraldine Grimaux«, erklärt er.

»Geraldine?«

»Oui. Klein, dunkelhaarig und sehr französisch. Wenn ich ein altmodisches Wort benutzen darf, dann würde ich behaupten, sie ist seelenvoll. Vielleicht eine Voraussetzung in ihrem Metier.«

»Wahrscheinlich«, nicke ich. »Wie sind Sie vorgegangen?«

»Ich habe mich dazu entschieden, meine eigentliche Absicht nicht zu verraten«, sagt er, und sein Tonfall klingt ein wenig entschuldigend. »Ich dachte, es reicht, zunächst einen Eindruck zu bekommen, und dann … ja, dann können wir Sie später immer noch zu ihr schicken.«

Ich stimme zu. Das ist grob gesehen der Plan, über den wir uns einig gewesen sind; natürlich müssen wir mich »später zu ihr schicken«. Gleichzeitig erscheint mir sein professioneller Jargon etwas abstoßend. Aber ich mache weiterhin gute Miene.

»Ich habe sie nach ihren Spezialitäten gefragt«, fährt er fort, »und sie meinte etwas beleidigt, dass es sich ja wohl kaum um Spezialitäten handelt, sondern um Gaben. Jedenfalls ist sie die dritte Frau in direkter Erbfolge, die mit diesen außergewöhnlichen Eigenschaften ausgerüstet ist, das hat sie mir erklärt. Die Leute kommen aus allen möglichen Gründen zu ihr, manchmal kann sie helfen, manchmal nicht. Was denn mein Problem eigentlich sei?«

»Interessant«, sage ich und trinke ein wenig Wein.

»Zweifellos«, sagt Mr. Edwards. »Madame Grimaux ist zurückhaltend und intelligent, und genau wie Sie sagen, interessant. Ich habe fast den Eindruck gewonnen, dass sie ihre Tätigkeit in gewisser Weise gegen ihren eigenen Willen ausübt. Als wäre es ihre moralische Pflicht, ihre Gaben zu nutzen, sie aber eigentlich gar nicht so begeistert davon ist … ja, so etwas in der Art. Auf jeden Fall habe ich mich entschieden, so nahe wie möglich an der Wahrheit zu bleiben; ich habe ihr erklärt, dass meine Ehefrau vor einer Reihe von Jahren gestorben ist, sie mich aber in der letzten Zeit in meinen Träumen heimsucht. Und dass ich ahne, dass sie eine Art von Botschaft für mich hat – aber eine Botschaft, die sie aus irgendeinem Grund nicht in einem Traum überbringen kann … verstehen Sie?«

Ich bestätige, dass ich das tue.

»Nun gut«, sagt Mr. Edwards, während er seinen Schlipsknoten etwas lockert und den obersten Hemdknopf öffnet. »Sie ist ohne großes Vorgeplänkel gleich zur Sache gekommen. Hat die Jalousien heruntergelassen, das Licht im Zimmer gedimmt und meine Hände ergriffen. Hat mich gebeten, die Augen zu schließen, nichts zu sagen, aber meine Frau vor meinem inneren Auge herbeizurufen. So saßen wir wohl um die zehn, fünfzehn Minuten, ohne dass etwas passierte, sie hielt meine Hände in einem lockeren Griff, ich versuchte mich auf Beatrice zu konzentrieren und gedanklich nicht abzuschweifen, ich bekam ein Gefühl, als ob … ja, ich weiß nicht genau. Eine Art Energie schien zwischen uns zu fließen, aber vielleicht bringt es so eine Situation mit sich, dass man so ein Gefühl bekommt.«

Er macht eine kurze Pause und scheint nachzudenken. Ich schweige.

»Ja, wahrscheinlich ist es so«, stellt er fest. »Schließlich hat sie meine Hände dann losgelassen. Blieb noch eine Weile reglos sitzen, bevor sie das Licht anzündete und bedauernd erklärte, dass es ihr nicht gelungen sei, einen Kontakt herzustellen. Das sei schade, aber man dürfe nicht jedes Mal ein Ergebnis erwarten. Das liege an den Umständen. Ich erklärte, dass ich ihr dankbar sei, dass sie trotz allem einen Versuch unternommen habe, und sie sagte, ich sei herzlich willkommen, es noch einmal zu versuchen, sollte sich die Situation nicht ändern.«

Der Kellner kommt mit unserem Fleisch, wir fangen beide an zu essen und nicken einander zu, um zu signalisieren, dass es gut schmeckt. Dann fährt er fort.

»Bevor ich ging, habe ich die Gelegenheit genutzt und sie danach gefragt, ob sie auch verschwundene Personen aufspüren könne. Sie antwortete, dass es schon vorkomme, sowohl was Personen als auch was Dinge betreffe – und Haustiere, vor allem Haustiere –, und dass es dabei wie mit meiner Ehefrau sei. Oft könne sie helfen, aber nicht immer. Ich habe ihr erzählt, dass ich einen guten Freund hätte, der auf der Suche nach einer verschwundenen Person ist, und sie gefragt, ob sie es für eine gute Idee halte, wenn er einmal bei ihr vorbeischaute. Sie sagte, er sei herzlich willkommen. Er solle nur anrufen und einen Termin vereinbaren. Ich bedankte mich und bezahlte ihr Honorar. Sechzig Dollar.«

»Sie steht nicht im Telefonbuch«, bemerke ich.

»Ich habe ihre Nummer«, sagt Mr. Edwards. »Sie wünscht offenbar eine gewisse Diskretion. Und nicht zu viele Klienten.«

»Wie ist es Ihnen dann gelungen, einen Termin zu bekommen?«, frage ich.

»Ich habe einfach an ihrer Tür geklingelt. Brauchte nur eine Stunde zu warten.«

Ich nicke und denke nach. »Und Ihr allgemeiner Eindruck?«, frage ich. »Denken Sie, es hat Sinn, dorthin zu gehen?«

Er streicht sich über das Kinn und sieht nachdenklich aus. »Sie hat mich gefragt, ob der Name meiner Ehefrau mit B anfängt«, sagt er. »Ich habe nie erwähnt, wie sie heißt.«

»Tatsächlich?«

»Ich wüsste nicht, was Sie zu verlieren haben«, sagt Mr. Edwards.

Mein Treffen mit Geraldine Grimaux ist auf elf Uhr vormittags angesetzt, aber ich verlasse schon kurz nach neun Uhr das Haus.

Es ist ein schöner, windstiller Herbsttag, die Ginkgobäume entlang der Leroy haben endlich einige gelbe Flecken bekommen, aber der Bürgersteig ist noch frei von Laub. Als ich zum Fluss komme, liegt er glatt da, als wäre er aus Glas. Ich setze mich auf eine der vordersten Bänke auf dem Pier 45.

Hudson River, denke ich. Der Fluss, der in zwei Richtungen fließt. Früher hieß er North River. Das ist ein sehr viel schönerer Name als Hudson, aber die Amerikaner haben nun einmal eine Vorliebe, alles nach großen Männern zu benennen. Vielleicht ist das eine Krankheit, die auf der ganzen Welt grassiert; ich weiß nicht, warum ich mir diese unwesentlichen Fragen stelle, aber da ist etwas mit den Namen in diesem Land, mit den Namen überhaupt, was mir keine Ruhe lässt. Mir gegenüber, auf der anderen Seite des Wassers, liegen Lackawanna, Weehawken und Hoboken; ich kenne deren Etymologie nicht, und ich begreife nicht, warum *Grimaux* in meinem eigenen Leben herumspukt. Bernard Grimaux und Geraldine Grimaux.

Zwei blinde Würmer…

Ich blättere in der New York Times und trinke von meinem Kaffee. Stelle fest, dass sechs Tage vergangen sind, seit Winnie mich verlassen hat, und fast ebenso lange ist es her, seit ich an Doktor Vargas geschrieben habe. Von keinem von beiden habe ich ein Wort gehört; mit dem Schweigen von Letzterem kann ich zweifellos leben, aber wenn ich nicht bald ein Zeichen von meiner Frau bekomme, dann bin ich gezwungen, einen anderen Vargas hier in New York aufzusuchen. Und sei es nur, um zumindest ein wenig Hilfe beim Einschlafen zu bekommen; heute Morgen bin ich um halb sechs Uhr aufgewacht, alles andere als ausgeruht, und in der momentanen Situation bräuchte ich wahrscheinlich einen deutlich klareren Kopf als den, den ich gerade herumtrage.

Plötzlich tauchen Scott und Empire State Building auf. Scott erkennt mich nicht gleich wieder, ganz anders ESB. Er legt sich mit einem tiefen Seufzer auf meine Füße, und sein Herrchen nutzt die Situation, um eine Konversation zu beginnen. Er beginnt mit dem Wetter und dem letzten, katastrophalen Auftritt der Yankees in Washington, aber bald ist er bei der muselmanischen Weltbedrohung. Ich lasse ihn eine Weile reden, bevor ich mich damit entschuldige, dass ich einen Termin habe, und beide verlasse. Scott kümmert sich nicht weiter darum, lässt sich nur auf meinem vorgewärmten Platz nieder und hält seine Vorlesung weiter, jetzt für den Hund.

»Mr. Steinbeck?«

»Ja.«

»Herzlich willkommen. Bitte, folgen Sie mir in mein Sprechzimmer.«

Sie ist klein, dünn und französisch, genau wie Mr. Edwards es gesagt hat. Und korrekt. In Schwarz gekleidet, mit kurzgeschnittenem Haar, das so dunkel ist, dass es bläulich schimmert. Der Raum ist klein, mit einem einzigen Fenster zum Hof hinaus; zwei Sessel und ein winziger kreisrunder Tisch mit Gläsern und einer Wasserkaraffe. Die Wände sind mattgrün und vollkommen kahl, abgesehen von einem kleinen Bücherregal mit gut zwanzig Bänden. Sie bittet mich, mich in einen der Sessel zu setzen. Sprechzimmer?, denke ich. Was tue ich hier?

Eine Zeitlang sitzen wir uns schweigend gegenüber, ohne dass sie etwas sagt, als wollte sie mich zunächst einschätzen. Ich fühle, dass sie ungefähr die gleiche Beziehung zum Schweigen hat wie Winnie. Gegen meinen Willen wächst ein gewisses Vertrauen zu ihr in mir.

»Ich spüre, dass Sie sehr besorgt sind«, sagt sie. Ihre Stimme ist dunkel, angenehm. »Wären Sie so gut und erzählen mir, warum Sie hierhergekommen sind?«

Ich beschließe, die Karten auf den Tisch zu legen, zumindest einige.

»Es geht um meine Ehefrau«, sage ich. »Sie ist verschwunden.«

»Verschwunden?«

»Ja.«

»Seit wann?«

»Seit fast einer Woche. Sie ist letzten Freitag weggegangen.«

Sie schlägt ein Bein über das andere und faltet die Hände über dem Knie. »Sie sagen, sie ist weggegangen?«

»Ja.«

»Können Sie das ein wenig ausführen?«

»Sie hat eine Nachricht hinterlassen, dass sie einige Tage fort sein wird. Aber sie hat nicht gesagt, wohin sie fährt, und ich habe keine Ahnung, wo sie sich befindet.«

»Sie wohnen hier in New York, Ihre Frau und Sie?«

»Seit einer Weile. Wir sind Anfang August hierhergezogen.«

»Und Sie wollen mit mir reden, um herauszufinden, wohin sie gegangen ist?«

»Ja.«

Für einen kurzen Moment sitzt sie schweigend da.

»Aber sie hat Sie freiwillig verlassen, nicht wahr?«

»Ja … ja.«

»Sie zögern.«

»Das ist eine lange Geschichte.«

»Ist das Leben nicht immer eine lange Geschichte?«

»Ja, ich denke schon, aber …«

Ich breche ab. Geraldine Grimaux schenkt Wasser in zwei Gläser ein. Wir trinken jeder einen Schluck. Sie lehnt sich zurück und verschränkt erneut die Hände.

»Können Sie die Hintergründe nicht etwas näher beleuchten? Sie entscheiden, was Ihrer Meinung nach wichtig ist, aber ich werde Ihnen nicht helfen können, wenn ich nicht mehr über Sie und Ihre Frau weiß. Um damit anzufangen: Wie heißt sie?«

»Winnie. Sie heißt Winnie.« Ich kann mich nicht zurückhalten, und eigentlich sehe ich auch keinen Grund, warum ich es hätte tun sollen.

Zumindest unmittelbar nach meiner Antwort nicht.

Geraldine Grimaux löst ihre Finger und umfasst stattdessen die Armlehnen. Richtet sich auf.

»Winnie Mason?«

»Ja.«

»Und sie war auch schon bei mir?«

»Ich … ich glaube ja.«

»Sie glauben?«

»Sie ist hier gewesen.«

»Ich verstehe.«

Sie hat einen härteren Zug um den Mund bekommen. Ich spüre, wie ich verlegen werde.

»Das hätten Sie von vornherein sagen sollen.«

»Entschuldigen Sie bitte.«

»Wollten Sie das verschweigen?«

Ich denke schnell nach und antworte, dass ich es nicht wisse. Sie nickt und bleibt eine halbe Minute lang schweigend sitzen. Betrachtet mich; ich erwidere ihren Blick, solange ich es schaffe.

»Sie finden das hier unangenehm?«

»Ein wenig.«

»Bitte, trinken Sie etwas.«

Ich gehorche, als befände ich mich auf einem Zahnarztstuhl.

»Es ist nicht ungewöhnlich, dass man ein gewisses Unbehagen empfindet«, erklärt Geraldine Grimaux nach einer weiteren Pause. »Vor allem Männern geht es so. Nur gut, dass Sie es nicht einfach abschütteln wollen und versuchen, offen zu sein. Es wundert mich nicht, dass Sie hergekommen sind.«

»Nicht?«

»Nein. Ich habe zwei lange Gespräche mit Ihrer Frau geführt, und ich denke, wir sind ein gutes Stück weiter gekommen. Es ist doch Ihre Tochter Sarah, um die es geht, nicht Sie oder Winnie. Nicht wahr, Mr. Steinbeck?«

Ich registriere plötzlich einen metallenen Geschmack auf meiner Zunge und dass etwas mit meiner Wahrnehmung geschieht. Als würde alles deutlicher werden, gleichzeitig fast durchscheinend, ich kann es nicht erklären, und auch nicht, warum es ausgerechnet jetzt passiert. Ich antworte mit einem Nicken und warte.

»Ihre Tochter Sarah«, wiederholt sie.

»Meine Tochter Sarah.«

»Die vor anderthalb Jahren in einem grünen Auto vor Ihrem Haus in Europa verschwand?«

»Ja.«

»Und die Ihrer Meinung nach wahrscheinlich tot ist?«

»Ich … ich weiß es nicht.« Ich richte mich im Sessel auf, schlucke ein paar Mal und versuche mich zu konzentrieren.

»Ihre Frau geht davon aus, dass sie lebt. Das ist ein entscheidender Unterschied.«

»Natürlich«, bestätige ich. »Natürlich ist das ein entscheidender Unterschied.«

»Und warum gehen Sie davon aus, dass sie tot ist?«

Ich antworte nicht. Ich weiß nicht, was ich sagen soll. Geraldine Grimaux betrachtet mich intensiv, als suchte sie tatsächlich nach einer Erklärung, die in mir existiert, ohne dass ich mir dessen bewusst bin. Wir schweigen erneut, eine Minute lang, vielleicht zwei, langsam habe ich das Gefühl, sie findet nicht, wonach sie sucht.

»Mr. Steinbeck«, sagt sie schließlich. »Das ist eine sonderbare Geschichte. Selbst für eine Person mit meiner Erfahrung. Eine sehr sonderbare.«

24

»Ich muss zunächst etwas entscheiden, bitte entschuldigen Sie.«

»Entscheiden? Was müssen Sie entscheiden?«

»Wie viel Ihnen zu erzählen ich das Recht habe.«

»Ich verstehe nicht.«

Sie sieht mich abschätzend an. »Es ist keine ganz einfache Entscheidung«, sagt sie. »Sie dürfen nicht missbrauchen, was ich Ihnen erzähle.«

»Ich denke gar nicht daran, irgendetwas zu missbrauchen«, erkläre ich und spüre eine gewisse Empörung. »Warum sollte ich das? Ich suche nach meiner Frau und meiner …«

»Nein«, unterbricht sie mich. »Sie können sich nicht abschließend äußern, solange Sie nicht wissen, was ich zu erzählen habe.«

»Tut mir leid.«

Sie schließt für einige Sekunden die Augen, öffnet sie dann wieder. Sie hat etwas an sich, was ich nicht so recht akzeptieren kann, eine Art Diskrepanz, einen falschen Ton, ich kann es nicht wirklich greifen. Ich schiebe die Empörung beiseite.

»Aber ich nehme einmal an, dass ich es doch tun muss … berichten.«

»Dafür bin ich Ihnen dankbar«, sage ich. »Ich hoffe, Sie verstehen das.«

»Das verstehe ich sehr gut«, sagt sie. »Ich sehe es Ihnen an. Also gut, es fing vor ungefähr einem Monat an.«

»Es fing an?«

»Ja, es fing an. Darf ich Sie bitten, mir genau zuzuhören, denn ich werde das nur ein einziges Mal durchgehen.«

»Ich höre zu.«

»Gut.«

Sie holt zweimal tief Luft, bevor sie fortfährt. »Ich bekam Besuch von einer Frau, die mit mir über einen Traum sprechen wollte, den sie gehabt hatte.«

»Einen Traum?«

»Ja. Es war eine Mexikanerin, so um die dreißig, ich hatte sie noch nie zuvor gesehen. Und sie erzählte mir, dass sie in letzter Zeit, im Laufe von zwei Wochen, wenn ich mich nicht irre, vier oder fünf Mal den gleichen Traum geträumt hat. Er war ganz kurz und handelte von einem kleinen Mädchen, das sie anrief und um Hilfe bat. Es war ein sehr deutlicher Traum, nur ein paar Sekunden lang, das Mädchen sagte, sie heiße Sarah und sei von einem Mann in einem grünen Auto entführt worden ...«

»Das ist nicht ...«, unterbreche ich, ohne zu wissen, was ich sagen will. »Entschuldigen Sie, sprechen Sie weiter.«

»Danke. Der Traum war offenbar jedes Mal mehr oder weniger identisch. Das Mädchen schien so um die fünf Jahre alt zu sein, sie trug ein gelbes Kleid und eine rote Strickjacke, und während sie die Frau um Hilfe anflehte, stand sie tatsächlich vor einem grünen Auto. Auch die Farben erscheinen jedes Mal und sind sehr deutlich. Gelb, rot, grün. Ich habe sie gefragt, ob es möglicherweise eine kleine Sarah in ihrem Bekanntenkreis gäbe, aber sie hat das ganz entschieden zurückgewiesen. Sie verriet mir außerdem, dass sie im Laufe ihres Lebens oft Träume gehabt habe, die eingetroffen seien, dass es Warnungen verschiedener Art und Weise gebe und dass ihre Freunde glaubten, sie habe mediale Gaben. Wovon sie jedoch keinen Gebrauch machen will, aber sie ist sich durchaus im Klaren darüber, wenn es sich so verhält. Aber was sie mit dem Mädchen aus dem Traum machen sollte, das wusste sie nicht, deshalb war sie zu mir gekommen. Sie spürte, dass das Mädchen etwas von ihr forderte – oder sie zumindest flehentlich um Hilfe bat, und immer stärker hatte sie das Gefühl, dass sie das Kind irgendwie im Stich lassen würde, wenn sie die Sache nicht ernst nähme.«

Die Unstimmigkeit ist verschwunden. Ich trinke einen Schluck Wasser und versuche meine Gedanken zu ordnen. »Soweit habe ich es verstanden«, sage ich. »Was haben Sie getan?«

»Eigentlich nichts«, antwortet Geraldine Grimaux in einem Tonfall, der plötzlich leicht vage klingt. »Ich habe ihrer Geschichte zugehört, oft ist das alles, was man tun kann. Vielleicht kann man sagen, dass ich die Verantwortung übernommen habe.«

»Die Verantwortung?«

»Ja.«

»Und für was?«

Sie antwortet nicht. Ich überlege.

»Die Farben stimmen nicht«, sage ich. »Sarah war nicht so gekleidet.«

»Ich weiß«, sagt Geraldine Grimaux. »Ihre Frau hat das auch erwähnt.«

»Warum … warum ist sie ausgerechnet zu Ihnen gekommen, diese Mexikanerin?«

Sie zuckt mit den Schultern. »Vielleicht hat sie von mir gehört, so finden die Menschen manchmal hierher. Wir haben nie darüber gesprochen, und ich habe auch nie wieder Besuch von ihr bekommen. Dafür aber …«

»Ja?«

»Dafür aber tauchte eine Woche später ein anderer Klient auf, ein Mann, der ab und zu bei mir vorbei schaut. Er ist eine sehr zerbrechliche Person, die oft Stimmen hört und manchmal von allen möglichen Wahnvorstellungen heimgesucht wird. Er behauptet beispielsweise, er könnte mit den Vögeln sprechen. Er gehört zu den wenigen noch existenten Obdachlosen dieser Stadt, aber er schläft nicht aus Not auf dem Bürgersteig, sondern weil er das so will. Ab und zu übrigens nur, meist ist er in seiner Wohnung, die nicht weit von hier entfernt liegt. Ich kenne ihn seit dreißig Jahren, er ist eine … ja, eine ziemlich spezielle Person.«

Ihre Stimme hat einen neuen Klang angenommen, während sie von diesem »Klienten« erzählt, und ich verstehe, dass er etwas für sie bedeutet. Außerdem stelle ich fest, dass der Metallgeschmack in meinem Mund verschwunden ist.

»Was er zu erzählen hatte: Er wurde an seiner Ecke der Barrow, dort, wo er sich immer aufhält, an zwei Morgen nacheinander ganz früh von einem Mann angesprochen, der ihn gebeten hat, mich aufzusuchen, um mir eine Nachricht zu überbringen.«

»Was?«, rutscht es mir heraus.

»Ich habe ja gesagt, dass es eine merkwürdige Geschichte ist«, erklärt Geraldine Grimaux mit einem kurzen Lächeln. Es ist das erste Mal während unseres Gesprächs, dass sie lächelt, und es sieht fast so aus, als bereute sie es auch gleich. »Die Nachricht, die mein Klient erhielt, war jedenfalls klar und deutlich. *Geh zu Grimaux und sag ihr, dass Sarah in Meredith ist.*«

»Sarah ist in …?«

Ich kneife mich fest in die Daumenfalte, um diesen aus der Bahn geratenen Traum zu beenden, diese Phantasmagorie, aber es nützt nichts. Ich ziehe den vorläufigen Schluss, dass ich wach bin.

»In Meredith, ja. Und nach der wiederholten Ermahnung beschloss mein Klient also, den Auftrag auszuführen und mit der Botschaft hierherzukommen.«

»Sarah ist in Meredith?«

»Genau. Mein Klient behauptete, er habe diesen Mann, der ihm diese Botschaft überbrachte, nie zuvor gesehen, aber ich habe ihm versprochen, die Nachricht bis auf weiteres zu verwahren. Er war ein wenig beunruhigt, kein Zweifel, und ich habe ihn seitdem nicht wiedergesehen. Ja, und dann …«

»Und dann?«, frage ich.

»Und dann kam also Ihre Frau hierher. Wenn ich mich recht erinnere, dann war es der 25. September, an dem ich sie zum ersten Mal getroffen habe. Ich kann das nachprüfen, wenn Sie möchten. Sie hat mir ihre Geschichte erzählt, ich habe zugehört, und …«

»Einen Augenblick«, bitte ich. »Warum ist sie hierhergekommen? Was hat Winnie dazu gebracht, sich ausgerechnet an Sie zu wenden?«

Geraldine Grimaux lehnt sich zurück und denkt nach. »Ich weiß nicht so recht, wie ich damit jetzt umgehen soll«, sagt sie nach einer Weile. »Ihre Frau hat mich nicht ausdrücklich darum gebeten, Ihnen nichts zu sagen, wir haben diese Möglichkeit ganz einfach nicht besprochen. Aber ich weiß trotzdem nicht so recht, wie …?«

»Was hindert Sie daran?«, frage ich und spüre, wie erneut Wut in mir aufsteigt.

»Ein Gefühl«, sagt sie. »Mein Gefühl dafür, was richtig und was falsch ist. Mir wird oft etwas anvertraut, große und kleine Dinge, und es ist wichtig, dieses Vertrauen nicht zu missbrauchen. Manchmal wird eine echte Vereinbarung darüber getroffen, manchmal bleibt es unausgesprochen, gilt aber genauso.«

»Aber Winnie hat Sie nicht gebeten, zu schweigen?«

»Nein, das hat sie nicht. Aber ich versuche ein Gefühl dafür zu entwickeln, ob sie es nicht dennoch erwartet hat. Sie hat ganz einfach nicht gedacht, dass Sie hierherfinden werden.«

»Aber Sie sind nicht verwundert darüber, dass ich hier bin?«

»Nein. Ich bin nur äußerst selten verwundert.«

Sie lässt die Schultern fallen und schließt die Augen. Bleibt so eine halbe Minute lang still sitzen. Vielleicht auch eine oder zwei Minuten, in diesem Zimmer ist es schwer, die Zeit abzuschätzen. Hunderte wortloser Gedanken flattern mir im Kopf herum, keiner bleibt haften.

»All right«, sagt sie schließlich. »Vielleicht geht es ja trotz allem um Sarah. Also, es war so: Ihre Frau Winnie ist zu mir gekommen, nachdem jemand sie aufgefordert hat, hierherzukommen, ich weiß selbst nicht genau, wie das vor sich gegangen ist. Ich glaube … ja, ich bin ziemlich überzeugt davon, dass sie darüber nicht hat sprechen wollen. Auf jeden Fall hat es sich nicht um ein Zeichen in einem Traum oder so etwas gehandelt, so viel habe ich verstanden.«

»Jemand hat sie aufgefordert?«, frage ich.

»Den Eindruck hatte ich«, erklärt Geraldine Grimaux.

»Und wer?«

»Wie gesagt, ich habe keine Ahnung.«

»Dieselbe Person, die zu Ihrem Klienten auf die Barrow gekommen ist?«

»Ich wiederhole: Ich weiß es nicht.«

Ich denke eine Weile nach. »Aber das hängt doch zusammen«, sage ich. »Das mit der Frau, dem Obdachlosen und Winnie.«

»Und Sarah«, fügt sie hinzu. »Ja, natürlich hängt das zusammen. Aber fragen Sie mich nicht, wie. Ich verstehe nicht, welche Kräfte hier am Werk sind.«

»Kräfte?«, wiederhole ich.

»Ja, Kräfte.«

Ich nicke und trinke einen Schluck Wasser. »Und Meredith?«, frage ich. »Ich nehme an, das ist ein Ort?«

»Es gibt mindestens zwanzig Orte mit diesem Namen in diesem Land«, erklärt sie. »Alles kleine Ortschaften, die nächste liegt im Norden des Staates New York. Am Rande der Catskills, wenn Sie die kennen?«

Ich bestätige, dass ich weiß, was die Catskills sind. Dann spüre ich plötzlich ein Schwindelgefühl, ich weiß nicht, woher es stammt. Andererseits ist es ja kaum verwunderlich. Ich balle die Hände, um ein wenig Energie in den Körper zu pumpen.

»Wie geht es Ihnen?«, fragt Geraldine Grimaux.

»Ich weiß nicht«, sage ich. »Es fällt mir schwer … das alles zu schlucken. Worüber haben Winnie und Sie eigentlich gesprochen? Abgesehen von dieser Botschaft, meine ich. Sie sagen, Sie hätte sie zweimal aufgesucht?«

»Das stimmt«, bestätigt Geraldine Grimaux. »Wir haben mindestens zwei Stunden miteinander geredet. Ihre Frau ist eine äußerst interessante Person, Mr. Steinbeck. Und klug. Aber hier muss ich jetzt eine Grenze ziehen, eindeutig.«

»Hat sie Ihnen gesagt, dass sie irgendwohin will?«

Sie schüttelt den Kopf. »Wir haben sehr wenig über ihre kommenden Pläne gesprochen. Wir haben über anderes geredet.«

»Und worüber so, zum Beispiel?«

»Es tut mir leid, Mr. Steinbeck.«

Ich balle die Hände noch fester und starre eine Zeitlang an die Wand. Ich spüre, dass ich die gleiche Eifersucht fühle wie damals im Haus von Peter Brockenmeyer, als Winnie mit Martha Bowles auf dem Sofa saß und sich unterhielt. Oder zumindest etwas in der Art, ich gebe mir alle Mühe, es wegzuschieben, und vielleicht hat ja die grüne Wandfarbe tatsächlich genau den beruhigenden Effekt, der ihr zugeschrieben wird.

»Aber Sie halten es nicht für unmöglich, dass sie dorthingefahren ist?«, frage ich. »Nach Meredith? Muss ich sie dort suchen?«

Sie antwortet nicht, betrachtet mich nur mit dem Ansatz einer Falte auf der Stirn. Aus irgendeinem Grund fällt es mir schwer, ihr länger in die Augen zu sehen. Stattdessen öffne ich die Hände und schaue auf meine Handflächen, als lägen darin irgendwelche Informationen verborgen. Ich höre draußen auf der Straße einen Hund bellen und in einem anderen Teil des Hauses einen Staubsauger, der eingeschaltet wird. Wieder vergeht ein Stück nicht messbarer Zeit.

»Darf ich wieder Kontakt zu Ihnen aufnehmen, wenn es nötig ist?«, frage ich, als ich es nicht länger ertrage. »Ich ... ich fühle mich im Augenblick ziemlich frustriert, ich muss wohl erst einmal in Ruhe über alles nachdenken.«

»Aber natürlich«, antwortet sie. »Sie sind jederzeit willkommen. Aber vergessen Sie nicht: Ich ziehe meine Grenzen. Ich muss sie ziehen.«

»Das ist mir schon klar«, sage ich. »Aber ich habe trotzdem noch eine letzte kleine Frage.«

»Aber bitte.«

»Es gibt einen französischen Dichter mit dem gleichen Nachnamen wie Sie. Bernard Grimaux, kennen Sie ihn?«

Einen Moment lang erstarrt sie, und ich kann sehen, dass die Frage sie überrascht hat. Sie holt tief Luft und lässt die Schultern sinken.

»Bernard Grimaux war mein Großvater mütterlicherseits«, sagt sie. »Wie kommt es, dass Sie wissen, wer er war?«

»Ich habe einige seiner Gedichte gelesen«, erkläre ich. »Aber ich habe nicht gedacht …«

»Ja?«

»Ich habe nicht gedacht, dass er Kinder hatte. Abgesehen von der Tochter, die gestorben ist.«

»Sie scheinen eine ganze Menge über ihn zu wissen.«

»Einiges«, gebe ich zu. »Aber nicht besonders viel. Er ist hier in New York gestorben, nicht wahr? Nachdem seine Frau und seine Tochter in Frankreich umgekommen sind …«

Geraldine Grimaux hebt ihren Blick und schaut kurz an die Decke, bevor sie antwortet. »Das ist vollkommen richtig«, sagt sie. »Er starb sechs Monate, bevor meine Mutter geboren wurde. Ein Gasunfall, vielleicht selbst initiiert. Soweit ich verstanden habe, hatte er keine Ahnung, dass meine Großmutter schwanger war.«

»Aber sie hat seinen Namen angenommen? Ihre Großmutter?«

Sie schüttelt den Kopf. »Nein. Meine Mutter. Sie hat ihn nach ihrer Scheidung wieder ausgegraben.«

»Ich verstehe.«

Danach sagt gut eine Minute lang keiner von uns etwas, und es ist deutlich zu spüren, dass wir an einem bestimmten Punkt angelangt sind. Der Staubsauger wird ausgestellt. Ich bedanke mich bei ihr und frage sie, wie viel ich bezahlen soll, sie lacht auf, ganz kurz, und erklärt, dass sie das nächste Mal nach ihrem üblichen Tarif bezahlt werden möchte, sechzig Dollar, dass sie aber für das heutige Treffen kein Geld möchte.

Nachdem ich sie verlassen habe, schlage ich den Weg über die Barrows ein, und obwohl ich den ganzen Weg von der 7th Avenue bis hinunter zum Fluss gehe, sehe ich nicht einen einzigen Obdachlosen. Ich gehe weiter bis zum Pier 45 und setze mich auf dieselbe Bank, auf der ich vor zwei Stunden gesessen bin. Immer noch kein Wind, immer noch herrscht einer dieser klaren Herbsttage, mit denen diese Stadt so gern prahlt. Ich bleibe fünfzehn, zwanzig Minuten sitzen, blicke hinüber nach Lackawanna, Hoboken und Weehawken und gehe im Kopf noch einmal das Gespräch mit Geraldine Grimaux durch. Es erscheint mir unwirklich und beunruhigend, ich bekomme keine Ordnung in die ganze Geschichte. Dann wende ich dem North River den Rücken zu und gehe zurück in die Stadt, um mir eine Landkarte zu besorgen; Verwirrung und Trauer können nur mit Tatendrang bekämpft werden.

25

Während unserer Jahre in Saaren unternahmen Winnie und ich eher selten eine Reise zu zweit. Wir fuhren ein paar Mal jeder für sich an verschiedene Orte, da unsere Berufe und unsere Auftraggeber es erforderten, aber einer von uns blieb immer zu Hause bei Sarah. Oder wir nahmen sie mit.

Anfang Dezember 2005 verbrachten wir jedoch drei Tage zu zweit in Venedig. Ich musste einige einfache Recherchen betreiben, und wir beschlossen, dass Winnie mitkommen sollte. Unser Kindermädchen Anna rückte einfach drei Häuser weiter und wohnte während dieser Tage bei uns statt bei den Nesbiths, das war eine einfache Abmachung.

Wir kamen in der einsetzenden Nachmittagsdämmerung an, nahmen ein Vaporetto zu unserem Hotel, das nur wenige Minuten von San Marco entfernt lag, und ich kann mich erinnern, dass es Winnie vor Entzücken fast die Sprache verschlug. Es war ihr erster Besuch in Venedig, und sie konnte kaum glauben, dass es diese Stadt wirklich gab. Dass es nicht alles nur Kulissen waren, die Kanäle, die Gassen, die Brücken und Gewölbe.

Wir nahmen ein romantisches, teures Essen in einem Restaurant in der Nähe von San Luca zu uns, und dann liefen wir mehrere Stunden lang im Nebel in dieser unwirklichsten, traumhaftesten aller Städte herum. Wir liebten uns natürlich, und ich glaube, es war schon nach vier Uhr morgens, als wir einschliefen.

Als wir am nächsten Morgen aufwachten, war Winnie betrübt, sie wollte zuerst nicht sagen, warum, aber schließlich erklärte sie, dass es daran läge, dass sie in einem Traum ein böses Omen gehabt habe.

»Etwas bedroht uns heute. Ich weiß nicht, was, aber wir müssen auf der Hut sein.«

»Bedroht uns?«, fragte ich nach.

»Ja«, antwortete sie. »Jemand oder etwas ist hinter uns her, aber ich weiß nicht, um was es sich handelt, deshalb brauchst du gar nicht weiter zu fragen. Wir müssen nur vorsichtig sein. Ich glaube, es ist besser, wenn wir uns heute nicht trennen.«

Es war nicht besonders üblich, dass Winnie diese Art von Vorahnung hatte, aber es war schon vorgekommen, und ich hatte gelernt, sie ernst zu nehmen. Oder dem Ganzen zumindest Respekt zu erweisen. Wir hatten auch keinen triftigen Grund, uns an dem Tag zu trennen; Winnie folgte mir zu den drei, vier Orten, die ich für meine Recherchen aufsuchen musste – unter anderem Gritti und Harry's –, wir schafften es, alles im Laufe des Nachmittags zu erledigen, und das Einzige, was möglicherweise als ein wenig bedrohlich empfunden werden konnte, das war das Wetter. Es regnete fast die ganze Zeit, und der Wind, der durch die Gassen und über den Markusplatz fegte, war nicht besonders gnädig mit uns.

Aber gegen sechs Uhr waren wir zurück im Hotel, wir nahmen eine heiße Dusche, zogen uns trockene Kleidung an und begaben uns dann in ein kleines Restaurant, einen Steinwurf von der Ponte Vecchio entfernt. Es war ein ziemlich kleines Lokal mit nicht besonders vielen Gästen, aber das Essen war gut, und wir tranken einen ausgezeichneten Piemonteser Wein. Gerade als wir unser Dessert bekamen, trat ein weiteres Paar durch die Tür herein. Ein Mann und eine Frau in unserem Alter, wie es schien; beide waren elegant gekleidet, als feierten sie etwas. Ich denke, dass sie ein wenig betrunken waren, aber darin kann ich mich auch irren.

Sie wurden an einen Tisch weiter hinten im Lokal verwiesen, ein Stück von uns entfernt, und als die Frau, nachdem sie bestellt hatten, sich erhob, um die Toilette aufzusuchen, ging sie direkt an Winnie und mir vorbei. Plötzlich blieb sie stehen, schlug sich die Hand vor den Mund und schien einen Moment lang zu zögern, bevor sie ausrief:

»Ursula!«

Winnie hatte gerade die Hand ausgestreckt, um ihr Glas zu nehmen, wir hatten beide einen Muskatwein zu unserem Pannacotta bestellt, und ich hatte einen stummen Toast angedeutet, aber erschrocken von dem Ausruf der Frau kippte Winnie ihr Glas um.

»Oh, Entschuldigung! Tut mir leid, aber du bist doch Ursula?«

Die Frau sah gleichzeitig peinlich berührt und unsicher aus, doch als Winnie sich umdrehte und sie direkt ansah, zeigte sie ein breites Lächeln.

»Mein Gott, das ist so lange her …«

Winnie schüttelte verwirrt den Kopf. »Es tut mir leid, aber …«

»Dann sind Sie nicht …? Entschuldigung, aber ich war mir so sicher, dass …«

»Das macht nichts«, sagte Winnie. »Aber ich heiße leider nicht Ursula.«

Die Frau hielt sich wieder die Hand vor den Mund und sah ganz unglücklich aus.

»Ich hatte den Eindruck … und der Wein … ich wollte auf keinen Fall …«

Eine ganze Kette derartiger abgebrochener Sätze platzte aus ihr heraus, dann entschuldigte sie sich noch einmal und eilte zur Toilette.

Ihr Mann hatte den kleinen Zwischenfall offenbar gar nicht bemerkt, und als die Frau auf dem Weg zurück zu ihrem Tisch bei uns vorbeiging, lächelte sie nur entschuldigend, ohne das Geschehene zu kommentieren.

Aus irgendeinem Grund hatte Winnie danach aber schlechte Laune, und ein neues Glas Muskatwein wollte sie nicht haben. Stattdessen bestand sie darauf, dass wir umgehend die Rechnung beglichen und zurück ins Hotel gingen.

Ich tat ihr natürlich den Gefallen, mir erschien das alles aber als Bagatelle, ich konnte ihre heftige Reaktion nicht so recht verstehen. Zwar konnte ich sehen, dass der Vorfall sie aufgewühlt hatte, aber erst als wir in unserem Hotelzimmer ins Bett gegangen waren, erklärte Winnie mir den Grund dafür.

»Ich hatte eine Klassenkameradin, die hieß Ursula. Alle fanden, wir sähen uns ähnlich wie Zwillinge, aber ich war nicht so begeistert von ihr. Es beruhte übrigens auf Gegenseitigkeit, es war uns immer peinlich, wenn jemand uns verglich. Wir sind nie Freundinnen geworden.«

»Und du glaubst, dass sie es war, an die die Frau gedacht hat? Deine alte Klassenkameradin?«

»Ich weiß nicht«, erwiderte Winnie, ohne mich anzusehen. »Ich weiß wirklich nicht, Ursula starb, bevor sie zwanzig wurde. Sie wurde ermordet.«

Wir sprachen nicht mehr über den Zwischenfall im Restaurant in Venedig. Hinterher habe ich natürlich ab und zu daran gedacht – es erschien so merkwürdig und außergewöhnlich, auf irgendeine Art und Weise aus jedem Zusammenhang gerissen –, aber da es sich offenbar um ein Ereignis handelte, das Winnie gerne auf sich beruhen lassen wollte, hatte ich nie die Gelegenheit, es noch einmal mit ihr zu besprechen.

Ich weiß auch nicht, warum ich jetzt an meinem Tisch sitze und darüber schreibe, aber ich habe mich daran gewöhnt, dass ich all die subtilen Mechanismen, die eine Erzählung in eine bestimmte Richtung lenken, nicht immer verstehen muss.

Oder ein Leben.

26

An diesem Freitag ist Mr. Edwards nicht an seinem Platz. Ich rechne nach und komme zu dem Schluss, dass es das dritte Mal ist, seit ich die Bibliothek in der Leroy Street aufsuche. Das erste Mal war, als er letzte Woche meine Ehefrau beschattete, das zweite Mal, als er am Dienstag Geraldine Grimaux aufsuchte.

Aber vielleicht handelt es sich auch nur um einen weiteren Arztbesuch, vielleicht taucht er im Laufe des Nachmittags doch noch auf. Nachdem ich den Vorfall in Venedig beschrieben habe – der wirklich ganz unvermutet in meinem Kopf auftauchte –, konzentriere ich mich erneut auf die Autokarte, die ich gestern bei Barnes & Noble in der 6th Avenue gekauft habe. Ich habe einen kleinen Punkt gefunden, der den Ort Meredith im Staate New York markiert, er liegt direkt oberhalb von Catskills' großem Naturreservat ungefähr dreihundert Kilometer nordwestlich. Ungefähr auf halbem Weg zwischen Buffalo und den Niagarafällen, wie ich feststelle. Aber es gibt noch andere Orte mit Namen Meredith: eine Kleinstadt in New Hampshire beispielsweise, sie liegt ebenfalls nicht weit entfernt von dieser riesigen Stadt in diesem riesigen Land, in dem ich mich aus unklaren Gründen befinde, und ich sitze eine Weile da und frage mich, warum Geraldine Grimaux mich gerade auf diese kleine Ortschaft in den Catskills aufmerksam gemacht hat. Die nächstgelegene richtige Stadt heißt offensichtlich Oneonta, ich habe nie von ihr gehört, sie liegt am Highway 88, der zwischen Albany und Binghampton verläuft.

Oneonta? Noch einer dieser Namen. Aus welchem Sprachkreis er wohl stammt? Aus dem Indianischen? Oder dem der *Ureinwohner Amerikas,* wie es in dieser verbrämten, politisch korrekten Terminologie der Neuzeit vermutlich heißen muss. Zu Shakespeares Zeit lebten offensichtlich Indianer auf Manhattan, das ist eine dieser Wahrheiten, die ich nur schwer schlucken kann. Denn was sagt das eigentlich über diese Stadt und dieses Land aus? Eine Nation, die sich höchstens in der Pubertät befindet, oder?

Wie dem auch sei, was die Hauptfrage betrifft, komme ich langsam zu dem Schluss, dass Geraldine Grimaux mir offensichtlich Informationen vorenthalten hat. Das muss so sein. Wenn Meredith in den Catskills tatsächlich der richtige Ort ist, um zu suchen, dann muss Winnie irgendeinen Hinweis in dieser Richtung erhalten haben. Und sie muss es der Grimaux erzählt haben. Oder umgekehrt, Geraldine Grimaux kann die Information gehabt und Winnie den Tipp gegeben haben. Während ich mir das durch den Kopf gehen lasse, wird mir gleichzeitig klar, wie konstruiert so ein Szenario wirkt – auf was für einem verdammten Mischmasch aus Annahmen, Wunschdenken und Phantasien es aufgebaut ist –, dennoch klammere ich mich an diesen Strohhalm, um nicht ganz den Halt zu verlieren. Diese erbärmliche Hoffnung, nur ihretwegen beschäftige ich mich doch damit?

Aber auch aus Prinzip, wie ich mir einrede. Untätigkeit ist der schlechteste aller Verbündeten, und nur einfach so in diesem alles absorbierenden Greenwich Village herumzulaufen, zwischen Carmine Street und der Bibliothek und dem Fluss, während der Herbst sich herabsenkt, während Dämmerung und Dunkelheit immer früher einsetzen und länger anhalten, und auf ich weiß nicht was zu warten … während ich wie ein nervöser Zombie zwischen den Bars und Lokalen hin und her laufe, ja, das würde mich ganz einfach verrückt machen; und auch wenn mir sonst nicht viel klar ist, dann zumindest das. Möchte man langsam wahnsinnig werden, dann ist New York zweifellos ein Ort, an dem man sich dieser Beschäftigung in aller Ruhe widmen kann, ohne dass einem jemand Hindernisse in den Weg stellt. Sie hat alles, diese Stadt.

Und das einzige Licht in meinem Tunnel ist also dieser kleine Punkt, der Meredith heißt.

Sarah ist in Meredith?

Ich weiß nicht, was das bedeutet, und nicht eine Sekunde lang bilde ich mir ein, dass sich unsere Tochter dort oben befindet. Warum sollte sie? Und wieso sollte sie plötzlich am Leben sein, wie könnte die Kette von Ereignissen aussehen, die mit dem Mann in dem grünen Auto in der Wallnerstraat in Saaren im alten Europa am 5. Mai 2006 begann und bis nach Meredith, New York State, fast anderthalb Jahre später führt? Am 12. Oktober 2007, dem heutigen Datum. Das sind gute Fragen, verdammt gute Fragen.

Aber dass Winnie Manhattan verlassen haben kann, um in diesen unbekannten Gefilden zu suchen, das ist eine andere Sache. So kann es sich tatsächlich verhalten, und wenn ich einen Strohhalm brauche, dann braucht sie ihn natürlich auch – oder worum geht es? Steckt noch jemand anders als Winnie hinter all dem? Jemand, der an diesen Fäden/Strohhalmen zieht? Muss es nicht so einen Faktor geben? Sie kann das alles doch nicht allein aus eigenen Kräften veranstaltet haben? Aber je mehr ich darüber nachdenke, je genauer ich diese eigenartigen Botschaften von eigenartigen Personen zu deuten versuche, umso flüchtiger erscheinen sie mir.

Und trotz allem, welche anderen Wege stehen mir offen? Was bleibt noch übrig bei all den Zweifeln, abgesehen von dem trostlosen Warten und dem sterilen Nullpunkt?

Und die Bars und der Wahnsinn, wie gesagt. Die Wahrheit ist ein räudiger Ziegenbock, die Lüge eine schöne Frau, bitte schön, entscheidet euch – wer hat das gesagt?

Ich werfe einen Blick auf Mr. Edwards' leeren Tisch und wünschte, er wäre an seinem Platz. Ich würde gern den Stand der Dinge mit ihm diskutieren – eigentlich mit wem auch immer, aber der Gedanke, jemand anderen in diese verdammten Abstrusitäten und Merkwürdigkeiten hineinzuziehen, reizt mich nicht besonders. Natürlich sind es auch Gefühle der Rücksichtnahme, die mich beeinflussen, ich möchte nicht als ein lächerlicher – oder im besten Fall tragischer – Idiot erscheinen.

Ich nehme ein spätes Mittagessen im Le Tartine in der Vierten Straße ein, und dann warte ich den ganzen Nachmittag darauf, dass Mr. Edwards auftaucht. Erst als die Uhr sieben zeigt und es nur noch eine Stunde bis zur Schließung ist, gebe ich auf und muss einsehen, dass er an diesem Tag wohl nicht in der Bibliothek erscheint. Aus Gründen, die ich mir weder ausmalen kann noch möchte. Aber hoffentlich nur wegen eines Arztbesuchs.

In diesen Stunden bringe ich eigentlich gar nichts zustande. Versuche ein paar Anfänge zu schreiben, doch es klappt nicht. Ich reiße die Seiten heraus, werfe sie in den Papierkorb und widme mich dann einzig und allein dem Studium der Karte. Ich spüre eine Art tickende Unruhe im Körper, die zunimmt, je dichter die Dämmerung draußen vor dem Fenster wird, und als ich schließlich ins Internet gehe und nach einer Autovermietung suche, ausgehend von unserer Postleitzahl in der Carmine, empfinde ich das wie ein verwässertes Spiel, nichts, was ich ernsthaft zu Ende bringen möchte.

Schließlich miete ich doch einen Chrysler Cruiser bei Enterprise in der Thompson Street und bezahle mit meiner Kreditkarte. Er kostet nur 69 Dollar für vierundzwanzig Stunden, plus diverse Versicherungen und Benzin, und ich kann ihn jederzeit ab acht Uhr morgen früh abholen. Ich denke, das ist auch eine Möglichkeit, den Tag herumzubringen, und abgesehen von dem kurzen Trip zu den Brockenmeyer/Bowles in Brooklyn vor Kurzem bin ich seit mehr als zwei Monaten nicht aus Manhattan herausgekommen. Es ist also höchste Zeit.

Während ich in der Bibliothek war, habe ich meine Emails nicht kontrolliert, tue es jedoch, als ich nach Hause komme. Es gibt zwei neue Mitteilungen im Eingang, die eine ein Routinegruß von meinem Verleger, die andere eine kurze Information von der Sekretärin von Doktor Vargas, die sich an eine größere Gruppe von Empfängern richtet – sie bedauert, dass der Doktor seine Korrespondenz nicht in üblichem Maße hat pflegen können, da er einen Schlaganfall erlitten hat. Sein Zustand ist nicht lebensbedrohlich, aber er wird auf unbestimmte Zeit krankheitsbedingt ausfallen. Es gibt außerdem einen Verweis auf zwei andere Ärzte, mit Telefonnummer und Mailadresse.

Nicht lebensbedrohlich?, denke ich und versuche zu verstehen, was das bedeutet. Wenn das das Positivste ist, was man über die Situation sagen kann, dann muss es ernst sein. *Er ist zumindest noch nicht tot*, so hätte sie es vielleicht auch formulieren können. Mir wird jedenfalls klar, dass ich nicht erwarten kann, mit Doktor Vargas über den Zustand meiner Ehefrau zu diskutieren, er hat genug mit sich selbst zu tun.

Gleichzeitig merke ich, dass ich eigentlich nicht verwundert über diese neue, aber periphere Zutat auf der Handlungsebene bin. Absolut nicht verwundert. Ich habe das Gefühl, als wäre ich lange Zeit in gut präparierten Spuren gewandert und wanderte immer noch in ihnen, und dass das Muster, das meine Wanderung lenkt, mir deutlich vor Augen treten wird, wenn ich mich irgendwann in ferner Zukunft hinsetzen und zurückschauen kann. Ja, ungefähr so verhält es sich. Aber ich kann nicht ausmachen, ob dieses vage Versprechen etwas ist, auf das ich mich freuen kann, oder ob ich es eines Tages verfluchen werde.

27

Vielleicht war meine schriftstellerische Tätigkeit am 5. Mai 2006 beendet. Ich weiß nicht, was mit dem Text geschehen wird, den ich momentan aus mir herauszuholen versuche, aber *Der springende Punkt*, das dicke Romanmanuskript, an dem ich vor Sarahs Verschwinden saß, wird nie das Tageslicht erblicken, das ist mir klar. Unter keinen Umständen.

Auch mein öffentliches Leben war mit diesem Datum beendet; Journalisten und Kulturleute hörten auf anzurufen, ich bekam keine Anfragen mehr bezüglich Artikeln, Lesungen oder Podiumsdiskussionen. Ich weiß, dass meine Agentin Lucienne Bergson hinter diesem Schweigen stand, sie hatte mich angerufen, sobald sie erfahren hatte, was passiert war, und nachdem sie ihre Anteilnahme und ihren Schock ausgedrückt hatte, fragte sie mich, wie ich es gern haben wollte. Ich antwortete, ohne zu zögern, dass ich bis auf weiteres keinerlei sogenannte Autorenaufträge haben wollte.

Und so kam es auch, und sowohl in Hinblick auf Winnies Zustand als auch in Anbetracht anderer Dinge habe ich nie Grund gehabt, meinen Entschluss zu bereuen. Erst Mitte August wurde ich ein wenig an mein früheres Leben erinnert, als ich eine Email von der Kulturmitarbeiterin einer kleinen Stadt erhielt, in der ich früher an einer Diskussionsrunde teilgenommen hatte. Offenbar wusste sie nicht, was mit unserer Tochter passiert war, sie fragte mich geraderaus, ob ich Zeit für einen Autorenauftritt Mitte September habe. Das sei zwar sehr kurzfristig, wofür sie sich gleich entschuldigte, aber man habe festgestellt, dass nur noch für diese Art von Veranstaltungen Geld im Stadtbudget vorhanden war. Ihr hatte mein letzter Besuch, der vier Jahre zurücklag, außerordentlich gefallen. Und anzufragen, das kostete ja nichts, oder?

Das aktuelle Datum war ein Samstag, und ohne weiter nachzudenken, mailte ich zurück und versprach zu kommen. Als der Tag sich näherte, ich denke, es war der 13. September, spürte ich trotz allem eine gewisse Reue hinsichtlich der Zusage. Worüber sollte ich sprechen? Welche Texte sollte ich lesen? Mein letzter Roman war zu diesem Zeitpunkt zwei Jahre alt; wenn ein Autor sich auf eine Bühne stellt, wird erwartet, dass er irgendetwas Neues im Koffer hat.

Erst am Freitagabend beschloss ich, einen Roman in Arbeit vorzustellen, wie man das nennt. Ich suchte ein Kapitel aus *Der springende Punkt* heraus, machte zwei oder drei Korrekturen, las laut für mich selbst eine halbe Stunde lang zur Probe und dachte, dass es sich zumindest nicht um irgendwelche Reste handelte.

Das Ganze lief besser ab, als ich befürchtet hatte. Ich trat in der Stadtbücherei selbst auf, am selben Ort, an dem ich vier Jahre zuvor gestanden hatte, und das Publikum – so um die fünfzig Personen – schien meine Vorstellung zu schätzen. Ich weiß nicht, wie viele wussten, was mit meiner Tochter passiert war, aber als es an der Zeit für Fragen und Antworten war, gab es niemanden, der dieses Thema aufgriff. Erst hinterher, als ich meine alten Bücher signierte, die der ortsansässige Buchhändler herbeigeschleppt hatte, gab es ein merkwürdiges Erlebnis.

Als Allerletzte in der Signierschlange stand eine Frau in den Fünfzigern, und als sie meinen Namenszug in ihrem Buch erhalten hatte, bat sie darum, noch ganz kurz mit mir allein sprechen zu dürfen. Nach kurzem Zögern tat ich ihr den Gefallen, und wir zogen uns hinter ein paar Bücherregale zurück. Sie senkte ihre Stimme und legte mir die Hand auf den Arm.

»Ich schätze Ihre Bücher sehr«, sagte sie. »Aber darum geht es nicht. Es geht um Ihre Tochter.«

Ich gab keine Antwort. Sie fuhr fort. »Ich selbst habe einen Sohn verloren, das ist viele Jahre her, aber ich weiß, wie weh das tut. Ich bin sonst nicht hellseherisch veranlagt, aber ich habe alles über Ihren Fall gelesen, und ich habe eine Information.«

»Eine Information?«, fragte ich.

Sie nickte. »Eine Information. Bitte fragen Sie mich nicht, woher ich sie habe, aber ich möchte, dass Sie mich ernst nehmen. Ich will keine Zeit mit allen möglichen Erklärungen vergeuden – aber ich kenne das Autokennzeichen.«

»Wie bitte?«

»Ich kenne das amtliche Kennzeichen des Autos, in dem Ihre Tochter verschwunden ist.«

Ich erinnere mich nicht mehr daran, was ich darauf erwidert habe, ob ich überhaupt etwas gesagt habe, aber sie überreichte mir jedenfalls ein doppelt gefaltetes Stück Papier, das sie die ganze Zeit in der Hand gehalten hatte, entschuldigte sich dafür, sich mir aufgedrängt zu haben, und bevor ich wusste, was geschah, hatte sie mich und die Stadtbibliothek verlassen.

Der Gedanke, sie könnte verrückt sein oder zumindest eine Schraube locker haben, kam mir als Erstes in den Sinn, ich weiß aus Erfahrung, dass es leider den einen oder anderen Leser dieser Art gibt. Die Bibliothekarin bat um meine Aufmerksamkeit, ich stopfte den Zettel in die Gesäßtasche meiner Jeans, und erst zwei Tage später, am Montagabend, holte ich ihn wieder heraus und schaute ihn an. Ich weiß nicht, warum ich so lange gezögert habe, aber so war es nun einmal.

Es stand tatsächlich ein Autokennzeichen darauf. Nachdem ich noch einmal darüber geschlafen hatte, rief ich am Dienstagmorgen die Polizei an und erzählte, was passiert war. Nach einigem Hin und Her wurde ich mit Inspektor Tupolsky verbunden, ich fuhr zum Polizeirevier und legte das Papier in seine Hände.

Ich konnte diesen Vorfall natürlich nicht vergessen, aber ich dachte auch nicht besonders oft daran. Und ich erwähnte ihn mit keinem Wort Winnie gegenüber, Doktor Vargas auch nicht, wahrscheinlich, weil ich davon ausging, dass die Frau etwas dubios war – nach gut einer Woche erhielt ich jedoch einen Anruf von Tupolsky. Er erklärte mir, dass an diesem Tipp tatsächlich etwas dran sein könnte. Das betreffende Auto stellte sich als ein grüner Audi heraus, Jahrgang 2003; er war am 3. Mai 2006 vom Besitzer, einem gewissen Professor Bauling, in Herrenstadt, gut fünfzig Kilometer nördlich von Saaren, als gestohlen gemeldet worden. Das Auto war Anfang Juni am Stadtrand von Maardam wiedergefunden worden. Man hatte es dem Besitzer übergeben, der, wie Tupolsky erklärte, immer noch mit ihm herumfuhr und sofort damit einverstanden gewesen war, den Wagen der Polizei für eine gründlichere Untersuchung in der kommenden Woche zu überlassen.

Ich nahm an dieser Untersuchung teil, indem ich dem grünen Audi gegenübergestellt wurde. Man fragte mich, ob das Fahrzeug mit dem identisch sein könnte, das ich am 5. Mai um 15.35 Uhr von unserem Küchenfenster in der Wallnerstraat aus gesehen hatte, und ich erklärte, dass es sehr gut so sein könnte.

Sowohl Form als auch Farbe stimmten mit meiner Erinnerung überein. Tupolsky und Vendler notierten sich das mit verkniffenen Mienen, und dann fand eine minutiöse Untersuchung des Wageninneren statt. Sie dauerte zwei Tage, zumindest wurde mir das erklärt; ein weites Spektrum an Proben wurde genommen, versiegelt und eine nach der anderen an das Kriminaltechnische Labor in Maardam geschickt, und drei Wochen später kam man zum Schluss, dass es in keiner Weise möglich war, zu beweisen, dass Sarah sich in dem betreffenden Fahrzeug aufgehalten haben könnte. Es gab aber auch nichts, was dagegensprach, aber die passende, entscheidende DNA war nicht gefunden worden.

Während einiger Herbstmonate wurde außerdem intensiv nach der Frau aus der Bibliothek gefahndet, aber auch diese Spur lief ins Leere. Man fand sie ganz einfach nicht, obwohl man sowohl mit der Bibliothekarin, die meinen Abend organisiert hatte, als auch mit ihren Kollegen und einem größeren Teil des anwesenden Publikums gesprochen hatte.

Andererseits, musste Inspektorin Vendler einräumen, als ich Anfang Dezember mit ihr sprach, hätte jeder in der Zeitung lesen können, dass Sarah in einem grünen Auto entführt worden war. Vielleicht war die Frau einfach nur mit einem Autodieb verheiratet und wollte sich wichtig tun.

Ich hätte erwidern können, dass ich keineswegs einen derartigen Eindruck von ihr gewonnen hatte, tat es jedoch nicht. Stattdessen erklärte ich, dass ich dankbar dafür war, dass man so viel Zeit und Arbeit darauf verwandt hatte, dieser Spur so weit wie möglich zu folgen.

Wenn ich mich nicht irre, war das das letzte Mal, dass ich mit irgendeinem Repräsentanten der Polizeibehörden über Sarahs Verschwinden sprach.

28

Ich hole meinen schwarzen Chrysler Cruiser am Samstagmorgen kurz nach acht Uhr beim Autoverleih in der Thompson Street ab. Es ist ein weiterer klarer, schöner Herbsttag; ich fahre den West Highway und den Hudson Parkway hinauf und verlasse Manhattan über die George Washington Bridge. Der Verkehr ist ziemlich dünn, und problemlos gelange ich auf den Highway 4. Stelle etwas verblüfft fest, dass die dichte Bebauung fast unmittelbar durch Laubwälder und freie Felder ersetzt wird, ich fahre weiter über den Highway 17, komme an dem einen oder anderen Stadtmoloch vorbei und gelange schließlich auf die Interstate 87, die Richtung Norden nach Albany und dann weiter nach Montreal in Kanada führt. Ich fahre durch eine üppig schöne Landschaft mit glühenden Farben, der Herbst ist hier oben schon um einen Tick weiter als in New York City, und ich denke, dass der Unterschied zwischen der inneren und der äußeren Wirklichkeit kaum größer sein kann als hier.

Bei Kingston, nach gut zwei Stunden Fahrt, biege ich auf den Highway 28 ab, der die Catskills nach Westen hin durchschneidet, und an einem kleinen Ort namens Boiceville halte ich zum Tanken an. Bleibe dann noch eine Weile auf einer Bank in der Sonne mit Kaffee und einem Muffin sitzen, während ich die Karte studiere und mich umschaue. Die Sonne braucht es wirklich, denn hier oben in den Bergen ist die Luft deutlich kühler. Die gesamten Catskills sind ein großes Naturreservat, hier gibt es Wanderwege, Campingplätze und Wildwasserfahrten, Skiloipen im Winter und Blockhäuser zu mieten. Boiceville selbst sieht aus wie ein typisches Touristenörtchen für Freizeitsportler, ein kleines Dorf, das sich entlang der Straße und des Flusses ausdehnt, ein paar Geschäfte, ein paar Restaurants, ein paar Cafés. Ein Schild gleich neben der Bank, auf der ich sitze, informiert darüber, dass ein Stück weiter den Wald hinein ein buddhistisches Zentrum liegt. Auf der Bank neben mir sitzen zwei junge Männer mit Rucksäcken, karierten Hemden und jeder seinem Bud Light. Laut Karte habe ich noch mindestens eine Stunde Autofahrt vor mir, bevor ich das Fleckchen Meredith erreiche, vermutlich sogar anderthalb. Ich frage mich, wie wohl die Wirklichkeit aussieht, wenn ich dort oben tatsächlich meine Frau und meine Tochter finde.

Es funktioniert nicht. Ich bekomme es nicht zusammen, kann mir nicht vorstellen, dass es so eine Art von Wirklichkeit gibt. Seit ich mit Geraldine Grimaux gesprochen habe, habe ich die gleichen absurden Fragen so ziemlich jede wache Minute gewälzt. Diese unbekannten Menschen, die mit ihren Informationen über Sarah gekommen sind. Obdachlose, die mit Vögeln reden können, Mexikanerinnen als Medium und Gott weiß was noch. Das alles ist so verdammt bizarr, und wenn es nicht um Leben und Tod ginge, würde ich es natürlich als Sammelsurium von Einbildungen und esoterischem Quatsch abtun. Ich glaube nicht an so etwas, bestimmte Dinge können eintreffen, andere treffen möglicherweise unter höchst speziellen Umständen ein, wieder andere liegen außerhalb jeder Wahrscheinlichkeit. Das Muster ist unbegreiflich.

Es nützt natürlich nicht viel, im Sonnenschein auf einer Bank in Boiceville in den Catskills zu sitzen und derartigen nüchternen Betrachtungen nachzuhängen. Überhaupt nichts; aber da ich es nicht ertrage, gar nichts zu tun, ist es besser als nichts; eine einfache, bewährte Verhaltensregel für zweifelnde Agnostiker. Da dieses unerträgliche Leben sowieso weiterzugehen scheint, ist es das Beste, auf den Zug aufzuspringen. Plötzlich wird mir klar, wie einsam ich bin, aber das sind natürlich auch die Umstände, wie ich sie mir zurechtgeschustert habe. Und das äußerst bewusst, es gibt nichts, womit das zu entschuldigen wäre, aber wenn Winnie nicht mehr im Bild ist, dann erscheint alles plötzlich äußerst hohl. Es fühlt sich natürlich bereits seit dem 5. Mai 2006 leer und hohl an, aber Winnie hat – selbst in ihren schwächsten Augenblicken, und vielleicht gerade dann – eine Art Schutz gebildet. In der von Menschen wimmelnden Stadt New York, in der ich nun einmal wohne, kenne ich genau genommen drei Personen: Mr. Edwards, Peter Brockenmeyer und Frederick Grissman, und alle drei sind äußerst entfernte Bekanntschaften. Ich grüße fünf oder sechs Menschen in unserem Viertel auf der Straße, aber alles in allem habe ich niemanden, der mir näher steht als diese beiden biertrinkenden Rucksäcke auf der Bank neben mir.

Daheim in Europa ist es ein wenig besser, aber nicht viel.

die verwundert den Stimmen von oben lauschen

Nein, auch das bekommt weder Hand noch Fuß. Bleibt nur ein Spiel mit Möglichkeiten. Aber was war es eigentlich, was in diesem verfluchten Leben so wichtig war? Wo brennen meine Feuer? Wo brannten sie?

Auch diese Überlegungen erscheinen mir nicht besonders erbaulich; ich trinke meinen Kaffee aus und esse den Rest meines Muffins und klettere wieder ins Auto. Fahre weiter zwischen den grüngelben Bergen hindurch.

Der Tramper steht unter einer Eiche am Ortsrand von Andes, und ich weiß nicht, warum ich ihn aufsammle. Normalerweise nehme ich keine Tramper mit, zumindest keine bärtigen Männer mittleren Alters, die wie überwinterte Hippies aussehen.

Er wirft seinen Rucksack auf die Rückbank und lässt sich mit einem vernehmlichen Seufzer neben mir auf den Beifahrersitz fallen.

»Vielen Dank«, sagt er. »Es ist doch erfreulich, dass es immer noch den einen oder anderen anständigen Menschen in diesem Land gibt. Und ich will nur bis Delhi, du bist mich also in einer halben Stunde wieder los.«

Er spricht Delhi wie »Dell-haj!« aus. Ich frage ihn, ob der Ort tatsächlich so heißt, und er erklärt mir, dass er dort vier Jahre lang auf dem College war, und auch wenn er viel vergessen hat, zumindest hat er gelernt, den Namen der Stadt auszusprechen.

Anschließend stellen wir uns gegenseitig vor; er heißt John B. Stratton, ist momentan ein Vagabund und dabei, seine Wurzeln zu suchen. Die letzten fünf Jahre seines Lebens hat er in einem Gefängnis in Texas verbracht, und als er vor gut drei Wochen raus kam, war ihm klar, dass er genau das zu tun hatte. Seine Wurzeln zu suchen und zu begreifen, was schiefgelaufen ist. Und warum.

Ich sage, dass ich sehr gut verstehe, wovon er redet, und frage ihn, warum er im Gefängnis saß. Er zuckt mit den Schultern und erklärt, dass es sich um eine Reihe unglücklicher Zufälle handelte, das Ganze aber eigentlich nur eine Frage der Zeit war. Er hat kein größeres Verbrechen begangen, aber es war der zweite Rückfall, und die Anklagepunkte beliefen sich auf gut zwölf Stück. Mehr will er nicht sagen, ursprünglich stammt er aus Raleigh in North Carolina, einem der gottverlassensten Orte auf dieser Erde, wie er mir anvertraut, aber erst als er aufs

College in Delhi kam, ging es ernsthaft schief. Danach hat er in Oregon, Kalifornien, Arizona, Texas und drei oder vier anderen Staaten gelebt. Er hat zwei Frauen und vier Kinder zurückgelassen; wenn er Delhi hinter sich gebracht hat, dann wird er sich auch all diese Menschen vornehmen.

»A man's gotta do what a man's gotta do?«, schlage ich vor.

»Genau«, stellt John B. Stratton fest, und dann fragt er, was so jemand wie ich in diesem Teil dieses deutlich überschätzten Landes zu suchen hat.

»Ich suche nach einer Person«, sage ich. »Oder eigentlich nach zwei Personen«, füge ich hinzu.

John B. Stratton akzeptiert meine Erklärung, als wäre es die natürlichste Sache auf der Welt. Einige suchen nach ihren Wurzeln, andere suchen nach etwas anderem. Die Welt ist voller Sucher. Er greift auf den Rücksitz und holt zwei Dosen Coors Light aus dem Rucksack, reicht mir, ohne zu fragen, eine. Wir öffnen sie und trinken jeweils einen Schluck.

»Und wen?«, fragt er dann. »Nach wem suchst du?«

»Nach meiner Frau und meiner Tochter«, sage ich.

»Scheiße«, sagt John B. Stratton. »Dann ist sie also auf und davon?«

»In gewisser Weise schon«, bestätige ich.

»Aha«, sagt er. »Und du glaubst, dass sie sich hier in der Gegend aufhalten?«

»Ich weiß es nicht«, sage ich. »Aber es gibt Zeichen, die dafür sprechen.«

»Tatsächlich?«, sagt er und trinkt einen Schluck Bier.

»Meredith«, sage ich. »Kennst du das?«

»Meredith? Was zum Teufel tun sie in Meredith?«

Ich sage, dass ich keine Ahnung habe, aber einen Tipp bekommen habe, dass sie sich vielleicht dort befinden könnten.

»Ich weiß, wo das liegt«, erklärt John B. Stratton. »An der Straße zwischen Delhi und Oneonta, aber man kann es kaum einen Ort nennen. Es leben dort vor allem Kühe und Schweine. Bist du sicher, dass es dort ist?«

Ich erwidere, dass ich mir absolut nicht sicher bin, aber auf jeden Fall einen Versuch wagen will.

»Habe ich richtig verstanden: Du wohnst in New York City?«

»Ja, seit ein paar Monaten.«

»Ich habe da auch mal ein paar Monate gewohnt«, sagt John B. »Lower East, hab mir fast den Arsch abgefroren. Das war im Januar, Februar, vor zehn, zwölf Jahren. Wohnen deine Frau und deine Tochter auch dort … eigentlich? Wenn sie nicht unterwegs auf der Piste sind?«

Ich beschließe, die Dinge nicht zu verkomplizieren, und bestätige, dass es so ist. Aber nicht Lower East. Er nickt und trinkt den Rest aus seiner Bierdose. Drückt sie zusammen und stopft sie zurück in den Rucksack. Eine Weile sitzen wir schweigend nebeneinander.

»Und du willst sie wirklich gern finden?«, fragt er.

»Ja«, bestätige ich. »Das will ich.«

Er nickt. »Mein Problem ist, dass keine meiner Frauen auch nur meinen Schatten sehen will. Und meine Kinder auch kaum. Wobei ich leider zugeben muss, dass ich sie verstehe.«

»Wenn du nach jemandem in Meredith suchen müsstest«, frage ich, »wo würdest du dann anfangen?«

»Keine Ahnung«, sagt John B. Stratton. »Hast du sonst keine Anhaltspunkte?«

»Nicht wirklich«, gebe ich zu.

Er überlegt eine Weile.

»Scheiße«, sagt er dann. »Ich bin da nur ein paar Mal durchgefahren, wenn ich nach Oneonta wollte, eigentlich ist dort nur plattes Land. Aber ich glaube, es gibt in dem Kaff wenigstens ein Café, wenn man den Bach überquert, dort kannst du ja mal fragen. Wenn es noch existiert, wie gesagt. Holy Cow, es ist fast zwanzig Jahre her, dass ich in der Gegend war.«

«Okay«, sage ich. »Ich werde sehen, wie ich vorgehe.«

Dann kommen wir plötzlich aus der Waldlandschaft heraus, und der Ort Delhi breitet sich vor uns aus.

»Ist egal, wo du mich rauslässt«, sagt John B.

Ich halte in der Main Street vor einem Starbuckscafé, er bedankt sich fürs Mitnehmen und erklärt, dass ich hinter der Feuerwache nach links abbiegen muss, sonst werde ich niemals nach Meredith gelangen.

»Viel Glück«, sagt er.

»Dir auch«, sage ich.

»Ach, noch was«, sagt er, als er bereits auf dem Bürgersteig steht, den Rucksack neben sich. »Falls du vorhast, mal hier im Land ins Gefängnis zu gehen, halte dich fern von Texas.«

»Danke«, sage ich. »Werd ich mir merken.«

Es gibt tatsächlich ein Café an einer Kurve nahe beim Bach, und es scheint bereits seit mindestens zwanzig Jahren zu existieren. Vermutlich eher noch seit vierzig oder sogar sechzig Jahren. Es heißt Buffalo Zack's, ist ein braun gefleckter Holzschuppen aus Nutbrettern, und ich stelle den Wagen zwei Meter vor der Tür ab. Drei andere Fahrzeuge parken bereits mit der Schnauze zum Haus; zwei Pickup-Kleinlaster und ein alter, rostiger Ford Thunderbird. Ich schaue auf die Uhr; es ist kurz nach ein Uhr, die Fahrt von New York hat fast vier Stunden gedauert, inklusive dem Halt in Boiceville.

Ich ducke mich unter der schmutzigen amerikanischen Flagge, die über dem Eingang und einem Drittel der Türöffnung hängt, und trete ein. Es herrscht Halbdunkel im Lokal, aber ich kann es bald als Tante-Emma-Laden identifizieren, nicht nur als ein Café. Hinter einem langen Tresen befinden sich alle möglichen Kolonialwaren und Gemüse. Kalte Getränke und Milchprodukte stehen in zwei großen Kühlschränken mit Glastüren, Konserven und so einige andere Leckereien auf den Regalen die Wände entlang. An einem anderen Tresen, hinter einer zerkratzten Glasscheibe, thronen diverse bunte Backwaren, und rechts von ihnen stehen eine Kaffeemaschine und eine Frau im Hundertfünfzigkiloformat. Drei Tische mit jeweils vier Stühlen machen das Café an sich aus, zwei der Stühle an zwei Tischen sind besetzt; zwei Männer mit Cowboyhüten trinken Bier und blättern in Zeitschriften, ohne sich um den anderen oder um mich zu kümmern. Ich wende mich der Frau hinter dem Tresen zu und bestelle einen Kaffee mit Zucker und Milch. Ich kann keine Espressomaschine entdecken, und wenn ich amerikanischen Kaffee trinke, dann nehme ich immer Zucker und Milch, damit er überhaupt nach irgendetwas schmeckt.

»Stay or go?«, fragt die Frau und atmet dabei schwer. Ich weiß nicht, ob es an ihrer Körperfülle liegt oder ob sie Asthma hat.

Ich erkläre, dass ich den Kaffee hier drinnen trinken möchte. Sie nickt, schenkt ein, und ich bezahle. Ich setze mich an den freien Tisch. Blättere in einer Lokalzeitung, die The Daily Star heißt, und frage mich, was zum Teufel ich jetzt tun soll. Ich befinde mich nur vier Stunden von Manhattan entfernt, aber plötzlich habe ich das Gefühl, in einem anderen Land zu sein. Der Gedanke, Winnie oder Sarah könnten sich hier irgendwo in der Nähe aufhalten, erscheint mir vollkommen absurd, mir ist selbst klar, dass mein Gefühl des Fremdseins ein wenig übertrieben ist, sicher sind sowohl die Männer als auch die Frau des Lesens kundig, demokratisch und alles Mögliche, aber allein die Tatsache, dass der Kaffee, obwohl ihm reichlich Milch und Zucker beigefügt wurden, nicht einmal in die Nähe von etwas kommt, was in der zivilisierten Welt mit diesem Getränk verbunden wird, lässt die Lebensgeister in mir wie einen Stein in einen Brunnen plumpsen. Ich kann eigentlich ebenso gut gleich rausgehen und mir eine Kugel in den Kopf schießen, wenn mein Leben sich immer weiter in diesem rückwärts gerichteten, kreisenden Mahlstrom befindet.

Dann zucke ich mit den Schultern und denke, ach, was soll's. Ziehe meine beiden Fotos aus der Brieftasche, stehe auf und gehe zu der Frau, die immer noch wie ein trübsinniger Berg hinter dem Tresen steht.

»Entschuldigung«, sage ich. »Ich bin auf der Suche nach zwei Frauen. Ich bin Privatdetektiv, es handelt sich um eine Mutter und ihre Tochter, und es besteht Grund zu der Annahme, dass sie sich hier irgendwo in der Gegend befinden.«

Ich lege meine Fotos vor sie auf den Tresen. Frage mich, ob sie nach meinem Ausweis fragen wird, vielleicht überlegt sie das ein paar asthmatische Sekunden lang tatsächlich, doch dann lässt sie es darauf beruhen und hebt die beiden Bilder hoch, eines nach dem anderen, zwischen Daumen und Zeigefinger, während sie sie eingehend mustert. Legt sie dann zurück auf den Tisch und schüttelt den Kopf.

»Sorry.«

»Sie haben sie nicht gesehen?«

Sie schüttelt den Kopf.

»Keine von beiden?«

»Nein.«

»Und sicher kennen Sie die meisten, die hier wohnen, nicht wahr?«

»Alle.«

»Und die Leute aus der Gegend hier, die kommen sicher hierher, nicht wahr? Zumindest ab und zu, ein, zweimal die Woche?«

»Alle.«

Ich registriere, dass die beiden Bier trinkenden Männer ihre Aufmerksamkeit zumindest zum Teil auf mich und die Cafébesitzerin richten.

»Aber wie gesagt, Sie hatten keinen Besuch von einer der beiden Personen?«

»Nein.«

»Sind Sie sicher?«

»Ja.«

Ich schiebe die Fotos wieder in meine Brieftasche. Kehre an meinen Tisch zurück. Bleibe noch ein paar Minuten sitzen, während ich meinen verabscheuungswürdigen Kaffee trinke. Betrachte die eingerahmten Schwarzweißbilder von unbekannten Machthabern, Soldaten und Sportlern, die überall an den Wänden hängen, und denke, dass auch diese Menschen, genau wie die Frau hinterm Tresen und die biertrinkenden Männer, trotz allem ihr Leben auf der Erde gelebt haben oder leben und dass der gewaltige Abstand, der zwischen ihnen und mir besteht, nicht ihr Problem ist. Der ist einzig und allein mein Verdienst, ich habe mich von so vielen und so vielem entfernt, das daraus Entfremdung und Schuld entstehen, die immer bedrückender werden, sobald man den Dingen direkt ins Auge sieht. Ja, so ungefähr ist die Lage.

Ich stehe schnell auf, murmle ein undeutliches Dankeschön an den Trauerkloß und verlasse Buffalo Zack's. Als ich in den Sonnenschein trete, überfällt mich ein plötzlicher Impuls, und ich gehe zurück und kaufe mir eine Packung Zigaretten. Ich habe seit mehr als zehn Jahren nicht mehr geraucht und begreife nicht, woher diese Idee kommt, aber egal. Ich setze mich auf eine Bank, zünde mir eine an und nehme ein paar tiefe Züge, die die gesamte Umgebung einen Moment lang in Schwingungen versetzen.

Nachdem sich alles wieder stabilisiert hat, registriere ich, dass einer der Biertrinker herausgekommen ist und sich neben mich auf die Bank gesetzt hat. Er scheint in den Sechzigern zu sein, klein, dünn und eingehüllt in einen Geruch aus Schweiß und Mist; zumindest nehme ich an, dass es sich um Mist handelt, bei dem Schweiß bin ich mir sicher.

»Entschuldigen Sie, Monsieur«, sagt er, ich weiß nicht, wieso er ausgerechnet diese Anrede benutzt, vielleicht will er eine Art elitärer Verbrüderung heraufbeschwören. Oder Distanz markieren.

»Ja?«, frage ich.

»Ich habe gehört, was Sie da drinnen gesagt haben.«

»Ja?«

»Würden Sie mir erlauben, die Fotos auch mal anzuschauen?«

»Was?«, frage ich.

»Die Fotos. Ich habe gesehen, dass Sie Rosie ein paar Fotos gezeigt haben.«

Während er das sagt, schiebt er seinen schwarzen Hut zurecht und wirft einen unruhigen Blick über die Schulter, als hätte er sich einem Risiko ausgesetzt, allein dadurch, dass er sich mir genähert hat. Irgendeine Art von Risiko, ob nun eingebildet oder nicht, das kann ich natürlich nicht beurteilen. Aber ich hole meine Brieftasche hervor, klaube die Fotos von Winnie und Sarah heraus. Er nimmt sie vorsichtig in die Hand und betrachtet sie eingehend, um dann geradezu bestätigend vor sich hin zu nicken.

»Sie da«, sagt er und hält mir Winnies Bild hin. »Die scheint mir nicht unbekannt zu sein. Das Mädchen habe ich nie gesehen.«

»Ja?«

»Wenn ich Sie wäre, würde ich eine Runde über Haughtaling Hollow machen.«

»Wie bitte?«, frage ich.

»Haughtaling Hollow«, wiederholt er. »Aber ziehen Sie mich da nicht mit rein, ich habe nichts gesagt.«

»Was meinen Sie mit …«

»Ich habe nichts gesagt. Das ist nur ein Tipp in aller Güte. Jetzt muss ich sehen, dass ich loskomme.«

Er steht schnell auf, und mit ein paar überraschend behänden Schritten ist er in den einen der Pick-ups geklettert. Ich rappele mich auf, doch da setzt er schon zurück und fährt auf die Straße hinaus, ohne dass ich ihn habe aufhalten können.

Ich setze mich in meinen Chrysler, umklammere fest das Lenkrad und schließe für zehn Sekunden die Augen.

29

»Haughtaling Hollow?«, fragt die Frau vor der Kirche. »Ja, das liegt ein paar Meilen in dieser Richtung.«

Sie zeigt nach Norden den Highway 28 entlang und befiehlt ihrem Hund, einer grauschwarzen, gemischtrassigen Geschichte mit einem alten Strumpf im Maul, auf dem Kies ruhig sitzen zu bleiben.

»Da kommt eine Straße, die heißt Haughtaling Hollow Road. Rechts ab bei einer Steigung, fahren Sie langsam, dass Sie sie nicht übersehen.«

Ich danke ihr und steige wieder ins Auto. Fahre weiter laut ihren Anweisungen, und nach ein paar Minuten taucht tatsächlich ein schmaler Weg rechts vor mir auf und ein Schild mit dem unheilvollen Namen. Zumindest finde ich, dass er unheilvoll klingt.

Haughtaling Hollow Road? Das würde gut in einen Horrorfilm der B-Klasse passen, man braucht nur den Sonnenschein und die Uhrzeit auszutauschen: dunkler Abend und ein Unwetter über den Bergen, ein einsamer, verirrter Privatdetektiv steigt aus dem Auto und betrachtet das abgeblätterte Schild, das zufällig von einem aufflammenden Blitz erleuchtet wird. Düstere Vögel schreien drohend in der Ferne.

Aber ich brauche nicht auszusteigen, um den Namen zu lesen, die Sonne scheint immer noch, und ich biege, ohne zu zögern, auf den schmalen Kiesweg ein. Es ist Viertel nach zwei am Nachmittag, ich fahre an ein paar Höfen und einigen Silos vorbei, die Felder liegen abgeerntet da, hier und da sind sie bereits gepflügt. Der Weg führt hinunter in ein enges Tal zwischen zwei langgestreckten Hügelketten, mal mit Wald bewachsen, dicht und wild, wie es scheint, mal Höfe und offene Landschaft. Einige Häuser und Höfe sehen verlassen aus, andere sind in der üppigen Vegetation kaum zu sehen. Autos und Autowracks schmücken mehrere Hofplätze, und in regelmäßigen Abständen tauchen Schilder aus den Gräben auf, die verkünden, dass das Land privates Eigentum ist und jede Form der Übertretung zur Anzeige gebracht wird. Da ich keine weiteren Informationen bekommen habe, folge ich langsam dem Weg weiter. Mir begegnet nicht ein Fahrzeug, ich sehe keinen einzigen Menschen.

Nach einer Weile, zehn, fünfzehn Minuten, gelange ich an eine Kreuzung, Joseph Palmer Road, ich fahre weiter geradeaus, und nach einer heftigen Steigung komme ich an einem sehr schön gelegenen Hof mit dem evangelischen Namen The Promisedland vorbei – aber nach weiteren wohl zehn Minuten, drei oder vier verfallene Häuser später, hat sich die Atmosphäre vollkommen verändert.

Die Haughtaling Hollow Road geht plötzlich mitten in einer lichten Waldpartie zu Ende, hier gibt es eine enge Wendeschleife, ein Berg schwarzer Müllsäcke liegt im Gebüsch, und eine Vielzahl von Schildern verkündet, dass Fremde nicht willkommen sind. Ich halte an, steige aus und lese ein gelbes Pappschild an einem Baumstamm neben einem Pfad, der in Verlängerung der Straße weiterführt:

Posted. Private property. Stay out! Violators and trespassers will be prosecuted to the extent of four hungry bloodhounds that are not known to be overfriendly with strangers and a pair of double-barreled rifles that will not be loaded with rubber bullets.

Vielleicht ist das ein Scherz, vielleicht aber auch nicht. Das kann ich nicht entscheiden. Während ich neben dem Wagen stehe, die herbe Botschaft übersetze und eine weitere Zigarette rauche, versteckt sich die Sonne hinter Wolken, und in der Ferne kann ich das Geräusch von Gewehrschüssen hören. Nicht nur einen, mindestens ein halbes Dutzend. Plötzlich ist die Luft kalt, mir wird klar, dass ich mich auf fremdem Territorium befinde, und die dünne Blase von Zuversicht, die mich umgeben hat, seit ich Manhattan verlassen habe, selbst noch im Buffalo Zack's, platzt innerhalb von drei Zügen.

Es ist schwer zu ignorieren, unmöglich zu bekämpfen, dieses subtile, aber deutliche Gefühl der Feindseligkeit, der Fähigkeit der Umgebung, von einem Augenblick zum anderen die Gestalt zu verändern; wie ein scharfer, unerwarteter, plumper Strich mit dem Bogen über die losen, ungestimmten Saiten eines Cellos oder das Kratzen eines Messers auf dem Boden eines Topfs, ein Signal, das sich von der Schädeldecke und dem Herz weit bis in die dünnsten, empfindlichsten Haargefäße ausbreitet und das gesamte System im Bruchteil einer Sekunde zerfrisst.

Eine grauschwarze Schlange ringelt sich über den Wendeplatz und verschwindet unter den Müllsäcken. Sie ist höchstens dreißig Zentimeter lang, vielleicht ist sie nicht einmal giftig und scheint auch an meiner Anwesenheit überhaupt nicht interessiert zu sein. Aber ich habe schon immer Probleme mit Schlangen gehabt. Ich drücke die Zigarette aus, setze mich wieder ins Auto und fahre schnell zurück auf den Highway 28.

Die Stimmung diffuser Bedrohung nimmt langsam ab, nachdem ich wohlbehalten hinter dem Lenkrad angekommen bin. Dreißig Minuten später stehe ich erneut vor Buffalo Zack's, dieses Mal parkt kein anderes Fahrzeug davor. Ich ducke mich unter der Flagge und trete ein; Rosie, der traurige Berg, steht immer noch hinter dem Tresen, es sieht fast so aus, als hätte sie auf meine Rückkehr gewartet. Ich gehe direkt auf sie zu, bevor ich mich noch selbst bremse.

»Ich brauche eine Information«, erkläre ich.

Sie nickt, sagt aber nichts. Betrachtet mich mit wässrigen Augen, ohne eine Miene zu verziehen.

»Die beiden Männer, die vor einer Stunde hier gesessen haben, ich würde gern in Kontakt mit ihnen kommen.«

»Ja?«

»Vor allem mit dem mit der Lederweste und dem schwarzen Hut.«

Sie scheint mit sich selbst zu Rate zu gehen, bevor sie antwortet.

»Mit dem Kleineren von beiden?«

»Genau«, bestätige ich. »Mit dem Kleineren.«

»Fred Sykes«, sagt sie. »Er heißt Fred Sykes.«

»Danke«, sage ich. »Und wissen Sie auch, wo er wohnt?«

Sie zögert ein paar Sekunden lang. Kratzt sich an den Unterarmen und atmet schwer, als wäre so eine einfache Bewegung bereits viel zu anstrengend für sie.

»Der wohnt hinten in Timberton«, sagt sie. »Mit seiner alten Mutter. Die muss inzwischen schon neunzig sein, er hat sich sein ganzes Leben lang um sie gekümmert.«

Ich nicke. »Timberton? Wie komme ich dorthin?«

»Fünf Meilen die 28 entlang Richtung Oneonta«, sagt sie. »Timberton Road rechts. Der zweite … nein, warten Sie, der dritte Kasten auf der linken Seite.«

Ich darf mir Stift und Papier ausleihen und schreibe ihre Angaben auf.

»Also etwas weiter als Haughtaling Hollow?«, frage ich.

»Genau«, bestätigt Rosie. »Eine halbe Meile oder so.«

»Danke«, sage ich. »Ich bin Ihnen sehr dankbar für Ihre Hilfe.«

»Er ist nicht ganz klar im Kopf«, sagt sie. »Ist er noch nie gewesen, der Fred Sykes. Hat er von seinem Vater.«

Ich fahre weiter nach Delhi. Halte am südlichen Stadtrand und nehme in einem kleinen Lokal, das The Happy Hunter heißt, ein spätes Mittagessen zu mir. Es vermittelt einen etwas freundlicheren Eindruck als Buffalo Zack's, aber nicht viel. Omelette mit Bohnen auf Toastbrot und ein einfacher Salat, noch ein Leichtbier und noch eine Tasse schlechten Kaffee – die Wirtin wiegt höchstens sechzig Kilo und redet verschlafen über nichts Aufregenderes als das Wetter und die Bauarbeiten, die seit achtzehn Monaten direkt vor ihrem Restaurant ablaufen und die die Leute nun wirklich nicht dazu bringen, hier zu halten und einen Happen zu essen. Absolut nicht.

Als ich Delhi verlasse, ist es halb fünf; der Himmel hat sich verdunkelt, Regen hängt in der Luft. Einige Minuten überlege ich, einfach bis zum nächsten kleinen Ort zu fahren – Andes, wenn ich mich recht erinnere, dort, wo ich John B. Stratton vor ein paar Stunden aufgesammelt habe –, mir dort ein Zimmer für die Nacht zu nehmen und gründlich darüber nachzudenken, wie ich mich in Zukunft verhalten soll.

Um mich dann wieder Richtung Westen zu wenden und Fred Sykes und seine neunzigjährige Mutter in Timberton aufzusuchen beispielsweise. Ihn festzunageln und zu fragen, was zum Teufel er damit gemeint hat, ich sollte in Haughtaling Hollow suchen.

Aber ich bin dazu nicht in der Lage. Diese unbekannten Orte und Menschen in dieser fremden Landschaft beunruhigen mich und machen mir Angst. Das sichere Bild von Manhattan und den langsam sich verfärbenden Bäumen entlang der Leroy ist allzu verlockend. Ich fahre stattdessen weiter Richtung Osten, durch die Catskills, zurück, und kurz nach sechs Uhr bin ich wieder auf der Interstate 87 in Höhe von Kingston. In den letzten Stunden hat es in Strömen gegossen, jetzt lässt der Regen etwas nach, aber er hört auf der gesamten Rückfahrt nach New York City nicht ganz auf. Erst als ich mich wieder auf der George Washington Bridge über dem dunklen Wasser des North River befinde.

Die Eindrücke des Tages sausen mir im Kopf herum. Wie nicht gekeimte Samen unter einer harten Erdkruste, ich habe keine Ahnung, wie sie bei Tageslicht betrachtet aussehen werden.

Ich gebe den Wagen fünf Minuten vor Geschäftsschluss in der Thompson Street ab, dann setze ich mich in die erstbeste Bar – Ecke Sullivan, Bleecker, wie sich zeigt. Ich trinke schnell hintereinander drei Gläser Rotwein, während ich einem kleinen japanischen Jazzpianisten lausche. Zivilisation, denke ich. *Stadt.* Menschen, die sich Kunst anschauen und ab und zu Austern essen.

Dann gehe ich heim in die Carmine Street. Auf dem Flur gleich hinter der Wohnungstür liegt ein Umschlag mit Winnies Namen in eckigen Versalien. Keine Adresse, nur der Name; ich zögere nicht lange, ich reiße ihn auf, sobald ich festgestellt habe, dass sie nicht zurückgekommen ist, während ich oben in den Catskills war und nach ihr gesucht habe. Ich habe kein schlechtes Gewissen, dass ich es tue.

Die Nachricht ist nur drei Zeilen lang.

Wir sind für ein paar Tage in der Stadt.
Wohnen im Washington Square Hotel. 212-3120-5250.
Liebe Grüße, Barbara und Fingal Kripnik

Ich brauche ein paar Sekunden, bevor mir einfällt, wer das ist.

30

Ich kann mich nur an ein einziges Mal erinnern, an dem ich mit Sarah über den Tod gesprochen habe. Aber dafür erinnere ich mich an dieses Gespräch noch fast Wort für Wort.

Es war ein Abend, ein paar Wochen nachdem Winnie und ich aus Venedig zurück waren, und der direkte Anlass war, dass die Mutter von Frau Nesbith gestorben war. Sie hatten tagsüber darüber gesprochen, Emily und Casper, Anne und Sarah.

»Ich würde gern hinfahren und es mir angucken«, sagte Sarah.

»Wohin?«, wollte ich wissen.

Ich saß auf ihrer Bettkante, ein Buch auf den Knien, bereit, die abendliche Gute-Nacht-Geschichte vorzulesen.

»Ins Land der Toten«, sagte Sarah. »Dorthin, wohin die Toten gehen, wenn sie hier weggehen. Die Oma von Casper und Emily ist gestern dorthin gegangen.«

»Wer hat dir das erzählt?«, fragte ich vorsichtig.

»Anne«, antwortete Sarah. »Aber das wissen alle, Casper und Emily wissen auch, dass es so ist. Weißt du, wie es da aussieht?«

»Im Land der Toten?«

»Ja.«

»Nein«, musste ich zugeben. »Ich weiß nicht, wie es im Land der Toten aussieht.«

»Warum nicht?«, fragte Sarah. »Du liest doch so viele Bücher.«

»Niemand kann wissen, wie es im Land der Toten aussieht«, erklärte ich.

»Warum nicht?«

»Weil man aus dem Land der Toten nicht wieder zurückkehren kann.«

»Aber die Oma von Casper und Emily weiß jetzt, wie es da aussieht? Und meine Oma und mein Opa und …«

»Ja«, antwortete ich. »Natürlich wissen sie das. Aber sie können nicht zu uns zurückkommen und es uns erzählen.«

»Kann man nicht nur für einen kurzen Moment zurückkommen?«

»Nein.«

»Nur für eine winzig kleine Sekunde?«

»Nein.«

»Können sie nicht anrufen und es uns erzählen?«

»Nein.«

»Oder schreiben?«

»Nein, das geht leider nicht, Sarah.«

»Warum nicht?«

»Ich weiß es nicht. Es gibt niemanden, der genau sagen kann, wie es um diese Dinge steht. Vielleicht könnten die Toten uns in unseren Träumen besuchen und davon erzählen, es gibt viele, die das glauben.«

»In den Träumen?«

»Ja.«

»In meinen Träumen auch?«

»Ich weiß es nicht. Vielleicht.«

»Warum sagst du die ganze Zeit, dass du es nicht weißt? Versuchst du mich reinzulegen, Papa?«

»Warum sollte ich versuchen, dich reinzulegen?«

»Weil …« Ich weiß noch, dass sie eine ganze Weile dalag und nachdachte, bis sie die richtigen Worte fand. »Weil irgendwas Grässliches am Tod ist. Irgendwas Schlimmes, und du willst nicht, dass ich davon unruhig werde.«

»Ich verstehe nicht ganz, was du meinst, Sarah.«

»Na, wie beim Fernsehen, wenn ich nicht gucken darf. Widerliche Sachen. Ist der Tod so eine widerliche, grässliche Sache, Papa?«

»Das kommt drauf an. Es gibt Leute, die das finden. Manchmal kommt es vor, dass Menschen sterben … ja, dass sie unnötig sterben. Aber wenn man sein Leben leben darf und alt wird und erst dann stirbt, dann ist es nichts, wovor man Angst haben muss.«

»Kann man jeden Moment sterben?«

»Ja, aber es muss …«

»Kann ich jetzt sterben?«

»Nein, meine liebe Sarah, das kannst du natürlich nicht.«

Wieder überlegte sie.

»Gut. Denn ich habe keine Lust, jetzt zu sterben. Ich glaube, ich möchte hundert Jahre alt werden.«

»In Ordnung. Dann beschließen wir, dass du hundert Jahre alt wirst.«

»Kann man das selbst entscheiden?«

»Na, man kann es ja versuchen, oder nicht? Soll ich dir jetzt vorlesen?«

»Nein, Papa, ich glaube nicht. Ich möchte lieber noch ein bisschen über den Tod nachdenken.«

»Aber du hast doch keine Angst, Sarah?«

»Nein, Papa, ich habe überhaupt keine Angst. Aber geh jetzt, damit ich noch ein bisschen nachdenken kann, bevor ich einschlafe.«

Und ich ließ sie dort zurück, mit dem Tod. Im Nachhinein, wenn ich über diese kleine Episode nachdenke, fällt es mir schwer zu verstehen, wieso ich es getan habe. Aber sie war wirklich hartnäckig.

»Geh jetzt, Papa. Ich will allein sein, wenn ich über den Tod nachdenke.«

»Soll ich die Tür angelehnt lassen?«

»Nein, Papa. Ich will, dass du die Tür richtig zumachst.«

Als ich Winnie am 7. Mai 2006 in der Badewanne gefunden habe, wusste ich nicht, ob ich jemals wieder Kontakt zu ihr bekommen würde. Ich begriff zwar fast sofort, dass sie am Leben war, aber ich hatte keine Ahnung, inwieweit sie es schaffen würde oder nicht.

Die Ungewissheit dauerte ungefähr fünf Stunden – bis zu dem Augenblick, als eine Ärztin, deren Namen ich vergessen habe, zu mir in das Wartezimmer des Krankenhauses kam, an das man mich verwiesen hatte, und mir erklärte, dass meine Ehefrau sich außer Lebensgefahr befand und dass sie keine anhaltenden körperlichen Schäden davontragen würde – und ich glaube, ja, ich bin überzeugt davon, dass mir während dieses Zeitabschnittes etwas Entscheidendes widerfuhr.

Ich weiß nicht so recht, was, aber ich weiß, *dass*. Immer mal wieder habe ich einen zögerlichen Versuch unternommen, es in Worte zu fassen, aber es hat nie geklappt. Also versuche ich es jetzt noch ein weiteres Mal. Da war etwas, so möchte ich behaupten, da war etwas mit meinen Sinnen und deren Empfänglichkeit, die Welt aufzunehmen. Mit meiner Wahrnehmung und meinem Verhalten sowohl mir selbst als auch meiner Umgebung gegenüber.

Vor allem während ich in dem kleinen Raum saß, regungslos, die gefalteten Hände zwischen den Knien, und mit einem fremden und gleichzeitig vertrauten Gefühl, dass mich eigentlich nichts betraf und dass sich allmählich etwas um meinen Kopf stramm zusammenzog, da, in erster Linie, da geschah es und veränderte sich.

Alles schien geradezu zu schrumpfen und zu pulsieren, aber nicht in der Art, wie es unter einer schweren Fieberattacke geschieht, sondern langsam, deutlich langsamer, und ich hatte das Gefühl, als überschritte ich eine Art Grenze, als würde ich irgendwie fallen – eher im Herzen und in der Seele als im Körper –, und mir gegenüber an der Wand hing ein Bild, ein kleines Ölgemälde, nicht größer als ungefähr dreißig mal dreißig Zentimeter, es war abstrakt und in kräftigen Farben gehalten, überwiegend blau und orange, und es stellte absolut nichts dar. Vielleicht stellte es tatsächlich *Nichts* dar, und da es so gut wie nichts anderes gab, an das ich meinen Blick in diesem Zimmer hätte heften können, blieb ich also sitzen und schaute dieses Gemälde an. Der Name des Künstlers begann mit Z, der Rest war unleserlich – und plötzlich, nach einer oder ein paar Sekunden nur, nach einer oder einigen Stunden, aber die Zeit hatte nicht die Herrschaft in diesem Warteraum des Todes, trat plötzlich ein Gesicht hervor.

Es war ebenso deutlich, als wenn jemand da gewesen wäre und das Bild gegen ein anderes ausgetauscht hätte, und es hatte etwas mit meinem Schrumpfen, mit meinem fallenden Herzen zu tun, und als ich das Gesicht sah, überfiel mich eine Einsicht, die ich im Nachhinein nicht beschreiben kann.

Aber klar, vollkommen klar und durchscheinend war sie, und das Gesicht konnte allein dank dieser einzigartigen Klarheit erfasst werden. Während das vor sich ging – während dieser fünf oder fünfzig oder fünfhundert Sekunden – konnte ich auch, ohne den geringsten Zweifel zu hegen, die Botschaft des Bildes erkennen und verstehen, soweit ein Gesicht eine Botschaft haben kann, aber als es vorüber war, war ich nicht einmal mehr in der Lage zu sagen, ob es einen Mann oder eine Frau dargestellt hatte.

Ich merke, dass es mir auch dieses Mal nicht gelingt, das Geschehene in Worte zu fassen, und vielleicht ist es ja auch weder möglich noch notwendig. Vielleicht verhält es sich genau so, wie Winnie immer behauptet: das Schweigen und die Abwesenheit von Worten sprechen auch eine Sprache. Eine starke, unbezwingbare Sprache – vielleicht auch hinsichtlich des Augenblicks, in dem der Betrachter betrachtet wird:

Das gab es. Das wird es niemals wieder geben. Denke daran.

Auf jeden Fall wurde ich ein anderer. Ich bin niemals wieder in dieses kleine Wartezimmer im Krankenhaus von Saaren zurückgegangen, aber ich habe ab und zu über das Bild nachgedacht und über all die Menschen, die dort schon gesessen und das Bild unter den Flügeln des Todes betrachtet haben müssen. Es müssen ja unendlich viele gewesen sein, jeden Tag neue, einsame Menschen mit traurigen Herzen im Warteraum der Verzweiflung.

Ich hätte mit Winnie darüber sprechen sollen, aber ich habe es versäumt. Auch das habe ich versäumt.

In den zwei Wochen direkt nach Sarahs Verschwinden bewachte die Polizei unser Haus. Verschiedene Wagen mit verkniffenen Polizisten darin standen an verschiedenen Stellen in der Wallnerstraat, und unser Telefon wurde ständig überwacht. Falls die Kidnapper von sich hören lassen würden, wollte man auf keinen Fall die Chance versäumen, ihre Spur aufzunehmen.

Doch niemand ließ je von sich hören. Nicht, um irgendeine Lösegeldsumme zu fordern, und auch nicht aus irgendeinem anderen Grund. Wenn ich nicht bei Winnie im Krankenhaus war, lief ich meistens in unserem Haus herum und fühlte mich wie eine Ratte in einem Käfig. Eine bewachte und immer reduziertere Ratte. Bei einigen Gelegenheiten war die Polizei auch im Haus, Kommissar Schwarz oder Tupolsky und Vendler, die versuchten, Informationen aus mir herauszupressen – aber ich hatte strikte Anweisungen, kein Gespräch mit irgendeinem der Beamten in den Autos anzufangen.

Was ich auch nicht tat, aber eines frühen Morgens ereignete sich etwas, wofür ich nie eine Erklärung erhielt. Ich glaube, es war der 12. Mai, also eine Woche nach Sarahs Verschwinden. Von der Sache selbst erhielt die Polizei nie Kenntnis, aber ich bin mir sicher, selbst wenn ich ihnen gegenüber etwas erwähnt hätte, sie hätten auch kein erhellendes Licht darauf werfen können.

Ich wurde kurz nach fünf Uhr davon geweckt, wie jemand an mein Schlafzimmerfenster klopfte. Ich hatte höchstens ein paar Stunden geschlafen, aber das Klopfen hörte sich sehr eindringlich an, und ich war augenblicklich wach. Setzte mich im Bett auf und starrte aus dem Fenster auf eine frühe Morgendämmerung. Draußen war nichts zu sehen, keine Bewegung und kein Mensch; ich erinnere mich, dass ich für einen kurzen Moment Probleme hatte, meinen Platz in dem Koordinatensystem zu finden, das Leben genannt wird, aber bald, nach ein paar Sekunden höchstens, standen mir alle Tatsachen klar vor Augen. Sarah, Winnie, die Badewanne, einfach alles.

Ich eilte ans Fenster, öffnete es und spähte hinaus. Draußen gab es nichts zu entdecken, nur die üblichen Berberitzenbüsche, den Pflaumenbaum und die überwucherte Steinmauer, die die

Grenze zwischen unserem Grundstück und dem der Nachbarfamilie Jokinens markierte. Ich unterdrückte den Impuls, einfach auf den Rasen hinauszuspringen und die Verfolgung aufzunehmen, und tat stattdessen das, was mir gesagt worden war: Ich rief den wachhabenden Beamten im Auto draußen auf der Straße an.

Ich weiß heute noch nicht, ob ich von Anfang an eine falsche Nummer erhalten hatte oder ob ich in meinem verschlafenen Zustand die eine oder andere Taste falsch getippt habe. Auf jeden Fall war es eine zerbrechliche Frauenstimme, die antwortete.

»Danke«, sagte sie. »Danke, mein Freund, dass du angerufen hast.«

»Wie bitte?«, fragte ich.

»Danke«, wiederholte sie. »Ich wusste, dass es dich gibt und dass du mir schließlich doch zuhören würdest.«

Anschließend führte ich das merkwürdigste Telefongespräch meines Lebens. Die Frau hieß Margarete, das ist eigentlich so ziemlich alles, was ich über ihre Identität erfuhr. Sie befand sich – aus Gründen, von denen ich nur eine dunkle Ahnung erhielt – in einer schweren Lebenskrise; so schwer, dass sie in dieser Nacht beschlossen hatte, sich das Leben zu nehmen. Bevor sie jedoch zu Werke schritt, schickte sie ein verzweifeltes Gebet an Gott, an den sie trotz allem glaubte; sie bat ihn, ihr zumindest einen Beweis für seine Existenz zu schicken, indem er auf irgendeine Art und Weise einen Funken Lebenswillen und Hoffnung in ihr entfachte. Beispielsweise durch ein Telefongespräch; ja, letztendlich machte sie ihr Leben davon abhängig, gab Unserem Herrgott eine Minute. Wenn sie nicht innerhalb der nächsten sechzig Sekunden ein Gespräch bekäme, dann würde sie die Giftmischung trinken, die ihr Leben innerhalb weniger Minuten sanft beenden sollte. Sie arbeitete in einer Apotheke, sie wusste, was sie tat.

Von dieser Minute waren fünfundfünfzig Sekunden vergangen, als ich anrief.

Es war zehn Minuten nach fünf Uhr morgens.

Wir sprachen wohl eine halbe Stunde lang miteinander. Als wir auflegten, war die Giftmischung in die Toilette gespült worden, aber wir waren einander immer noch vollkommen fremd.

Ebenso gut könnte ich behaupten, dass ich noch nie einem Menschen so nahe gekommen bin wie dieser unbekannten Margarete.

31

In der Nacht nach meinem Ausflug in die Catskills schlafe ich schlecht; vermutlich träume ich auch noch von Vendler und Tupolsky – von Agnes, der Flucht durch den Wald und dem Mahlstrom –, aber als ich am Sonntagmorgen aufwache, kann ich mich nicht daran erinnern.

Es ist halb acht Uhr. Ich dusche meine Müdigkeit weg, gehe hinaus und kaufe Brot und die New York Times, verbringe anschließend noch weitere anderthalb Stunden im Bett mit Frühstück und den neuesten Nachrichten. Schlafe auch noch einmal kurz ein, aber als die Uhr auf elf zugeht, sehe ich ein, dass es Zeit dafür ist, einen neuen Tag in Angriff zu nehmen. Ich weiß, ich sollte mich hinsetzen und versuchen, das zusammenzufassen, was in den letzten Tagen passiert ist, all diesen sonderbaren Informationen, die hereingeflutet sind, eine Struktur geben, aber ich fühle, dass ich momentan nicht in der Lage bin dazu. Stattdessen beschließe ich zu versuchen, eine gewisse Distanz aufzubauen und sie so lange zu bewahren, wie es möglich ist. Das erscheint mir mindestens genauso notwendig.

Ich fange damit an, dass ich zum Training gehe, seit dem letzten Mal sind mindestens zehn Tage vergangen, und es könnte mal wieder an der Zeit sein; ich packe meine Sporttasche, und zwanzig Minuten später stehe ich auf dem Laufband bei Equinox in der Greenwich Avenue. Ich laufe drei Meilen, trainiere eine halbe Stunde an den Geräten und laufe noch einmal drei Meilen. Auf dem Weg nach draußen stoße ich auf Frederick Grissman, der mit seinem Training für heute offenbar auch gerade fertig ist.

»Long time, no see«, sagt er.

Ich nicke. »Hatte so einiges zu erledigen«, erkläre ich.

»Ich verstehe«, sagt er. »Arbeit?«

Ich nicke.

»Ein neuer Roman?«

»Im besten Fall.«

Er lacht höflich. Dann schaut er auf die Uhr und fragt, ob ich nicht Lust habe, mit zum Brunch zu gehen.

»Wo?«, frage ich.

»Cornelia Street Café«, antwortet er. »Wir sind mehrere. Sag doch deiner Frau auch Bescheid, es ist ja ganz in der Nähe eurer Wohnung. Wir haben einen Tisch für halb drei reserviert.«

»Sie ist momentan nicht in der Stadt«, erkläre ich. »Aber in Ordnung, ich komme mit.«

Weil es nicht nur wir beide sind, denke ich.

Die anderen, das sind fünf Leute: zwei Paare – ein jüdisches Heteropaar, ein spanisch-irisches Homopaar – sowie eine alleinstehende, schwangere Frau namens Anastasia mit Wurzeln in Rumänien. Mit anderen Worten: ein äußerst normales Quintett in Greenwich Village. Und außerdem Frederick Grissman und ich. Ich lande zwischen Anastasia und Bob, dem Iren, alle scheinen einander seit Hunderten von Jahren zu kennen, und das Gespräch wird in der Lautstärke von Motorsägen geführt. Aber das ist auch im Rest des Lokals so. Die Menschen in dieser

Stadt sind laut, das habe ich schon früher bemerkt, und wenn es zu laut wird, gibt es nur ein Gegenmittel: noch lauter zu reden.

Vielleicht liegt es an den äußeren Umständen, die alle mentalen Sperren durchbrechen, dass ich schließlich Bob erzähle, dass ich am Wochenende oben in den Catskills war, um einige Nachforschungen zu betreiben, und dass ich überlege, später in der Woche noch einmal dort hinauf zu fahren.

»Wohin?«, brüllt Bob.

»In die Nähe von Oneonta!«, schreie ich zurück. »Zwischen Delhi und Oneonta.«

Bob schiebt sich Rührei und Schinken in den Mund und sagt etwas, was ich nicht verstehe. Er kaut, schluckt, trinkt einen Schluck Saft und wischt sich den Mund mit einer Serviette ab.

»Wir haben ein Haus da oben!«

»Was?«, frage ich nach.

Er zeichnet mit der Gabel, ich beuge mich zu ihm, um ihn besser verstehen zu können. »Na klar. Romario und ich, wir haben da in der Gegend eine Hütte. Romario benutzt sie auch als Studio. Du kannst sie haben, wenn du willst.«

Ich bin nicht verwundert. Nicht mehr. So funktioniert es hier in dieser Stadt. Da alle die ganze Zeit mit allen reden – über Pläne, freudige Ereignisse, Geschlechtskrankheiten und psychische Zusammenbrüche, über Wichtiges und Unwichtiges, und das ohne jede Diskretion –, findet man früher oder später auch das, was man braucht.

Ob es nun tatsächlich ein Haus in den Catskills ist, das ich brauche, das sei natürlich dahingestellt.

»Ich weiß nicht«, sage ich. »Ich habe eigentlich gedacht, mich einfach für ein paar Nächte in ein Motel einzumieten.«

»Papperlapapp«, sagt Bob. »Sag nur Bescheid, wann du hin

willst. Wir müssen sowieso in der Stadt bleiben, werden in den nächsten drei, vier Wochen bestimmt nicht rausfahren.«

Er wendet sich Romario zu, erklärt ihm die Lage, und Romario nickt sofort zustimmend. Ist ja wohl logisch, dass ich in ihrem Haus wohne. Nur gut, wenn es nicht zu lange leer steht. Das Wasser muss in den Leitungen laufen und so einiges andere. Er sieht es als persönliche Beleidigung an, wenn ich das Angebot nicht annehme.

Anastasia, der es offenbar geglückt ist, zu verstehen, wovon wir reden, erklärt, dass Romario gefährlich werden kann, wenn man ihn beleidigt. Das ist das spanische Stierblut, das leicht in Wallungen geraten kann. David, der jüdische Mann, wirft ein, dass er fast einmal gezwungen war, sich mit ihm zu duellieren, und seine Frau, ich glaube, sie heißt Lori, bestätigt, dass das stimmt. Es kam zu keinem Duell, aber beide mussten das Krankenhaus aufsuchen, um ihre Wunden versorgen zu lassen. David zeigt mir eine Narbe am Hals.

Ich beschließe, Romario nicht zu beleidigen. Als ich eine Stunde später das Cornelia Street Café verlasse, habe ich einen Schlüssel und einen Zettel mit Instruktionen in der Tasche. Was möglicherweise ein Grund zur Verwunderung sein könnte, aber so geht es nun einmal hier zu. Ich überlege, ob es an anderen Orten auf der Welt auch so ist, bleibe mir selbst die Antwort jedoch schuldig. Vielleicht, vielleicht auch nicht.

Abends nehme ich den Faden wieder auf, den ich am Morgen habe fallen lassen. Betrachte die Lage, so nüchtern ich nur kann, und versuche zu verstehen, was eigentlich passiert ist. Und was passiert. Ich weiß, dass es sich in erster Linie um eine Art Beschwörung handelt, doch das spielt keine Rolle.

Ich sitze mit Papier und Stift am Steinmeyertisch und verfasse eine Art Chronologie. Da ich ahne, dass ich viele schlaflose Stunden vor mir habe, setze ich bei dem logischen Ausgangspunkt an.

1. 5. Mai 2006. Unsere Tochter Sarah wird von einem unbekannten Mann in einem grünen Auto aus der Wallnerstraat in Saaren entführt.
2. 7. Mai. 2006. Meine Frau Winnie versucht sich das Leben zu nehmen, was ihr missglückt, weil ich sie rechtzeitig in der Badewanne finde.
3. 8. Mai 2006. Winnie wird in das psychiatrische Krankenhaus Rozenhejm in der Nähe von Saaren eingeliefert.
4. Mai–November 2006. Winnie ist in Rozenhejm. Ich besuche sie jeden Tag. Die Polizei arbeitet ohne Erfolg daran, Sarahs Verschwinden aufzuklären.
5. 13. September 2006. Eine unbekannte Frau aus Linden identifiziert das Auto, in dem Sarah entführt wurde. Der Hinweis führt nicht weiter.
6. 6. November 2006. Winnie wird aus Rozenhejm entlassen.
7. Januar 2007. Wir beschließen, nach New York zu ziehen.
8. 2. August 2007. Wir landen auf dem Kennedy-Airport in New York.
9. 5. August 2007. Nach drei Nächten im Hotel ziehen wir in die Carmine Street in Greenwich Village.
10. August–September 2007. Ich beginne mit der Arbeit an einer Art Roman in der Bibliothek in der Leroy Street. Winnie fängt wieder an zu malen. Unter anderem malt sie ein Bild, das mit fast fotografischer Genauigkeit mein Zeugenbild von dem, was geschah, als Sarah verschwand, wiedergibt.

11. September 2007. Winnie behauptet, sie wisse, dass Sarah am Leben ist.
12. 25. September. Ich sehe Winnie in der Bedford Street. Später leugnet sie, dort gewesen zu sein.
13. 27. September. Ich folge Winnie bis zum Restaurant Pastis im Meatpacking District. Wieder leugnet sie, dort gewesen zu sein.
14. September. Eine unbekannte Frau sucht das Medium Geraldine Grimaux in der Perry Street auf und erzählt ihr, sie habe von einem hilfesuchenden Mädchen namens Sarah geträumt.
15. September. Ein Obdachloser auf der Barrow wird von einer unbekannten Person aufgefordert, mit folgender Botschaft zu Geraldine Grimaux zu gehen: Sarah ist in Meredith.
16. September. Eine unbekannte Person fordert meine Frau auf, Geraldine Grimaux aufzusuchen.
17. September–Oktober. Meine Frau trifft an zwei verschiedenen Terminen Geraldine Grimaux.
18. 2. Oktober. Mr. Edwards, ehemaliger Privatdetektiv, beschattet Winnie und entdeckt, wie sie Geraldine Grimaux einen ihrer Besuche abstattet.
19. 5. Oktober. Winnie verschwindet aus unserer Wohnung in der Carmine Street; sie teilt mir mit, dass sie für einige Zeit fort sein wird und dass ich nicht nach ihr suchen soll. Außerdem schreibt sie, dass es um Sarah geht.
20. 11. Oktober. Ich suche Geraldine Grimaux auf und erfahre von 14.–17.
21. 13. Oktober. Ich begebe mich in die Catskills. In einem Café in der Ortschaft Meredith erhalte ich von einem gewissen Fred Sykes die Information, ich solle an einem

Platz, der Haughtaling Hollow heißt, weitersuchen, was ich auch tue – nur kurz und ohne Erfolg.

22. 14. Oktober. Zurück in New York erhalte ich durch Zufall den Schlüssel zu einem Haus, das ganz in der Nähe von Meredith und Haughtaling Hollow liegt.

Hier breche ich meine Auflistung ab. Lese die 22 Punkte noch einmal durch und versuche mir vorzustellen, dass es sich um eine Gleichung handelt, die eine Lösung hat. Die *ich* zu lösen hier und jetzt im Stande wäre, wenn ich nur im Besitz der erforderlichen analytischen Fähigkeiten wäre.

Doch dem ist nicht so. Ich kann mir solch eine Struktur immer noch nicht vorstellen, bei näherem Betrachten ähnelt das Ganze meiner Meinung nach einer missglückten Filmsynopsis, und ich beginne eine nagende Ohnmacht in mir zu spüren. Durch das offene Fenster zum Hof hin kann ich hören, wie einer der Kater des Viertels jammert. Unermüdlich und voller Trübsinn, vermutlich sitzt er auf einem der Feuerbalkone des Nachbargrundstücks in der Downing Street, es ist verfallen und für den Schleuderpreis von 3,5 Millionen Dollar zu haben. Der Kater singt davon, dass die Männer immer zu kurz kommen, denke ich mir; von der Hoffnungslosigkeit und Einsamkeit und von der Unfähigkeit, dieses verfluchte Leben wirklich in den Griff zu bekommen.

Vielleicht ist er auch einfach nur hungrig. Nach einer Weile stehe ich auf und schließe das Fenster. Es ist halb zehn; mir fällt das Zigarettenpäckchen ein, das ich im Buffalo Zack's in Meredith gekauft habe, ich ziehe mir eine Jacke über und mache mich auf einen langen Spaziergang. Hoffe, dass allein die Bewegung meinem Zustand innerer Verneblung alle Kraft nehmen wird.

Ganz hinunter bis zur Battery und wieder zurück gehe ich – es ist ein milder, fast windstiller Abend, ich rauche vier oder fünf Zigaretten, während eine zunehmende Übelkeit in mir aufsteigt, komme mit einem heruntergekommenen, übergewichtigen Transvestiten in ein sinnloses und leicht bedrohliches Gespräch, und als ich endlich daheim in der Carmine ins Bett krieche, ist es bereits nach Mitternacht. Wenn ich auch sonst nichts zustande gebracht habe, so habe ich mich zumindest für einen weiteren Besuch da oben in den Catskills entschieden. Vielleicht nicht gleich morgen, aber an einem der nächsten Tage. Es muss sein.

Immerhin etwas, denke ich, und trotz entgegengesetzter Befürchtungen schlafe ich so ziemlich umgehend ein. Wache erst acht Stunden später von beharrlichem Türklingeln wieder auf.

32

Beharrlich und aufdringlich. Ich wanke aus dem Bett und drücke auf den roten Knopf, der die Haustür unten zur Straße hin öffnet. Im Glauben, es handele sich um irgendeine Lieferung, ziehe ich mir Jeans und Hemd an und kann mir sogar noch zwei Hände kaltes Wasser ins Gesicht spritzen, bevor es an der Wohnungstür klopft.

Ich öffne. Draußen stehen ein Mann und eine Frau, beide in den Siebzigern, soweit ich beurteilen kann. Sie weiter vorn, er etwas hinter ihr. Sie trägt ein blaugeblümtes Kleid unter einem beigefarbenen, aufgeknöpften Mantel. Graues, glattes Haar umrahmt ein viereckiges Gesicht mit breitem Mund und blassblauen Augen; sie sind stark vergrößert hinter dicken, runden Brillengläsern. Der Mann trägt einen braunen Anzug mit Weste, sein Gesicht ist länglich wie das eines Pferdes, und dünne Haarsträhnen liegen sorgfältig gekämmt über der rot gefleckten Glatze. In einer Hand hat er einen Hut, in der anderen eine Papiertüte.

»Wir sind wohl falsch«, sagt die Frau.

»Ja«, sage ich. »Das sind Sie wohl.«

»Hier wohnt wohl nicht Winnifred Mason?«

»Winnifred?«, wiederhole ich, und im selben Moment weiß ich, wer da steht.

»Winnifred Mason«, wiederholt die Frau. »Wir haben gestern eine Nachricht hinterlassen. Ich heiße Barbara Kripnik, und der hinter mir, das ist mein Mann, Fingal Kripnik. Wir sind Verwandte von ihr aus Montana. Aber sie wohnt also nicht hier?«

»Doch, doch«, sage ich. »Winnie wohnt hier. Sie ist nur momentan nicht zu Hause. Aber bitte, tretet doch ein.«

»Sollen wir wirklich?«, fragt die Frau und mustert mich aus nächster Nähe. Ihre Augen hinter den Flaschenböden sehen aus wie hungrige blaue Quallen.

»Wir wollen aber nicht…«, sagt der Mann hinter ihrem Rücken zögernd. Ich erinnere mich, dass Winnie gesagt hat, er sähe aus wie Dostojewski, vielleicht hat er sich zur Feier des Stadtbesuchs den Bart abrasiert.

»Kommt herein«, sage ich. »Natürlich kommt ihr für einen Moment rein. Darauf bestehe ich.«

»Wir haben ein paar Scones gekauft«, erklärt Barbara Kripnik, und ihr Mann hält als Beweis die braune Papiertüte hoch.

»Und du heißt also Erik und bist ihr Mann?«

»Ja.«

Sie haben sich aufs Sofa gesetzt. Ich habe die Scones auf einen Teller gelegt und bin dabei, Kaffee zu kochen. Regular coffee, in dieser Hinsicht bin ich voller Vorurteile und beachte die Espressomaschine gar nicht.

»Nette Wohnung«, sagt Fingal Kripnik und schaut sich um.

»Ich kann mir denken, dass es teuer ist, hier zu wohnen«, meint seine Ehefrau.

»Viel zu teuer«, bestätige ich.

»Wir sind nur ein paar Tage zu Besuch hier«, erklärt Barbara Kripnik. »Fingals Bruder in Babylon ist Freitag achtzig geworden, und wir sind seit fünfundzwanzig Jahren nicht mehr in New York gewesen.«

»Babylon?«, wundere ich mich.

»Long Island«, erklärt Fingal Kripnik.

»Long Island«, bestätigt Barbara. »Er macht in Wohnungen.«

»Grundstücksmakler«, erklärt Fingal. »Aber inzwischen pensioniert.«

»Ist in Rente gegangen«, sagt Barbara.

»Ich verstehe«, sage ich.

»Wir sind Farmer«, sagt Fingal.

»Ja«, nicke ich, »Winnie hat das erzählt.«

»Sie nennt sich jetzt nur Winnie?«, fragt Barbara. »Nach dem, was passiert ist?«

»Winnie, ja«, bestätige ich.

»Aber eigentlich heißt sie Winnifred.«

»Ach ja?«

»So ist es uns jedenfalls gesagt worden«, sagt Barbara Kripnik. »Wir haben sie ja nie kennen gelernt.«

Ich merke, dass etwas nicht stimmt in diesem Gespräch, aber ich kann nicht sagen, was. Noch nicht.

»Nun ja, wir sind natürlich auch nur sehr weitläufig verwandt«, fährt Barbara fort. »Ihre Mutter und ich, wir sind Cousinen. Aber das weißt du vielleicht auch?«

Ich sage, dass Winnie mir auch das erzählt hat, und füge hinzu, dass sie sich darauf gefreut hat, ihre Verwandten zu treffen. Aber leider im Augenblick nicht zu Hause ist.

»Wie schade«, sagt Barbara Kripnik. »Und sie kommt nicht so bald wieder zurück?«

»Ich denke nicht«, sage ich und sehe auf die Uhr.

»New York ist eine lärmende Stadt«, sagt Fingal. »Ganz was anderes als Montana. Du solltest mal Montana sehen.«

»Fingal ist dort geboren«, erklärt Barbara. »Ich selbst lebe dort erst seit vierzig Jahren.«

»In Montana kann man das Laub fallen hören«, sagt Fingal. »Und die Vögel furzen.«

»Wir haben vier Kinder«, sagt Barbara. »Aber die sind natürlich ausgeflogen. Sieben Enkelkinder. Habt ihr Kinder, Winnifred und du?«

»Ich weiß nicht«, sage ich.

Es herrscht Schweigen. Ich stehe mit dem Rücken zu ihnen, immer noch mit dem Kaffeeaufbrühen beschäftigt, kann aber hören, dass sie den Atem anhalten.

»Du weißt nicht?«, fragt Barbara Kripnik nach fünf Sekunden. »Was soll das bedeuten?«

Einen kurzen Augenblick lang lasse ich die Hand in der Lostrommel ruhen. Ich könnte sagen, dass ich nur einen Scherz gemacht habe, es wäre die einfachste Sache der Welt – offensichtlich haben sie keine Ahnung, was mit Sarah passiert ist –, aber ich entscheide mich für den anderen Weg; aus irgendwelchen vollkommen beliebigen und unbegreiflichen Gründen tue ich das. Wenn es sich nicht um eine Art hundeähnlicher Witterungsaufnahme handelt.

»Unsere Tochter ist vor anderthalb Jahren entführt worden«, sage ich.

Ich drehe mich um. Beide starren mich an.

»Entführt?«, fragt Barbara Kripnik. »Du willst damit sagen, dass dein und Winnies Kind entführt worden ist?«

»Ja«, bestätige ich. »Wir wissen nicht, was mit ihr passiert ist.«

»Wie heißt sie?«, will Barbara wissen, als würde der Name in diesem Zusammenhang irgendeine Rolle spielen.

»Sie heißt Sarah«, antworte ich. »Sie war viereinhalb Jahre alt, als sie verschwand.«

»Mein Gott!«, ruft Barbara Kripnik aus, schlägt sich die Hand vor den Mund und sagt mit entsetztem Blick. »Ich meine … noch einmal?«

Ich nicke und stelle die Kaffeekanne auf den Tisch. Setze mich neben Fingal Kripnik auf das Sofa. »Das stimmt«, sage ich. »Winnie hat zwei Kinder verloren. Es ist natürlich möglich, dass Sarah noch am Leben ist, aber wie gesagt, es sind bereits anderthalb Jahre vergangen und …«

»Wie ist es passiert?«, unterbricht Barbara Kripnik mich, ihre Augen flackern unruhig hinter den Brillengläsern.

»Sie wurde von einem Mann in einem Auto entführt«, sage ich. »Direkt vor unserem Haus. Die Polizei hat keinerlei Spuren gefunden.«

»Entführt von einem Mann?«

»Ja.«

Sie zögert einige Sekunden, bevor sie die nächste Frage stellt.

»Wie ist Winnifred damit fertig geworden?«

»Schlecht«, sage ich. »Sie ist schlecht damit fertig geworden. Hat ein halbes Jahr in einer psychiatrischen Klinik verbracht.«

Ich bin selbst verwundert über meine Offenheit; ich erspare ihnen fast nichts, überspringe aber zumindest den Selbstmordversuch. Fingal und Barbara Kripnik tauschen Blicke, und ich sehe, dass es schwer für sie ist. Ich weiß ja nicht, was sie sich vorgestellt haben, wie der Besuch bei einer entfernten Verwandten wohl ablaufen sollte, aber so garantiert nicht.

»Bitte schön«, sage ich und schenke Kaffee in die eierschalenfarbenen Becher, die Winnie bei Ochre in der Broome Street gekauft hat. »Aber jetzt geht es ihr gut, es ist nur ärgerlich, dass ihr ausgerechnet heute kommt, wo sie nicht zu Hause ist. Wie lange bleibt ihr in der Stadt?«

»Wir fliegen heute Abend nach Montana zurück«, erklärt

Fingal Kripnik und bricht sich ein Stück von einem Scone ab. »Nach Billings, da steht unser Auto.«

»Zwei Kinder zu verlieren«, sagt Barbara nach einer Weile des Schweigens. »Mein Gott, wie kommt sie damit zurecht? Ich habe sie zwar noch nie gesehen, aber trotzdem … das muss doch ein unerträgliches Leid bedeuten.«

Ich sage nichts. Die Kripniks kauen eine Weile auf ihren Scones herum und schauen zu Boden.

»Es ist doch nicht …?«, fragt Barbara dann. »Es kann doch nicht sein, dass …?«

«Was?«, frage ich, als ich merke, dass sie die Worte nicht findet.

»Nein«, sagt Barbara Kripnik. »Das ist nicht möglich. Ich habe nur gedacht …«

Ich verstehe nicht, worauf sie hinauswill, und frage stattdessen, ob Winnies Mutter und sie sich sehr nahe standen.

»Das kann man wohl sagen«, antwortet Barbara mit neuem Enthusiasmus. »Als Kinder waren wir fast wie Schwestern. Ich war Einzelkind, sie hatte einen Bruder, der zehn Jahre älter war. Wir waren eigentlich jeden Tag zusammen, wir wohnten im selben Viertel und waren gleich alt. Dann bin ich in die USA gezogen, als ich gut zwanzig war, und danach konnten wir uns natürlich nicht mehr sehen. Aber wir haben uns häufig geschrieben, bis zu ihrem Tod. Das war in dem Jahr nach der Sache mit Judith, ja, es war eine schreckliche Geschichte. Ich begreife nicht, wie Ursula das hat überstehen können.«

»Ursula?«, frage ich.

»Entschuldige. Ich bin es so gewohnt, als Ursula an sie zu denken.«

»Ihre Mutter?«

»Wie bitte?«

»Du sagst also, Winnies Mutter heißt Ursula? Ich dachte, sie hieß Dagmar.«

»Sie hieß auch Dagmar«, bestätigt Barbara Kripnik. »Winnifred ist diejenige, die Ursula hieß.«

Plötzlich sehe ich vor meinem inneren Auge die Schlange, die sich über den Wendeplatz in Haughtaling Hollow schlängelt. Ich begreife nicht, was die hier zu suchen hat, bin aber dennoch nicht besonders überrascht.

»Jetzt verstehe ich nicht ganz«, muss ich einräumen.

Barbara Kripnik wirft ein unruhiges Quallenauge auf ihren Mann und wirkt, als würde sie mit sich selbst zu Rate gehen.

»Du weißt doch wohl, was passiert ist?«, fragt sie vorsichtig.

»Ich …«

»Wie es dazu gekommen ist, dass Judith starb?«

»Aber natürlich«, antworte ich. »Judith und ihr Vater sind bei einem Autounfall außerhalb von Berlin ums Leben gekommen.«

Barbara Kripnik seufzt schwer und faltet die Hände. Ihr Ehemann stellt seinen Kaffeebecher auf den Tisch und sieht aus, als würde er am liebsten durchs Fenster hinausfliegen. Oder anfangen zu weinen.

»Nein«, sagt Barbara schließlich. »So ist es nicht gewesen. Ursula Fischer hat ihre Tochter nicht durch einen Autounfall verloren.«

»Ursula Fischer?«, frage ich.

»So hieß sie damals«, sagt Barbara Kripnik. »Sie war ja später gezwungen, ihren Namen zu ändern. Ursula Winnifred Fischer.«

»Ich … ich glaube, da muss irgendwie ein Missverständnis vorliegen.«

»Ja«, nickt Barbara mit einem weiteren Seufzer. »Das scheint so. Offenbar bist du über die ganze Sache nicht richtig informiert worden.«

Darauf sage ich nichts. Spüre erneut diesen hartnäckigen Metallgeschmack auf der Zunge.

»Und es war ganz und gar nicht unsere Absicht, es zur Sprache zu bringen. Aber es war kein Unfall, bei dem die Tochter gestorben ist. Er hat sie getötet.«

»Was?«

»Ja, genau. So war es.«

»Wer?«

»Aron Fischer. Ihr Mann. Er hat das Mädchen getötet und versucht, auch Ursula zu töten. Aber sie ist davongekommen, es war eine ganz schreckliche Geschichte. Ja, Aron Fischer hieß er.«

»Hieß?«, frage ich.

»Heißt«, korrigiert Barbara Kripnik sich. »Nehme ich an.«

»Guter Kaffee«, sagt Fingal Kripnik. »Du kochst wirklich außergewöhnlich guten Kaffee.«

III

33

Ich sitze in einem alten Ledersessel in der Bank Street und höre zu.

Mr. Edwards sitzt an seinem Schreibtisch, mit dem Rücken zu mir, und spricht ins Telefon. Ihm höre ich zu. Versuche anhand seiner spärlichen Kommentare zu deuten und zu interpretieren, was da besprochen wird.

Yes. No. Maybe.

Of course not.

Ich bekomme nicht viel von dem Gespräch mit. Es ist in erster Linie Inspektor Tupolkys am anderen Ende der Leitung, der redet. Er glaubt, er spräche mit Detective Sergeant Edwards von Manhattans Sechstem Polizeirevier. Mr. Edwards und ich, wir haben uns gemeinsam für dieses Modell entschieden; so ist es am einfachsten, und wir entfernen uns auch gar nicht so weit von der Wahrheit. Den Namen haben wir nicht verändert, und das Polizeirevier liegt in der Zehnten Straße, nur wenige Minuten von uns entfernt.

Wir sind nicht allein im Zimmer. Auf dem Tisch vor mir liegt Trouble, einer der größten Kater, mit denen ich jemals Bekanntschaft gemacht habe. Mr. Edwards behauptet, er sei fast zwanzig Jahre alt, habe hellseherische Kräfte, und ihm gefalle Gershwin. Keine andere Musik. Aber ich weiß nicht, Tierbesitzern gefällt es oft, ihre Kuscheltiere auf diese Art und Weise zu mythologisieren, das habe ich schon bei verschiedenen Gelegenheiten erlebt.

Trouble interessiert mich nicht besonders. Was auf Gegenseitigkeit beruht, wir scheinen in dieser Beziehung wortlos eine Übereinkunft getroffen zu haben.

Es ist Freitagvormittag. Es sind zwei Wochen vergangen, seit mich meine Ehefrau Winnie verlassen hat. Es sind vier Tage vergangen, seit das Ehepaar Kripnik mich über Aron Fischer aufgeklärt hat.

Es ist eine ganze Menge im Laufe dieser Tage aufgedeckt worden. Insbesondere durch Mr. Edwards' Bemühungen, ich weiß wirklich nicht, was ich ohne seine Raffinesse und seinen freundlichen Einsatz getan hätte. Langsam begreife ich, dass er zu seinen Zeiten seinen Beruf vorzüglich ausgeübt haben muss. Wirklich vorzüglich.

Meine Ehefrau hieß vor fünfzehn Jahren eigentlich Ursula Fischer.

Bevor sie Aron Fischer 1992 heiratete, hieß sie Ursula Nedomanska.

Ursula Winnifred Nedomanska genau gesagt. *Mason* ist ganz einfach ein Anagramm aus fünf Buchstaben ihres Mädchennamens.

Sie hat ihn sich selbst ausgesucht, als sie nach den Ereignissen 1997 eine neue Identität bekam. Ursula Winnifred Fischer wurde zu Winnie Mason.

Es fällt mir schwer zu verstehen, was wirklich geschehen ist. Schwer zu akzeptieren, dass ich sieben Jahre mit einer Frau gelebt habe mit so einer geheimnisvollen Vergangenheit im Gepäck.

Und nichts davon bemerkt habe. Nichts verstanden habe; es

ist nicht leicht, mit meiner Ahnungslosigkeit zurechtzukommen – andererseits: meine Ahnungslosigkeit hat momentan absolut keine Priorität, und wie hätte ich es denn auch wissen sollen? Winnie hatte sich dazu entschieden, mich aus diesem Teil der Geschichte außen vor zu lassen. Das war ihr Entschluss, nicht meiner. Ich weiß nicht, ob ich das Recht habe, ihr deshalb Vorwürfe zu machen, vielleicht war es für sie notwendig, um überhaupt weiterleben zu können. Vielleicht war es der einzige Weg.

Aber das stellt sie in ein neues Licht. Ein scharfes, sonderbar blendendes Licht ist das, und erst wenn ich nicht mehr von ihm geblendet werde, kann ich anfangen, mir eine Vorstellung davon zu machen, was es bedeutet.

Gleichzeitig denke ich aber, dass es auch etwas Gutes haben kann, dieses neue Licht, es gibt Anzeichen dafür. Wenn ich sie eines Tages wiedertreffe, werde ich das mit Gewissheit sagen können.

Winnie, meine Ehefrau.

Und Sarah? Ist das möglich?

Sie heirateten am 20. Juni 1992 kirchlich in der kleinen französischen Stadt Cambroix. Nachdem Inspektor Tupolsky die Schweigepflicht gut umschifft hatte, war es nicht schwer für ihn, an Informationen zu kommen. Ursula Nedomanska ist die Tochter des eingewanderten tschechischen Ingenieurs Jan Nedomansky und seiner englischen Ehefrau Dagmar. Vater Jan ist bereits tot, als seine jüngste Tochter heiratet, Mutter Dagmar stirbt im darauffolgenden Jahr. Es gibt eine ältere Schwester, Anna. *Abigail?*, wundere ich mich. Warum dieser gekünstelte Name?

Aron Fischer hingegen ist der Sohn eines amerikanischen

Soldaten, der im Vietnamkrieg desertierte und schließlich in Frankreich landete – und einem Mädchen aus Brest namens Esther Laugat. Thomas Fischer hat seine Frau bereits verlassen, als Aron im Oktober 1970 zur Welt kommt.

Nach der Trauung verlassen die Fischers Frankreich und lassen sich in Mailand nieder, wo Aron sich in verschiedenen Restaurants als Barkeeper und Koch versucht. Ursula hat in La Rochelle eine künstlerische Ausbildung gemacht, sie versucht zu malen, aber in erster Linie arbeitet sie, um die Familie zu ernähren – als Kellnerin in verschiedenen Cafés, aber auch als Verkäuferin im Buchladen und als Aushilfslehrerin. Tochter Judith wird im August 1993 geboren, im Januar des folgenden Jahres zieht die junge Familie nach Freiburg in Süddeutschland. Hier bleibt man wohnen, aber unter drei verschiedenen Adressen, bis zur Katastrophe im Juli 1997.

Aron Fischers psychische Probleme sind bereits während der Zeit in Mailand aktenkundig. Hinzu kommt noch Drogenmissbrauch, der in verschiedenen Zeiträumen stattgefunden zu haben scheint. Es gibt eine Notiz, wonach er seine junge Frau so heftig verprügelt haben soll, dass sie gezwungen war, ins Krankenhaus zu gehen, der Zwischenfall datiert auf Heiligabend 1995 in Freiburg, aber sie weigert sich, Anzeige zu erstatten. Über Ursula gibt es keine Aktenvermerke, weder was psychische Instabilität betrifft noch Drogen.

Anfang Mai 1997 nimmt Ursula Fischer Kontakt mit einem Frauenhaus in Freiburg auf und erklärt, dass sie Angst vor ihrem Mann hat und sich von ihm scheiden lassen will. Sie fürchtet aber um ihr eigenes Leben und das ihrer Tochter, sollte ihm dieser Wunsch zu Ohren kommen. Im Journal des Frauenhauses ist nichts darüber notiert, dass Ursula physischer Gewalt ausgesetzt war (mit Ausnahme von Heiligabend 1995), aber umso genauer sind Aron Fischers wiederholte Drohungen und seine psychische Instabilität beschrieben.

Ursula besucht das Frauenhaus im Laufe des Mai und des Juni mehrere Male, ohne dass eine Lösung gefunden oder ein Fortschritt gemacht wird. Mitte Juli fährt die Familie zum Zelten in die Gegend von Berchtesgaden, und nach einigen unerträglichen Tagen (Ursulas Worte während der Verhandlung), erklärt sie ihrem Mann endlich, dass sie es nicht länger aushält und dass sie umgehend die Scheidung will.

Der betreffende Campingplatz liegt am Rande von Zettmar an einem kleinen See – in dem es eine künstliche runde Insel gibt, nicht größer als fünfzig Meter im Durchmesser. Frühmorgens, noch vor dem Morgengrauen, einen Tag, nachdem Ursula ihren Standpunkt erklärt hat, zwingt Aron Fischer seine Frau und seine Tochter dazu, in ein Ruderboot zu steigen und mit ihm auf die kleine Insel zu fahren (wie genau das vor sich geht, ist ausführlich im Verhandlungsprotokoll beschrieben). Er tötet seine Tochter, indem er ihren Kopf wiederholte Male gegen einen Stein schlägt, dann gießt er Benzin über ihren Körper und zündet sie an. Es ist seine Absicht, Ursula die gleiche Behandlung zuteil werden zu lassen, aber es gelingt ihr, sich zu retten, indem sie an Land schwimmt. An der Rezeption des Campingplatzes wird die Polizei alarmiert, und Aron Fischer wird festgenommen, während er sich noch auf der Insel befindet, damit beschäftigt, die Reste des geschändeten Körpers seiner Tochter mit den bloßen Händen einzugraben. Er erklärt der Polizei sofort, dass er plant, auch seine Frau zu töten, und wie schade es ist, dass sie ihn daran hindern wollen.

Die Gerichtsverhandlung wird auf Anfang September angesetzt und dauert zehn Tage. Die Taktik der Verteidigung läuft darauf hinaus, Aron Fischer als geisteskrank zu erklären – unfähig, für seine Handlungen einzustehen –, und das Auftreten des Angeklagten im Gerichtssaal unterstreicht diese Auffassung zweifellos. Er ist aggressiv und unbeherrscht und wiederholt mehrmals seine Drohung, seine Frau zu töten und sie zu verbrennen, weil sie eine Hure ist. Mehrere Male muss die Verhandlung unterbrochen werden, und als das Urteil endlich verkündet wird – am 28. Oktober –, gibt es niemanden, der sich über den Spruch des Gerichts wundert. Aron Simenon Fischer wird zur Sicherheitsverwahrung im geschlossenen psychiatrischen Vollzug mit verschärften Entlassungsbedingungen verurteilt und sofort in die ausbruchssichere Anstalt in Kadersbad in der Nähe von Nürnberg überführt.

Da seine Frau um ihr Leben fürchtet, wird ihr eine neue Identität bewilligt, und vom 1. Dezember 1997 an ist sie in keinem Register mehr zu finden.

Zur selben Zeit (aber laut einer ganz anderen Quelle) zieht eine gewisse Winnie Mason in die Markgrafenstraße 22 im Stadtteil Mitte von Berlin.

So – und nicht anders – hat es sich zugetragen, und es hat Mr. Edwards (oder Inspektor Tupolsky) nicht mehr als drei Tage gekostet, die Wahrheit ans Licht zu bringen.

»Wobei es natürlich wünschenswert gewesen wäre, sie hätten es schon früher herausgefunden.«

Ich nicke und setze mich in meinem Sessel aufrecht hin. Mr. Edwards steht vom Schreibtisch auf; Trouble bemerkt die veränderten Positionen im Raum und zieht sich mit überraschender Geschmeidigkeit in eine leere Spalte im Bücherregal zurück. Dieses verläuft vom Boden bis zur Decke und bedeckt eine ganze Wand – in erster Linie Geschichte und Kriminologie, aber auch ein Teil Belletristik.

»Was das Verschwinden Ihrer Tochter betrifft. Mit diesen Informationen hätten die Ermittlungen eine ganz andere Richtung genommen. Oder was glauben Sie?«

Ich antworte nicht. Wir haben schon früher darüber gesprochen, und es ist, wie es ist. Es gab nie einen Grund für die Polizei in Saaren, Winnies Identität in Frage zu stellen.

Und sie hat nie etwas erzählt.

Sie hat sich entschieden zu schweigen, und ihre Entscheidung lässt auch mich schweigen. Hindert mich daran, Mr. Edwards' rhetorische Frage zu kommentieren. Es sind andere Fragen, die mich beschäftigen. Die mich in den letzten Tagen ununterbrochen beschäftigt haben.

Warum? Warum hat Winnie versucht, sich lieber das Leben zu nehmen, als von Aron Fischer zu berichten?

Ich begreife es nicht. Ist es fassbar? Nachts sind es vor allem diese Rätsel, die mich wach im Bett liegen lassen. Was können wir über die grundlegenden Beweggründe eines Menschen wissen? Was weiß ich von Winnies innerstem wundem Punkt?

»Nun ja«, sagt Mr. Edwards, lässt sich in den anderen Ledersessel im Zimmer fallen und zündet sich eine seiner schmalen Zigarren an. »Wir können natürlich niemandem einen Vorwurf machen. Dafür gibt es keinen Grund.«

Dem stimme ich zu. Dafür gibt es keinen Grund. »Er ist also im Oktober 2005 freigekommen?«, frage ich.

Mr. Edwards nickt. »Genau vor zwei Jahren. Saß also nicht mehr als acht Jahre ein. Man kann der Ansicht sein, dass dies ein geringer Preis dafür ist, seine Tochter umgebracht zu haben. Hier im Lande wäre das anders.«

»Und sie noch zu verbrennen«, fügt er hinzu, als ich nichts einzuwenden habe. »Woher hatte er eigentlich das Benzin?«

»Reservekanister im Auto«, schlage ich vor. »Hatte Tupolsky irgendwelche Angaben zu ihm?«

»Leider nicht viel«, seufzt Mr. Edwards und schickt eine Rauchwolke zur Decke. »Er scheint ein paar Wochen in Hamburg gelebt zu haben, unter einer Adresse, die er im Krankenhaus angegeben hat. Aber seit Dezember 2005 gibt es keinerlei Spur mehr von ihm. Ja, man hat natürlich nicht so gründlich nach ihm gesucht.«

»Gab vielleicht keinen Grund dafür?«, frage ich.

»Vielleicht nicht«, stellt Mr. Edwards fest und schaut finster drein. »Nein, es gibt eigentlich nichts, was darauf hindeutet, dass er es war. Nichts Substantielles.«

»Vollkommen richtig«, sage ich. »Nichts Substantielles.«

Mr. Edwards räuspert sich und nimmt die Brille ab. »Es steht Ihnen natürlich frei, sich an die Polizei zu wenden. Obwohl ich nicht so recht weiß, wozu das gut sein soll. Und wenn …«

»Ja?«

»Wenn es wirklich so ist, dass er dahintersteckt, dann … ja, darüber haben wir ja schon gesprochen.«

Genau, denke ich. Darüber haben wir gesprochen. Über die Risiken, die das beinhaltet. Die Wahrscheinlichkeit des einen und die Wahrscheinlichkeit des anderen. Aber ich weiß nicht, es ist lange her, dass ich damit prahlen konnte, klar zu denken. Ich habe nur mein Bauchgefühl, nach dem ich gehen kann, und das sagt definitiv nein, was die Polizei betrifft. Allein der Gedanke, durch die Türen des Polizeireviers auf der Zehnten Straße zu treten, lässt mich frösteln, und die Geschichte meines Leidens einem halb interessierten, halb skeptischen Detective Sergeant vorzutragen … nein, ausgeschlossen.

»Was hat er noch gesagt?«, frage ich. »Tupolsky.«

»Nichts von Bedeutung«, sagt Mr. Edwards. »Um ein Gespräch mit einem der Ärzte aus dieser Klinik zu bekommen, ist offenbar einiges an Papierkram nötig, aber sie werden es tun, sobald es nur geht. Momentan müssen wir uns mit den Entlassungspapieren begnügen. Aron Fischer wurde von drei Oberärzten der Psychiatrie unabhängig voneinander als vollkommen gesund beurteilt, als er am 15. Oktober 2005 in die Freiheit entlassen wurde. Abgesehen von der allerersten Zeit war er offensichtlich ein vorbildlicher Patient.«

»Beeindruckend«, sage ich.

»Was ist daran so beeindruckend?«, fragt Mr. Edwards.

»Dass er nur wenige Monate, nachdem er seine Tochter ermordet und seine Frau zu ermorden versucht hat, vollkommen im Gleichgewicht ist. Was für eine Behandlung hat er denn bekommen?«

»Ich weiß es nicht«, seufzt Mr. Edwards. »Die richtigen Medikamente und eine gute Therapie, manchmal kann das wirklich funktionieren.«

»Offenbar«, sage ich. »Wie schön für ihn.«

»Ja, sicher«, nickt Mr. Edwards. »Wenn er nicht so raffiniert war, die ganze Bande anzuschmieren.«

»Gibt es irgendwelche Anzeichen, die darauf hindeuten, dass er so raffiniert sein könnte?«, frage ich.

»Nicht so weit ich es weiß«, sagt Mr. Edwards. »Aber wir wissen ja ziemlich wenig, sowohl Sie als auch ich. Was gedenken Sie nun zu tun?«

Ich überlege eine Weile.

»Ich weiß es nicht«, muss ich zugeben. »Nach Hause gehen und über die ganze Geschichte nachdenken, nehme ich an.«

»Wir könnten ausgehen und etwas essen«, schlägt er vor.

Ich danke für das Angebot, erkläre aber, dass ich zusehen will, früh ins Bett zu kommen. Ich habe seit einer Woche nicht mehr richtig geschlafen, jetzt habe ich das Gefühl, es ist an der Zeit dafür.

Dann danke ich ihm auch noch für alles andere, und bevor ich ihn verlasse, versprechen wir einander, am Wochenende voneinander hören zu lassen.

Aber bereits als ich unten auf der Straße ankomme, habe ich einen Entschluss gefasst.

Auch deswegen, weil ich meinen armen alten Privatdetektiv nicht noch weiter in die Geschichte hineinziehen möchte, als ich es bereits getan habe. Das Bauchgefühl muss auch hier den Ausschlag geben.

Es ist der 19. Oktober, ich mache einen Umweg und wandere langsam am Fluss entlang nach Hause. Bleibe eine Weile am Springbrunnen in Höhe der Christopher Street sitzen. Wind von Nordwest, klare Luft, hoher Himmel. Witterung?, denke ich.

Nein, ich glaube nicht. Das ist nur der Wind, nur eine Einbildung.

34

Meine zweite Fahrt nach Upstate New York beginnt mit Hindernissen.

Der Autoverleih in der Thompson Street hat mir einen Wagen vor zwölf Uhr versprochen, aber dann muss ich stundenlang auf einen verspäteten Anwalt aus Maine warten. Viertel nach zwei statt vor elf Uhr kommt er mit hängender Zunge auf den Hof gefahren. Nach etlichem Papierkram kann ich endlich losfahren, aber zu dieser Uhrzeit ist der Verkehr durch die Stadt und den West Highway hoch dicht und nervend. Es ist schon halb vier, als ich über die George Washington Bridge fahre.

Anschließend läuft es eine Dreiviertelstunde ganz gut, aber ein Stück weiter auf dem Highway 17 stoße ich auf umfassende Straßenbauarbeiten. Statt drei Fahrbahnen müssen wir uns auf eine einigen; es geht unerträglich langsam, ab und zu kommt es für mehrere Minuten ganz zum Stillstand, und es ist schon nach sechs Uhr, als ich mein Ticket für die Interstate 87 entgegennehmen kann.

Ungefähr gleichzeitig kommt der Regen. Eine dunkle Wolkenbank ist im Laufe des Nachmittags im Nordwesten angewachsen; ein paar schwere Tropfen prallen auf die Motorhaube, dann öffnet sich der Himmel. Bald fahre ich dreißig Meilen die Stunde in einem hartnäckigen Platzregen. Mir brennt der

Hals von zu vielen Tassen schlechtem Kaffee, meine Lebensgeister befinden sich kurz über dem Nullpunkt, und mir wird klar, dass ich meine Pläne für diese widerspenstige Reise ändern muss.

Gestern Abend habe ich mit Romario gesprochen. Der mir erneut versicherte, dass ihr Haus zu meiner Verfügung steht, und mir Instruktionen gab, wie man Wasser und Strom zum Laufen bringt. Außerdem eine sehr genaue Wegbeschreibung gab, das Grundstück liegt offenbar ziemlich einsam und nicht weit entfernt von dem finsteren Haughtaling Hollow, mit dem ich bereits Bekanntschaft gemacht habe.

Aber in dieser Bärengegend in Regen und Dunkelheit an einem fremden Haus anzukommen, ist nicht besonders verlockend, meine Tatkraft ist außerdem ziemlich geschwächt, und bevor ich Kingston erreicht habe, steht der Entschluss fest. Es wird eine Nacht in irgendeinem Motel am Straßenrand.

Zu dieser Jahreszeit sollte es nicht schwer sein, ein Zimmer zu finden. In Ashokan oder Margaretsville oder Andes. Oder was auch immer auftauchen möge.

Es wird Arkville.

Es ist halb neun, als ich von der Straße abbiege und vor dem Belvedere Motel parke. Soweit ich sehen kann, gibt es zwölf Zimmer zu vermieten, und soweit ich sehen kann, sind elf von ihnen frei. Vor Nummer drei steht ein großer, mitgenommener Cadillac, vor allen anderen ist der Platz leer.

Ich laufe die wenigen Meter durch den Regen und komme in eine nur schwach beleuchtete Rezeption. Schlage auf eine Metallklingel auf dem Tresen, und nach ein paar Minuten taucht ein älterer Mann in Lederweste und mit grauem Pferdeschwanz auf. Ich bitte um ein Zimmer für eine Nacht. Er erklärt, dass ich

Nummer vier haben kann und dass es sechzig Dollar kostet, bar, Bezahlung im Voraus.

Er trägt eine dunkelbraune Sonnenbrille; als er meine drei Zwanzigdollarscheine entgegennimmt, wird mir klar, dass er blind ist.

»Der Schlüssel steckt in der Tür«, erklärt er mir. »Bier und Sandwiches gibt es im Automaten hinter Ihnen.«

Ich bedanke mich. Er zündet sich eine Zigarette an und verschwindet durch die enge Türöffnung, durch die er auch gekommen ist. Es gelingt mir, dem genannten Automaten zwei Bier und ein Putensandwich abzuluchsen, dann laufe ich erneut durch den Regen und nehme mein Zimmer in Besitz.

Es ist ungefähr zehn Quadratmeter groß und riecht scharf nach irgendeinem Reinigungsmittel. Ein Bett, ein Tisch, ein Stuhl, alles in unterschiedlichen Farben. Eine Stehlampe neben dem Bett, ein Fernseher und eine Bibel, auf die jemand »fuck« geschrieben hat. Das Badezimmer liegt rechts, der Duschvorhang hängt an drei Haken statt an acht und ist dekoriert mit einer nackten Schwarzen. Das Waschbecken ist vergilbt. Ein kleines Stück Seife gibt es mit einem eingetrockneten Schamhaar. Durch die Wand kann ich von Nummer 3 Musik hören. Country & Western. God Bless America, denke ich.

Ich lege mich aufs Bett und starre zehn Minuten lang zur Decke. Dann setze ich mich an den Tisch, esse mein Sandwich auf und trinke meine Biere. Der Regen prasselt auf die Fensterbank und auf ein Blechdach draußen im Dunkel. Ein Hund bellt in der Ferne.

Wenn ich mir jemals das Leben nehmen sollte, dann wird es in einem Zimmer wie diesem sein.

Ich laufe durch den Regen zurück zur Rezeption. Kaufe sechs Biere als Schutz gegen die Dämonen der Nacht und kehre in mein Zimmer zurück. Öffne die erste Dose, setze mich mit Notizheft und Stift an den Tisch, hole zweimal tief Luft und konzentriere mich.

Konzentriere mich.

Ist er es?

Das schreibe ich ganz oben auf eine rechte Seite. Es ist die erste, entscheidende Frage, und diese Frage kann ich nicht beantworten. Ich habe sie wie einen dumpfen, aber hartnäckigen Zahnschmerz sechs Tage mit mir herumgetragen, sie hat mich nicht eine einzige schmerzhafte Sekunde verlassen, und die Antwort springt in einem steten, sinnlosen Wechselstrom von der einen Möglichkeit zur anderen.

Ja oder nein, ja oder nein.

Ich entscheide mich für ein hypothetisches *Ja.* Der Mann mit dem grünen Auto ist identisch mit Aron Simenon Fischer. Er ist es, der hinter Winnies Verschwinden vor zwei Wochen steckt. Er ist es, der unser Kind gestohlen hat.

Es ist derselbe Aron Simenon Fischer, der vor zehn Jahren Winnies erste Tochter getötet hat, der als schwer geisteskrank und außerstande, die Verantwortung für seine Taten zu übernehmen, angesehen wurde. Er ist es, der Sarah jetzt seit mehr als siebzehn Monaten in seiner Gewalt hat, und er ist es, der auch Winnie in seiner Gewalt hat.

Rein hypothetisch. Ich trinke einen Schluck Bier. Die nächste Frage ist eine Folgefrage, und sie kommt aus einer ganz anderen Richtung. Taucht aus einer anderen Quelle mit noch dunklerem Wasser auf.

Hat sie es gewusst?

Oder: *Seit wann hat sie es gewusst?*

Oder: *Hat sie es von Anfang an gewusst?*

Ich bekomme keine Ordnung in die Sache. Weiß auch nicht, was ich tun soll, um sie zu bekommen. Als ich Winnie in der Badewanne fand, habe ich ihre Motive niemals genauer hinterfragt. Natürlich nicht, warum hätte ich es tun sollen? Ich war schockiert und erschrocken, aber eigentlich nicht verwundert; die Aussicht, noch eine Tochter zu verlieren – was ihr mit großer Wahrscheinlichkeit bereits widerfahren war –, war Grund genug für ihr Handeln. Und für meines.

Aber wenn ihr klar war, dass Aron Fischer dahintersteckte, in welcher Weise veränderte das dann die Lage?

Radikal, ich kann keine andere Antwort finden. Die schrecklichere Frage ist die nach dem *Wie*, das ist sie wirklich. Ich trinke einen Schluck Bier. Ahnte sie es nur und wurde dann mit der Zeit ihrer Sache sicher? Ein langsamer, gärender Prozess, vom Misstrauen bis zur Einsicht. Kann es so abgelaufen sein?

Und wenn ja, *wann* dann? Stand sie bereits in Kontakt mit ihm?

War es das, was tief in ihrem Schweigen verborgen lag bei unseren Spaziergängen in Rozenhejm? Hielt er sie in irgendeiner Weise unterrichtet? Ja, weiß Gott, dieses neue Licht blendet mich. Ich vermag nicht länger als fünf, zehn Sekunden am Stück klar zu denken. Dann zerbirst alles, und ich kehre auf Start zurück.

Jetzt weiß ich, dass Sarah lebt.

Bekam sie nach und nach kleine Tipps? Kleine Hinweise? Vielleicht das ganze Jahr über, und dann schließlich die Bestätigung nach ein paar Wochen in New York?

Von jemandem im Pastis? Von Geraldine Grimaux in der Perry Street? Hat er sie so unter Kontrolle gehabt?

Und wenn sie auch nur im Ansatz die Wahrheit ahnte, dann wusste sie, wozu er in der Lage war.

Kann es so gewesen sein? Kann die Realität tatsächlich am 5. Mai 2006 so ausgesehen haben? Winnies Realität. Ich öffne ein weiteres Bier und zünde mir eine der Zigaretten an, noch aus dem Päckchen, das ich vor einer Woche in Meredith gekauft habe.

Sarah ist in Meredith?

Wozu dieser ganze Hokuspokus? Was gibt es noch alles, was Winnie nicht erzählt hat? Wie nah muss sie einem psychischen Zusammenbruch gewesen sein?

Langsam wird mir klar, dass ich nicht weiß, wer sie ist. Wer ist Winnie Mason, meine Ehefrau? Ursula Winnifred Nedomanska-Fischer? Ich sitze an einem Samstagabend im Oktober allein in einem der heruntergekommensten und widerlichsten Motelzimmer in den ganzen USA. Ich trinke Bier und rauche Zigaretten und fange an zu begreifen, dass die Frau, mit der ich sieben Jahre zusammengelebt habe, eine vollkommen Fremde für mich ist. Das ist nicht nur eine drastische Formulierung, das ist eine legitime Einsicht, und die bekommt mir gar nicht gut.

Bekommt mir ganz und gar nicht gut.

Und Sarah?

Sarah!

Um zwei Uhr bin ich immer noch nicht eingeschlafen, aber ich habe das Bier ausgetrunken und die Zigaretten aufgeraucht.

Die Country & Western-Musik von Nummer drei läuft immer noch. Ich habe unter lauwarmem Wasser geduscht, vier Seiten mit Fragen, Vermutungen und Antworten vollgeschrieben, sie aus dem Heft gerissen und zerrissen in den Papierkorb geworfen. Ich habe versucht, fern zu gucken, aber das Einzige, was ich hereingekriegt habe, war ein ultrachristlicher Propagandasender. Ein jubelnder, sich wiegender Chor mit Leuten aus allen Rassen und Lebensumständen singt ekstatische Erlösungslieder, und eine Handvoll zweifelhafter Prediger mit lockigem Haar wechselt sich dabei ab, Jesus Christus und den Präsidenten des Landes ungefähr in der gleichen Tonart zu preisen.

God Bless America, denke ich resigniert. Ich bin froh, dass ich keinen Zugang zu irgendeiner Waffe habe. Hätte ich das, ich würde sicher Gebrauch von ihr machen und mir im Suff und in der Verzweiflung den Schädel wegschießen.

Drüben in der Rezeption ist das Licht aus. Mehr Bier ist nicht zu kriegen. Der Regen fällt unerbittlich weiter, und ein anderer Hund hat angefangen zu bellen.

35

Das Haus liegt tatsächlich abgeschieden, aber es ist nicht schwer zu finden. Ich nehme die Straße 14 von Delhi aus, und ein paar Meilen nach der Ortschaft Treadwell biege ich rechts auf die Trout Creek Road ab. Fahre zehn Minuten lang einen Kiesweg durch hügeliges Waldgelände entlang, und dann taucht kurz hinter einem verfallenen Schuppen mit der Reklame für Duffy Anderson's Invincible Root Beer am Giebel rechts ein Schild auf – *The Holy Grudge*. Ein paar Reifenspuren mit einem Grasstreifen in der Mitte führen zwischen den Bäumen weiter, und nach hundert Metern bin ich angekommen. Ein einfaches, aber ziemlich großes Haus mit zwei Stockwerken. Weiße, frisch gestrichene Holzlatten, eine überdachte Veranda auf der Vorderseite und ein wild gewachsenes Grundstück drumherum, ungefähr so groß wie ein halber Fußballplatz. Soweit ich auf der Karte erkennen kann, befinde ich mich nicht einmal zehn Meilen von Meredith entfernt. Etwas weiter von Haughtaling Hollow. Luftlinie.

Ich stelle den Wagen vor der Veranda ab. Steige aus und schließe die Tür auf. Muss mit der Schulter dagegendrücken, um sie auf zu kriegen. Romario hat gesagt, dass das immer so ist.

Ich inspiziere das Haus in wenigen Minuten. Es ist sauber

und hübsch, es gibt keinen Zweifel, dass ich dankbar dafür bin, mein Aufenthalt im Motel von Arkville hängt noch wie eine stinkende Wolke über mir.

Das Erdgeschoss besteht aus einem einzigen großen Raum. Küchenabschnitt, Essbereich, einige unterschiedliche Sessel um einen Tisch aus Metall und Glas. Großer, gemauerter Kamin, neu gekacheltes Badezimmer. Einige etwas obskure Gerätschaften an den Wänden, das ist das Einzige, was ein wenig stört. Am Schnabel eines ausgestopften Adlers hängt ein kleines Emailschild mit der Botschaft: All You Need Is Love.

Im ersten Stock befinden sich ein Atelier und zwei Schlafzimmer, ich nehme das hinterste, kleinste, laut der Anweisungen, die ich von Romario bekommen habe. Trage meine Tasche hinauf, mache das Bett, gehe wieder nach unten und stelle Wasser und Strom an. Setze Kaffee auf und packe die wenigen Dinge, die ich in einem Supermarkt in Delhi gekauft habe, in den Kühlschrank.

Dann nehme ich die Kaffeetasse und lasse mich auf einem Schaukelstuhl draußen auf der Veranda nieder. Es ist zehn Minuten nach eins. Unter dem klaren Himmel sehe ich einen Vogelschwarm nach Süden ziehen. In weiter Entfernung ist das Geräusch einer Motorsäge zu vernehmen. Die Luft scheint übersättigt von Sauerstoff zu sein, nach nur wenigen Minuten ist mir klar, dass ich auf dem Schaukelstuhl einschlafen werde.

Ich träume von Venedig.

Nicht von diesem Zwischenfall im Restaurant – der jetzt eine ganz andere Bedeutung bekommen hat, ich habe bereits darüber nachgedacht –, sondern von einem anderen Augenblick.

Winnie liegt nackt auf dem Bett in unserem Hotelzimmer. Es ist unser letzter Abend, wir haben uns geliebt. Ich komme aus dem Badezimmer, bleibe in der Türöffnung stehen und betrachte sie.

Ich sehe sie im Traum genauso, wie ich sie in der Realität gesehen habe, und mir kommen genau die gleichen Gedanken wie damals.

Dieser Augenblick ist bereits vorüber.

Ich werde ihn niemals einfangen können.

Ich werde niemals irgendetwas einfangen können.

Alles, was wir sehen und worüber wir uns wundern oder in das wir uns verlieben, ist bereits geschehen. Es ist auf dem Weg fort von uns, für immer und ewig.

In dem Moment, als mein Blick meine Frau erreicht, ist sie immer schon eine andere. Oder, besser gesagt, wenn ihr Bild sich auf meiner Netzhaut abzeichnet – was natürlich eine korrektere Beschreibung ist –, dann ist es bereits zu spät.

Ich weiß nicht, warum mir dieser vielleicht triviale Gedanke in diesem Hotelzimmer in Venedig gekommen ist, aber ich weiß, dass er mich unglaublich traurig gemacht hat.

Er hat mich auf der Schwelle zum Bad festgenagelt, und er nagelt mich auch jetzt im Traum fest. Als ich nach fast einer Stunde im Schaukelstuhl erwache, stehe ich immer noch da und betrachte die betörend schöne – und bereits verschwundene – Nacktheit meiner Frau in dem mit Sicherheit immer noch liebeswarmen Hotelbett, und eine Sekunde lang habe ich keine Ahnung, in was für einer Welt ich mich befinde.

Wer ich bin oder wem dieser Traum gehört; ich bin nur jemand, der auf einer Veranda in einem Haus in einem namenlosen Wald aufwacht. Der Himmel zwischen den Baumkronen erscheint hoch und klar, es duftet nach Wald, und das Geräusch von etwas, das ich nicht identifizieren kann, erstirbt in der Ferne. Ich friere ein wenig.

Ich suche einen Pullover heraus, sitze noch eine Weile auf dem Schaukelstuhl und trinke noch eine Tasse Kaffee, während ich die ersten Schritte eines hoffnungslosen Planes skizziere.

36

Der Traurige Berg hat seine Position nicht verändert, aber ich habe vergessen, wie sie heißt.

Gegen meinen Willen muss ich dem Buffalo Zack's noch einmal einen Besuch abstatten. Aber es gibt keine bessere Lösung. Ich muss in Kontakt mit Fred Sykes kommen, und die Information, die ich vom Traurigen Berg vor einer Woche bekam, ist mir leider aus dem Gedächtnis entschwunden, und der Zettel mit den Aufzeichnungen ist unauffindbar.

»Fred Sykes?«, fragt sie und betrachtet mich misstrauisch. »Ziemlich viel Wirbel um den Kerl in diesen Tagen.«

»Ja?«, sage ich. »Nun ja, als ich das letzte Mal hier war, habe ich nicht die Gelegenheit gehabt, mit ihm zu sprechen. Was hatten Sie gesagt, wo ich ihn finden kann?«

Sie überlegt einige Sekunden, bevor sie antwortet. Lässt ihren Blick über das leere Café wandern und fegt ein paar Krümel vom Tresen.

»Timberton Road«, sagt sie dann. »Das dritte Haus linker Hand. Genau wie ich es letztes Mal gesagt habe. Er lebt da mit seiner alten Mutter.«

Ich nicke. »Die 28, Richtung Oneonta?«

»Ja, genau.«

»Danke schön.«

»Wenn sie nicht inzwischen gestorben ist«, fügt sie hinzu.

Ich suche Geld in meiner Tasche, kaufe mir einen halben Liter ungenießbaren Kaffee und verlasse sie.

Fred Sykes' Mutter sitzt in einem Korbstuhl auf der Veranda vor einem der heruntergekommensten Wohnhäuser, die ich jemals gesehen habe, und es dauert eine Weile, bis ich erkennen kann, ob sie lebt oder tot ist. Sie ist in alle möglichen dicken Kleidungsstücke und Decken gewickelt, eine Schicht über der anderen, und sie hat mehrere großgemusterte Kopftücher umgebunden. Die Augen in dem braunrunzligen Gesicht sind geschlossen, aber der Mund steht sperrangelweit offen.

Um den Stuhl herum stehen kaputte Blumentöpfe mit halb verwelkten Pelargonien und Begonien, zwei kräftige Krücken liegen überkreuz auf dem Tisch neben ihr, und ich nähere mich ihr mit einer Mischung aus Ehrfurcht und Ungläubigkeit.

Sie reagiert weder auf meinen ersten Versuch, sie anzusprechen, noch auf den zweiten. Ich sehe mich auf dem traurigen Grundstück hilflos um; alte Autowracks und Maschinenteile kämpfen mit diversen Müllsäcken und unbenutztem Baumaterial unter verschimmelten Planen um den wenigen Platz. An die Wand eines schiefen, verrosteten Metallschuppens gelehnt stehen eine Badewanne, daneben eine ausrangierte Waschmaschine und zwei Toilettenschüsseln. Ein Mausoleum fehlenden Unternehmungsgeistes und missglückter Projekte; vor etwas, was vielleicht einmal als Hundehütte gedacht war, liegt ein schwarzbrauner Köter neben einer Schlammpfütze, er hat sich nicht im Geringsten für meine Ankunft interessiert und scheint ebenso wenig Energie in sich zu haben wie sein Frauchen oben auf der Veranda.

Nach einer halben Minute kommt ein Lebenszeichen. Die

alte Frau Sykes holt laut rasselnd tief Luft, ein scharfkantiges Schnarchen ist das, und dieses grelle Geräusch lässt sie zusammenzucken und aufwachen.

»Entschuldigung«, nutze ich die Gelegenheit, »ich würde gern mit Fred Sykes sprechen. Ist er zu Hause?«

Sie starrt mich mit blutunterlaufenen, tränenden Augen an.

»Was?«

»Fred«, wiederhole ich. »Ist er da? Ich müsste mal kurz mit ihm sprechen.«

Ihr Unterkiefer mahlt eine Weile, wobei sie mich aber nicht aus den Augen lässt.

»Fred ist bei der Arbeit«, sagt sie mit überraschend klarer Stimme. »Er ist um drei Uhr zurück.«

Ich bedanke mich für die Information und schaue auf die Uhr. Es ist Viertel nach zwei.

»Ich verstehe«, sage ich. »Dann werde ich noch eine Runde drehen und später zurückkommen.«

»Halb vier«, sagt sie. »Er kommt immer zu spät, der Lümmel. Man kann sich nicht auf ihn verlassen.«

Ich nicke.

»Seine Schwester war viel besser. Aber sie ist im Krieg gestorben.«

Ich bedanke mich auch für diese Informationen. Überlege einen Moment, um welchen Krieg es sich wohl gehandelt haben kann. Und wie es kommt, dass eine Frau in ihn gezogen ist.

Aber ich frage nicht nach. Gehe zurück zum Auto und fahre rückwärts von dem vollgemüllten Hofplatz.

»Haughtaling Hollow? Sie haben gesagt, ich sollte nach dieser Frau in Haughtaling Hollow suchen. Erinnern Sie sich?«

Fred Sykes seufzt und windet sich, sagt jedoch nichts.

»Nun?«

»Ja, vielleicht habe ich was in der Richtung gesagt.«

»Das haben Sie. Sie haben gesagt, dass Sie sie wiedererkennen.«

»Was?«

»Sie haben behauptet, Sie hätten sie gesehen.«

Es ist mir schnell klar, dass es keinen Sinn hat, vorsichtig mit Fred Sykes umzugehen. Offenbar bereut er, was er mir am letzten Samstag erzählt hat, und wenn ich ihm die Chance gebe, da rauszukommen, wird er sie sofort nutzen.

Er kratzt sich am Hals, sein Blick flackert. »Vielleicht, kann schon sein«, brummt er. »Aber ich habe mich geirrt.«

»All right«, sage ich. »Wenn Sie sich geirrt haben, dann ist das nicht so schlimm. Aber wo genau war es, wo glauben Sie, sie gesehen zu haben? Ich verspreche Ihnen, Ihren Namen in diesem Zusammenhang nicht zu erwähnen.«

Er zuckt mit seinen mageren Schultern und betrachtet den schmutzigen Boden zwischen seinen schmutzigen Stiefeln.

»Ich werde niemandem sagen, dass Sie es waren, der es mir gesagt hat«, versichere ich noch einmal. »Niemandem, Sie haben mein Wort.«

Er bleibt einige Sekunden lang still sitzen. Dann räuspert er sich und richtet sich ein wenig auf. »Fischerman«, sagt er. »Das war bei den Fischermans. Ich habe da gearbeitet.«

Die kleine Namensdiskrepanz irritiert mich für einen Moment.

»Fischerman?«, frage ich. »Nicht Fischer?«

»Fischerman«, wiederholt er. »Hinten an der Haughtaling Hollow Road.«

»Erzählen Sie weiter«, bitte ich, und ich spüre die Spannung in meinen Schläfen pochen. Wie Risse in einer Eisdecke, kurz bevor sie aufbricht. »Bitte, erzählen Sie weiter.«

Er trinkt einen Schluck von dem schrecklichen Kaffee, den seine Mutter für uns gemacht hat. Fährt sich mit der Zunge über die Zähne und scheint mit seiner schwer erkämpften Loyalität zu ringen. Ich denke, wenn ich jemals einen Waschlappen getroffen habe, dann heißt er Fred Sykes.

»Die brauchten Hilfe beim Roden«, erklärt er schließlich. »Darum bin ich da hin.«

»Ja, und?«

»Ich arbeite ein bisschen in der Landwirtschaft und so.«

Ich werfe einen Blick aus dem Fenster und erinnere mich an das Sprichwort von dem Schuster, der die schlechtesten Schuhe trägt. Aber ich sage nichts.

»Da war ein Baum auf eine Stromleitung gefallen«, fährt Fred Sykes fort. »Und einiges mehr. Da musste so einiges gesägt werden. Nicht mehr als ein Job für einen halben Tag und … ja, da habe ich sie gesehen.«

»Sie haben diese Frau gesehen?«

Ich zeige auf das Foto von Winnie, das zwischen uns auf dem Tisch liegt.

»Kann sie gewesen sein.«

Ich mache mir nicht die Mühe, diese Aussage noch einmal bekräftigt zu bekommen. »Wann?«, frage ich stattdessen. »Wann war das, genauer gesagt?«

Er zuckt mit den Schultern. »Vor zehn Tagen. Oder acht …«

Ich denke hastig nach. »Und diese Fischermans, wie viele sind das?«

»Drei«, sagt Fred Sykes.

»Drei?«

»Jetzt sind es drei.«

»Jetzt?«, bohre ich nach. »Was meinen Sie damit? Und wer sind sie?«

Er windet sich erneut, scheint aber beschlossen zu haben, dass er sich für den richtigen Weg entschieden hat. Es ist zu spät, es zu bereuen und umzukehren.

»Da sind zunächst Tom und Jeff«, erklärt er. »Und dann Aron, der ist letztes Jahr gekommen.«

»Aron?«, wiederhole ich.

»Ja. Aus Europa. Er ist auch Toms Sohn, obwohl niemand von ihm gewusst hat.«

Die Eisdecke in meinem Kopf reißt weiter auf. »Ich verstehe. Und Jeff?«

»Jeff ist Toms Sohn. Die wohnen da … ja, schon lange. Seit Tom aus dem Krieg zurück ist.«

»Aus welchem Krieg?«, frage ich.

»Na, aus Vietnam natürlich.«

»Dann hat Tom Fischerman also am Vietnamkrieg teilgenommen?«

»Mhm.«

»Weiter.«

»Ja, was denn noch? Er ist Veteran. Ist zurückgekommen und hat ein Mädchen aus Poughkeepsie geheiratet. Dann haben sie Jeff gekriegt, und dann hat sie ihn verlassen.«

»Sie hat Mann und Kind verlassen?«

Er nickt nachdrücklich und sieht einen Moment lang fast zufrieden aus. »Ja, so war das. Sie hieß Jennifer. Hat Tom und den kleinen Jeff verlassen. Jeff war nicht älter als drei.«

»Dann ist er jetzt …?«

Fred Sykes schließt die Augen und versucht nachzurechnen. »Keine Ahnung. Wahrscheinlich etwas über dreißig. Er ist behindert, in seinem Kopf stimmt irgendwas nicht.«

Ich nicke und versuche an alle Informationen zu kommen, die ich kriegen kann. »Und der andere Sohn?«, frage ich. »Der zurückgekommen ist … wie hieß der noch?«

»Aron.«

»Aron, ja. Und wie alt ist er ungefähr?«

Fred Sykes zuckt erneut mit den Schultern. »Weiß ich nicht so genau. Habe ihn höchstens drei, vier Mal gesehen, die bleiben lieber unter sich, die Fischermans. Vierzig vielleicht? Oder noch nicht ganz? Tom jedenfalls ist ein paar Jahre älter als ich. Achtundsechzig.«

Ich frage mich, wie wir plötzlich auf diese Ziffernübungen gekommen sind. »Warum hat sie ihn verlassen?«, frage ich stattdessen. »Jeffs Mutter, meine ich.«

»Das weiß man nicht«, sagt Fred Sykes und schaut erneut zu Boden. »Aber es heißt …«

»Ja?«

»Es heißt, dass Tom Fischerman manchmal etwas verrückt sein kann. Jedenfalls seit er aus dem Krieg zurück ist, er hat einen Granatsplitter im Kopf oder so. Vielleicht sind es auch nur die Erlebnisse dort.«

Ich versuche auch das zu schlucken. Dann entschließe ich mich zu einem neuen Schachzug.

»Wissen Sie was, Fred«, setze ich an. »Was halten Sie davon, wenn ich Sie zum Essen einlade. Wir fahren nach Oneonta, essen was und trinken einige Biere.«

»Ich … ich weiß nicht«, stottert Fred Sykes und wirft einen Blick auf seine Mutter, die in einem Sessel vor einem flimmernden, stummen Fernseher schläft. »Ich glaube …«

»Wir können meinen Wagen nehmen«, sage ich. »Ein Happen Fleisch und ein paar Bierchen. Sie kennen doch sicher einen netten Platz in Oneonta?«

Er kratzt sich wieder am Hals und geht eine Weile mit sich selbst zu Rate. Anschließend nickt er und schlurft zum Küchentisch. Schreibt eine kurze Nachricht auf einen gelben Zettel, den er dann vorsichtig zwischen die gefalteten Finger seiner Mutter schiebt. Eine Sekunde von Zärtlichkeit kommt und geht.

Wir verlassen das Haus auf leisen Füßen.

37

»Wie gesagt, die bleiben meistens für sich.«

»Warum?«

»Keine Ahnung. Die sind nun mal so.«

»Aber ab und zu treffen Sie sie trotzdem?«

»Sie treffen? Ne, das tue ich nicht. Man sieht sie mal in der Stadt oder bei Zack's. Tom und dann diesen Aron.«

»Und Jeff?«

»Verdammt nein, nie. Niemals Jeff.«

»Warum nicht?«

»So einen wie Jeff zeigt man nicht. Dafür gibt es keinen Grund.« Fred Sykes' Zunge ist nach einem Hanger Steak und drei Bieren locker geworden. Er ist jetzt bei seinem vierten Bier; wir sitzen in einem Lokal, das The Rotten Goose heißt, es liegt eingeklemmt zwischen einer Reifenreparaturwerkstatt und einem Beerdigungsinstitut an der Interstate 88, die durch Oneonta führt. Wir sind fast die Einzigen in der Dämmerung des leeren, langgestreckten Lokals, es ist erst sechs Uhr, und die Stammgäste sind noch nicht eingetrudelt. Fred Sykes zählt sich nicht zu den Stammgästen, aber er kennt den Besitzer, und wir bekommen zehn Prozent auf Speisen und Getränke.

»Aber Sie haben den neuen Sohn schon mal kennen gelernt?«, frage ich. »Aron.«

»Nur ein einziges Mal«, erklärt Fred Sykes. »Hier in der Stadt. Und dann war ich ja bei ihnen zum Roden.«

»Haben Sie mit ihm geredet?«

»Nein.«

»Auch beim Roden nicht?«

»Ne, habe ihn nur gesehen. Ihn gegrüßt. Tom war derjenige, mit dem ich geredet hab.«

»Und Aron und diese Frau, die waren also zusammen?«

»Zusammen? Was weiß denn ich. Ich habe sie nur einzeln gesehen.«

»Haben Sie die Frau auch begrüßt?«

»Nein. Hab ich doch schon gesagt, ich hab sie nur ganz kurz gesehen.«

»Und kein kleines Mädchen?«

»Nein.«

Ich mache eine Pause, denke nach. Fred Sykes trinkt einen Schluck Bier. Er scheint es zu bereuen, dass er sich darauf eingelassen hat, mit mir zu reden.

»Warum fragen Sie so viel?«

»Ich habe meine Gründe. Wohnen die schon lange hier in der Gegend?«

»Die Fischermans? Ja, die waren schon immer hier. Tom ist irgendwo ein Stück weiter geboren. Pilgrim's End. Wir sind zusammen zur Schule gegangen.«

»Was arbeiten die?«

Er zuckt mit den Schultern. »Jagen. Holzen im Wald ab.«

Ich weiß nicht, ob das reicht für den Lebensunterhalt, aber Fred Sykes scheint der Meinung zu sein, und ich lasse es auf sich beruhen. Es tut nichts zur Sache.

»Aber niemand wusste, dass Tom einen Sohn in Europa hatte«, frage ich stattdessen. »Bis er aufgetaucht ist?«

Fred Sykes schüttelt den Kopf.

»Und wie kommt es, dass der Sohn in Europa geboren wurde, wenn Tom doch in Vietnam im Krieg war?«

Fred Sykes runzelt die Stirn, es scheint, als wäre diese Fragestellung neu für ihn. Vielleicht ist es aber auch nur die Geographie außerhalb der USA, die ihn in Verwirrung bringt. »Was weiß denn ich. Der Alte ist wohl dorthin gefahren. Jedenfalls ist Tom Veteran. Ist '70 oder '71 zurückgekommen, war zwei Jahre weg, glaube ich.«

»Könnte es nicht sein, dass er aus Vietnam abgehauen und nach Europa gegangen ist?«

»Was?«

Ich wiederhole meine Hypothese, aber er versteht offensichtlich nicht, worauf ich hinauswill. Wenn man ein Veteran ist, dann ist man ein Veteran. Und wenn man ein bisschen desertiert ist, dann ist das nichts, womit man herumprahlt und was man jedem auf die Nase bindet, wenn man wieder nach Hause kommt. Ich schweige eine Weile und überlege, was es eigentlich für einen Sinn macht, hier zu sitzen und zu versuchen, aus Fred Sykes noch weitere Informationen herauszuquetschen.

»Tom Fischerman ist ein Arschloch«, sagt dieser unvermittelt nach einem weiteren stärkenden Schluck Bier.

»Ach ja?«, frage ich nach.

»Ist er immer gewesen, und das ist nicht besser geworden, seit er wieder nach Hause gekommen ist.«

»Und inwiefern ist er ein Arschloch?«

Fred Sykes holt tief Luft, seine schiefen Gesichtszüge glätten sich für eine Sekunde. Sein wässriger Blick wird traurig.

»Er hat das Leben meiner Schwester kaputt gemacht.«

»Ihrer Schwester?«

Er nickt finster. »Sie waren zusammen.«

Ich warte ab.

»Verlobt und all das. Aber er hat sie für so ein Luder aus Albany verlassen. In dem Jahr, bevor er in den Krieg gezogen ist. Sie wollten heiraten, aber er hat sie einfach sitzen lassen.«

Ich erinnere mich an das Gespräch mit seiner Mutter auf der Veranda.

»Was ist mit ihr passiert? Ich meine, mit Ihrer Schwester?«

Er blinzelt ein paar Mal und ruckt nervös mit dem Kopf, bevor er antwortet. »Sie ist gestorben«, sagt er. »Ist in die Fälle gesprungen.«

Er trinkt einen großen Schluck.

»In die Fälle?«

»Niagara. Sie wollten ihre Flitterwochen da verbringen.«

Ich denke eine Weile nach. Und trotzdem fährst du zu ihnen und hilfst ihnen, wenn Not am Mann ist?, denke ich. Fällst Bäume für einen Mann, der deine eigene Schwester verraten hat, so dass sie sich ertränkt hat.

»Ihre Mutter hat mir erzählt, sie wäre in den Krieg gezogen«, sage ich.

Fred Sykes schnaubt. »Mama bildet sich alles Mögliche ein. Sie wird im Januar achtundneunzig.«

Ich nicke. In dieser Gegend scheint wohl ziemlich viel trostlos zu sein. Was nützt es, achtundneunzig zu werden, wenn die Umstände so sind? Betrug und Selbstmord und Elend. Oder ist das vielleicht die Strafe für ein richtig langes Leben?

»Wie hieß sie?«, frage ich. »Ihre Schwester.«

»Sie hieß Vera. Nach Vera Lynn.«

Das auch noch. Ich spüre, wie mich der Mut verlässt. Es geschieht im gleichen Maße, wie die Dämmerung im Rotten Goose zunimmt, im gleichen Maße, wie der Pegel in Fred Sykes' Bierglas sinkt. Jetzt ist es wieder ganz leer.

»Noch eines?«, frage ich dennoch.

»Vielleicht ein letztes«, sagt Fred Sykes und kratzt sich nachdenklich die Bartstoppeln. »Aber dann muss ich nach Hause und einiges tun.«

Ich frage nicht, was er daheim zu tun gedenkt. Zu tun gibt es genug.

Ich gehe zur Bar und bestelle noch ein Bier. Und bitte um die Rechnung.

Als ich zurück im Holy Grudge bin – nachdem ich Fred Sykes bei seiner Mutter in der Timberton Road abgesetzt habe –, ist es halb acht und dunkel geworden. Ein böiger Wind schüttelt die Baumkronen, als ich aus dem Auto steige, und gerade als ich im Haus bin und den Lichtschalter gefunden habe, klingelt das Telefon. Nicht mein Handy – hier gibt es kein Netz –, sondern das im Haus. Ich zögere eine Sekunde, dann gehe ich ran.

Es ist Bob.

»Romario hat eine Sache vergessen«, sagt er. »Du hast ein Gewehr unter dem Bett liegen.«

»Ein Gewehr?«, frage ich nach.

»Ja. Ein ziemlich altes Remington Shackville. Doppelläufig. Es können Bären kommen, weißt du, man muss sich verteidigen können.«

»Ja?«

»Die Munition liegt in einer Blechdose im Vorratsschrank. Auf dem Deckel steht *Marbury's Cookies.*«

»Danke, Bob, aber …«

»Kein Aber. Du bist bestimmt Pazifist und Buddhist und was weiß ich noch alles, aber das zählt in dieser Gegend nicht. Geh raus und mach ein paar Probeschüsse auf einen Baum, damit du weißt, wie es sich anfühlt. Und wie geht es sonst so?«

»Alles gut«, sage ich. »Alles in Butter.«

»Dann mal raus und ein paar Probeschüsse gemacht«, ermahnt er mich fröhlich. »Wir rufen im Laufe der Woche noch einmal an. Sonst noch Fragen?«

»Nein«, sage ich. »Alles in Ordnung.«

»Und das Buch?«

»Was?«

»Das Buch? Wie geht es voran mit dem Schreiben?«

»Ausgezeichnet«, versichere ich ihm. »Es läuft ausgezeichnet.«

Dann kommt die Nacht.

Sie ist ein lebendiges Wesen. Ein missgebildetes, schlecht gelauntes Raubtier, das ich viel zu lange schon – Wochen, Monate, Jahre – auf hungrigem Abstand gehalten habe, das jetzt aber endlich frei kommt. Es fällt mich mit seiner ganzen Kraft und der faktischen Zielstrebigkeit eines tödlichen Virus an. Ich weiß, das ist eine alberne Mischung von Bildern – ein Raubtier und ein Virus –, aber ich habe kein Bier und keine Zigaretten, um mich damit zu betäuben, wie im Motel in Arkville. Ich bin ihr ausgeliefert und wehrlos; eine zähe Blase aus Schmerzen, Sehnsucht und Trauer platzt in mir auf, und ich gebe nach. Ich liege in der Dunkelheit in meinem Bett im hintersten Zimmer im ersten Stock im Holy Grudge, Upstate New York, einen halben Meter oberhalb eines doppelläufigen Remington Shackville, ich werfe das Handtuch, und das Weinen lässt mich erbeben.

Und die Dunkelheit ist nicht nur die Abwesenheit von Licht, sie ist die Abwesenheit von allem. Von Winnie, meiner geliebten Frau. Von Sarah, meiner noch geliebteren Tochter. Von Möglichkeiten, Zielen und dem Sinn dieses verfluchten Lebens, das sich mit schönen falschen Versprechungen und scheinbaren Hoffnungen an uns klammert, das aber nichts anderes ist als eine chronische Krankheit in Erwartung eines aufgeschobenen und ebenso sinnlosen Todes.

Zwei blinde Würmer,
die verweilen,
die verwundert
den Stimmen von oben lauschen.

Und ich bete. Bete dasselbe alte Gebet zu demselben alten Gott, das ich schon tausend mal tausend Male gebetet habe, seit Sarah uns weggenommen wurde: Tausche ihr Leben gegen meines! Lass sie leben, lass sie in geordneten Verhältnissen immer noch existieren, wozu um alles in der Welt es auch gut sein soll, aber es ist wichtig, und du weißt, was ich meine, lieber Gott, ich wage nicht, das Unaussprechliche zu sagen, lass sie zu einem ganzen, sinnvollen Menschen heranwachsen und lege meinen eigenen Tod in die andere Waagschale.

Immer und immer wieder, bald jenseits der wortlosen Grenze, flehe ich um so eine Entwicklung, und irgendwann muss ich während dieser monotonen Trauerarbeit auch eingeschlafen sein, denn ich wache mit einem Ruck im grauen Licht der morgendlichen Dämmerung auf, auf sonderbare Art und Weise hellwach und zielstrebig. Oder doch eher verrückt oder, warum auch nicht, erhört? Ich nehme die Remington Shackville 212 mit die Treppe hinunter, finde im Vorratsraum *Marbury's Cookies*, gehe in geliehenen Gummistiefeln hinaus in den Wald und feuere zwölf schwere Schüsse in einen Kiefernstamm.

38

Anfang Juni – dreizehn Monate, nachdem Sarah verschwand, und knapp zwei Monate, bevor wir uns in das Flugzeug nach New York setzten – wurde ich von einer Journalistin angerufen, die über uns schreiben wollte.

Sie hieß Brigitte Leblanc und plante eine Serie von Artikeln über Kinder, die auf irgendeine Art und Weise verschwunden waren. Besonders hatte sie die Trauerarbeit im Fokus, die Frage, wie Eltern es schafften, ihr Leben weiterzuleben.

Ich erklärte ihr, dass wir wahrscheinlich nicht interessiert waren, ich die Sache aber mit meiner Frau besprechen wollte.

Was ich auch tat, und zu meiner Überraschung fand Winnie, das klinge interessant, und schlug vor, wir sollten uns interviewen lassen.

Wir trafen Brigitte Leblanc in einem Zimmer im Hotel Ambassade in Maardam. Sie war älter, als ich nach unserem Telefongespräch geschätzt hatte – um die fünfundsechzig –, und ich fasste augenblicklich ein gewisses Vertrauen zu ihr. Sie war groß, dunkel und zurückhaltend, entschuldigte sich, dass sie in verheilten Wunden graben wollte, aber Ziel der Artikelserie war es unter anderem, Menschen, die sich in der gleichen Situation befanden wie wir, Hilfestellung zu geben.

Mit anderen Worten: Eltern, die ein Kind verloren hatten.

Dann erzählte sie, dass sie selbst einen Sohn hatte, der vor zehn Jahren verschwunden war.

»Vor zehn Jahren?«, fragte Winnie nach. »Und Sie wissen heute noch nicht, was mit ihm passiert ist?«

»Nein.«

»Ob er lebt oder ob er tot ist?«

Brigitte Leblanc schüttelte den Kopf.

»Wie alt war er, als es passiert ist?«

»Fünfzehn. Ich habe erst spät Kinder bekommen. Ja, er war fünfzehn, als er eines Tages einfach nicht von der Schule nach Hause kam.«

»Aber warum sollte er sich für ein Leben ohne Mutter entscheiden?«, fragte Winnie nach einer kurzen Pause des Nachdenkens. »Man muss wohl davon ausgehen, dass ihm etwas zugestoßen und er nicht mehr am Leben ist. Oder?«

»Wir hatten an diesem Morgen einen ziemlich heftigen Streit«, erklärte Brigitte Leblanc. »Möglich, dass er mich verlassen hat, um mich zu bestrafen.«

»Zehn Jahre lang?« Ich konnte die Frage nicht zurückhalten.

»Ich halte es in seinem Fall nicht für unmöglich«, antwortete sie.

»Was haben Sie getan, um ihn wiederzubekommen?«, möchte Winnie wissen, als Brigitte Leblanc ihr Aufnahmegerät eingeschaltet hat und wir schon eine Weile über Sarah gesprochen haben. »Entschuldigen Sie, aber ich muss immer wieder an Ihren Sohn denken.«

»Alles«, antwortete Brigitte Leblanc einfach. »Ich habe alles getan.«

»Und Sie tun es immer noch?«

»Nein, jetzt habe ich aufgehört. Man kommt an einen Punkt,

ich habe vorher selbst nicht gewusst, dass es so ist, aber eines Tages wurde mir klar, dass es an der Zeit war, ihn zu vergessen.«

»Vergessen?«

»Nein, ich meine, es war an der Zeit, sich an ihn zu erinnern. Es ging um die Hoffnung, ich habe mich entschlossen, sie zu begraben.«

»Wissen Sie«, wandte ich ein. »Ich finde es etwas merkwürdig, dass Sie uns nach Dingen fragen, in denen Sie viel mehr Erfahrung haben als wir.«

»Ich habe mehr Jahre hinter mir als Sie«, antwortete Brigitte Leblanc mit einem sanften Lächeln. »Nicht mehr Erfahrung. Und ich glaube, jede Erfahrung in diesem Zusammenhang ist einzigartig. Genau wie jedes Kind einzigartig ist und jeder Mensch.«

»Natürlich«, sagte Winnie.

»Es mag vielleicht paradox klingen, aber ich bilde mir ein, dass … dass gerade dieser Faktor des absoluten Unterschieds dazu führt, dass wir einander verstehen und uns einander annähern können. Der dazu führt, dass wir es versuchen müssen. Es fällt mir schwer, die rechten Worte dafür zu finden, und ich weiß nicht so recht, ob klar wird, was ich meine?«

»Ich verstehe ganz genau, was Sie meinen«, antwortete Winnie sofort. »Wenn es nicht diese Abgründe zwischen uns gäbe, warum sollten wir uns dann die Mühe machen, die ganze Zeit Brücken zu bauen? Wenn wir uns am selben Ufer befänden?«

Ich spürte, dass es da plötzlich zwischen meiner Frau und dieser Brigitte Leblanc ein Einverständnis gab, ob nun weiblicher oder rein menschlicher Natur, und dass ich von diesem Einverständnis auf irgendeine Weise ausgeschlossen war. Was ein sonderbares Gefühl war, wenn man bedachte, dass doch gerade die Rede davon gewesen war, Brücken über Abgründe zu bauen, aber es schien, als wäre ich plötzlich zu einer Illustration ihrer schnell und freudig zusammengezimmerten gemeinsamen Plattform geworden.

Aber das kann auch eine traurige Einbildung und nicht mehr gewesen sein. »Wie hieß Ihr Sohn?«, machte ich einen Versuch.

»Richard. Er hieß Richard.«

»Ich nehme an, Sie waren allein mit ihm, als er verschwand?«, fragte Winnie. Ich weiß nicht, wie sie zu diesem Schluss kam, aber Brigitte Leblanc nickte zustimmend.

»Das stimmt. Sein Vater starb, als Richard zehn war. Eine meiner Fragen an Sie beide ist deshalb auch, wie Sie Ihre Beziehung nach dem, was passiert ist, erleben. Auf welche Weise kann es eine Kraft bedeuten, zu zweit zu sein?«

Ich saß schweigend da und hoffte, dass Winnie etwas sagen würde.

Winnie saß auch schweigend da, und ich weiß nicht, worauf sie hoffte.

Wir blieben zwei Stunden in diesem Zimmer im Ambassade und sprachen mit Brigitte Leblanc, aber im Nachhinein kann ich mich kaum noch an das weitere Gespräch erinnern. Es waren vor allem Winnie und Brigitte Leblanc, die ihre Ansichten austauschten – ausgehend von der gemeinsamen Plattform –, aber kurz bevor wir fertig waren, kam Winnie mit einer Behauptung, die sowohl mich als auch die Journalistin überraschte. Zumindest schien sie überrascht zu sein, und es war anscheinend auch der Moment, in dem dieses paradoxe gemeinsame Einverständnis sein Ziel erreichte. Ja, genau so möchte ich mich ausdrücken. Sein Ziel erreichte.

»Was Sie da anfangs behauptet haben, dass man an einen gewissen Punkt gelangt«, sagte Winnie auf ihre etwas zögerliche

Art, und ich erinnere mich, dass sie dabei weder mich noch Brigitte Leblanc ansah, als sie es sagte, sondern ihren Blick aus dem Fenster schweifen ließ, auf die Baumkronen entlang des Kanals oder was dort immer gewesen sein mag. »Dem kann ich zustimmen, aber nur zu einem gewissen Teil. Es stimmt, dass man an so einen Punkt gelangt, aber die Sache ist die, dass man, wenn man nachgibt, auch das Spiel verloren hat. Und deshalb … ja, ganz einfach deshalb stimmt es, Ihr Sohn ist tot, es tut mir leid, dass ich das so sagen muss, während unsere Tochter Sarah noch lebt.«

»Ich bin mir nicht sicher, dass …«, setzte Brigitte Leblanc an, aber als es ihr nicht gelang, Winnies Blick einzufangen, der weiterhin mit den Baumkronen vor dem Fenster zu spielen schien, verstummte sie wieder.

Ich versuchte wahrscheinlich etwas zu sagen, was die Wogen glätten sollte, und wenige Minuten später verabschiedeten wir uns. Es gab dem nichts mehr hinzuzufügen.

Wir haben von dieser Journalistin nie wieder etwas gehört, und Teil irgendeiner Artikelreihe waren wir bis zu unserer Abreise nach New York auch nicht geworden – doch was Winnies Art nachzudenken betrifft, so habe ich mehrere Male, vielleicht besonders seit unserem Besuch im Hotel Ambassade, über das Verhältnis zwischen ihren Gedanken und ihrem sprachlichen Ausdruck nachgedacht.

Findet sich darin wirklich ein Verständnis für die allertiefsten Wahrheiten, oder besitzt sie nur die Fähigkeit, auf Worte zu warten?

Sie im Hinterkopf zu halten, um sie genau im richtigen Moment einzufangen, wenn sie es am allerwenigsten erwarten? Wie man Fliegen fängt.

Oder im absolut falschen Augenblick? Es ist etwas an diesem Interview, was ich nicht verstanden habe.

39

Vielleicht wahnsinnig oder, warum nicht, erhört.

Als sich vor zehntausend Jahren das Festlandeis aus diesen Gegenden zurückgezogen hat, hinterließ es – wie in allen anderen Schmelzbereichen – den einen oder anderen Findling. Und zwischen zweien von ihnen, einem größeren und einem etwas kleineren, habe ich meine Position gefunden. Die Jahre haben die Brocken mit weichem Moos bedeckt, das verleiht den illusorischen Eindruck von Sicherheit und Schutz; das Mooskleid und die Vorstellung, dass sie allen Zeiten widerstanden haben. Wenn ich ein winzig kleines Tier ohne Behausung wäre, könnte ich mir gut vorstellen, mein Nachtasyl dicht an einen dieser weichen Steine geschmiegt zu suchen.

Es war nicht besonders schwer, hierher zu finden. Fischermans Grundstück liegt zwischen Promisedland und dem feindseligen, schlangenfreundlichen Wendeplatz, mit dem ich vor knapp zehn Tagen Bekanntschaft geschlossen habe. Genau wie ich es von Fred Sykes beschrieben bekam.

Es hat keinen Namen, zumindest steht nirgends ein Name auf einem Schild. Ein Briefkasten aus Metall mit einer Nummer, das ist alles. *Haughtaling Hollow Road 614.* Ein schmaler, nur wenig benutzter Weg führt durch einen schütteren Wald zu einem großen, abgeblätterten Wohnhaus mit zwei Stockwerken. Ein größeres, scheunenähnliches Nebengebäude steht im rechten Winkel dazu – und ein kleineres gegenüber –, aber aus Sicherheitsgründen habe ich umgedreht, sobald ich das Haus zwischen den Bäumen erblickte. Ich habe auch kurz das Bellen eines Hundes gehört, bin mir aber nicht sicher, ob es wirklich von Fischermans Hof kam, es erschien mir eher weiter entfernt. Ich war zu Fuß gekommen, kehrte dann aber schnell auf demselben Weg wieder zurück und fuhr eine halbe Meile weiter bis zum Wendeplatz, wo es mir schließlich gelang, einen versteckten Parkplatz hinter aufgestapelten Baumstämmen zu finden. Mein Mietauto ist zumindest von der Straße aus nicht zu sehen, immerhin etwas.

Nachdem das erledigt war, bewegte ich mich wieder in einem weiten Halbkreis durch den Wald zurück. Es war eine anstrengende Wanderung; es war kaum durchzukommen auf dem Gelände mit den dornigen Brombeerranken und dem undurchdringlichen Dickicht, außerdem ging es den größten Teil des Weges auch noch aufwärts oder abwärts. Trotzdem gelang es mir einigermaßen die Richtung zu halten, und nach einer guten Stunde konnte ich von Neuem das große, verwitterte Wohnhaus vor mir sehen. Dieses Mal schräg von oben – von Norden oder Nordwesten, wenn ich nicht vollkommen die Orientierung verloren hatte.

Während der Wanderung traf ich auf ein gutes Dutzend unfreundlicher Schilder, die verkündeten, dass es sich hier um privates Eigentum handelte und dass alle Eindringlinge mit Konsequenzen zu rechnen hätten.

Aber jetzt befinde ich mich hier, halb liegend auf einem weichen Bett aus Moos und Zweigen zwischen zwei sicheren Findlingen. Das Haus liegt fünfzig Meter unterhalb von mir, ich habe meinen Rucksack mit Wasser, Thermoskaffee und

Butterbroten abgestellt, und ich habe die volle Kontrolle über die Lage. Es ist halb drei Uhr am Nachmittag. Die Remington Shackville liegt neben mir, es ist ein klarer, etwas kühler Herbsttag, aber ich bin warm angezogen und vollgepackt mit einer gewissen Erwartung.

Warum nicht erhört?

Es ist die Rückseite des Hauses, die ich sehe. Verblichene, waagerechte Holzplanken, die anscheinend einmal weiß gestrichen waren. Vier kleinere, quadratische Fenster im oberen Stockwerk, zwei etwas größere und eine Tür auf eine kleine, verrottete Terrasse im Erdgeschoss hinaus. Einiges Gerümpel und einige Geräte an der Wand, Spaten, Harken, eine Schubkarre. Eine kniehohe Grasfläche verläuft bis zu einer niedrigen, unebenen Steinmauer, hinter der der Wald anfängt.

Kein Lebenszeichen. Es sieht dunkel und verschlossen aus, fast verriegelt, und es ist kein Laut zu hören. Ich betrachte das stumme Haus mit einem Gefühl des Irrwitzes. Was wird mich da erwarten? Warum liege ich hier oben im Wald auf der Lauer?

Als ich meinen Blick über die Hausfassade wandern lasse, wird mir klar, dass zwei der Fenster im oberen Stockwerk mit Gittern versehen sind. Ich hole mein Fernglas heraus und vergewissere mich, dass es sich wirklich um Gitter handelt; nein, das sind keine Sprossen, es sind zwei regelrechte Fenster mit Eisengitter davor, und ungefähr in dem Moment, als ich diese Feststellung mache, wird die Hintertür geöffnet, und ein Mann kommt heraus.

Er ist kräftig gebaut mit ein wenig Übergewicht und grauem, schütterem Haar, so um die fünfundsechzig, wie ich annehme, und er hat einen schmutzigen Blecheimer in der Hand. Er geht zehn Schritte durchs Gras und kippt den Inhalt des Eimers ins

Gebüsch an der Steinmauer. Fährt dann mit einer Harke, die an der Mauer lehnt, durchs Gras und geht zurück ins Haus. Kompost, denke ich.

Tom Fischerman, denke ich außerdem. Nett, Ihre Bekanntschaft zu machen.

Dann geschieht in den nächsten fünfundvierzig Minuten nichts mehr, abgesehen davon, dass ich Kaffee trinke und ein Brot esse. Ich überlege eine Weile, ob ich meine Position verändern soll, komme aber zu dem Schluss, dass es dafür keinen Grund gibt. Noch nicht.

Ich habe Zeit, über einiges nachzudenken. Ungeordnete Erinnerungsbilder aus sieben Jahren mit Winnie tauchen in meinen Gedanken auf und erlöschen wieder. Gute wie schlechte.

Und Sarah. In erster Linie Sarah; ihr leicht spöttisches Gesicht, das sie aufsetzte, wenn sie ein Geheimnis hatte, das sie gern für sich behalten und gleichzeitig auch verraten wollte. Sie kommen und gehen, diese Erinnerungsbilder. Ich habe das Empfinden, als würde etwas Wichtiges und Endgültiges in meinem Kopf sprießen, spüre gleichzeitig, dass ich anfange zu frieren, und das hindert mich daran, wirklich auf den Punkt zu kommen.

Genau in dem Augenblick, als ich denke, ich hätte doch noch einen Pullover mehr überziehen sollen, wird meine Aufmerksamkeit von einer kleinen Bewegung in einem der vergitterten Fenster geweckt, in dem, das von meiner Position aus gesehen am weitesten rechts liegt.

Eine dünne Gardine wird zur Seite geschoben, und im untersten, linken Gitterquadrat erscheint plötzlich ein Gesicht. Mein Herz und mein Blut identifizieren es, bevor es meinem Gehirn gelingt, ich habe das Gefühl, als hätte ich einen kräftigen elektrischen Schlag abbekommen oder einen Tritt, direkt in den Brustkorb.

Es ist ein bleiches, abgemagertes Gesicht mit Augen, die unnatürlich groß erscheinen, schnell taste ich nach dem Fernglas, und es herrscht nicht der geringste Zweifel. Das ist Sarah.

Eine andere Sarah. Sechs Jahre statt viereinhalb. Achtzehn Monate später, und ein Gesicht, gezeichnet von neuen Erfahrungen, von denen ich mir weder eine Vorstellung machen kann noch will. Ihr dickes Haar ist verschwunden; plötzlich erinnere ich mich an ein Bild, das ein kleines Mädchen mit Tuberkulose darstellte, der Name des Künstlers fällt mir nicht ein, aber genau so sieht sie aus. Ein Kind, das nichts anderes zu erwarten hat als den Tod; es sind ihre blassen, vergrößerten Augen und diese leblosen Haarsträhnen auf dem Kopf, die diesen Eindruck in erster Linie hervorrufen.

Aber sie ist es. Sie schaut auf etwas vor dem Fenster. Vielleicht auf einen Vogel in einem Baum, ich weiß es nicht. Ich kann es nicht sehen, aber möglicherweise wünscht sie sich genau in diesem Moment, während sie in ihrem verriegelten Zimmer steht, während ich zwischen diesen zehntausendjährigen Steinblöcken liege und fast nicht mehr atmen kann, sie wäre ein Vogel. Wir haben häufiger in dieser Art von Vögeln gesprochen, damals, zu einer Zeit, die so lange her ist, dass Sarah sich vielleicht gar nicht mehr daran erinnern kann.

Und mein leichtes Frösteln ist augenblicklich in eine Art Schüttelfrost übergegangen; ich kann es nicht beschreiben, aber es ist verwandt mit dieser damaligen akuten Blindheit, und einen Moment lang habe ich Angst, von einer Lähmung befallen zu werden. Nie wieder meinen Platz in diesem fremden Wald verlassen zu können. Dass ich hier zwischen diesen uralten Steinblöcken sterben werde, mit diesem verzweifelt sterilen

Bild der ausgemergelten, aber lebendigen Sarah auf der Netzhaut, ohne dass es mir jemals möglich gewesen wäre, mich ihr zu nähern.

Ohne dass ich sie in meine Arme hätte schließen können, den Mund an ihr Ohr legen und vorsichtig flüstern, dass jetzt, jetzt alles gut werden wird.

Dann erwacht endlich das Adrenalin in meinen Adern zum Leben, und mein Körper füllt sich langsam mit einer anderen Art von Brennstoff.

Es dauert eine Weile, eine neue, bessere Position zu finden. Aber mir ist klar, dass ich die Vorderseite des Hauses im Auge haben muss, und eine halbe Stunde später stehe ich versteckt – oder zumindest teilweise versteckt – hinter einem ausrangierten Pick-up neben dem Giebel der großen Scheune. Wenn ich den Kopf hinausstecke, habe ich fast den ganzen Hof im Blick, auf dem zwei Autos – ein etwas neuerer Truck und ein schwarzer alter Dodge – mit der Schnauze zu der verrotteten Veranda stehen. Bis dorthin sind es nicht mehr als zwanzig, fünfundzwanzig Meter, ich bräuchte nur wenige Sekunden, um bis zur Tür zu kommen, aber ich muss mir eingestehen, dass die Chance, dass so ein Ausfall gelingt, ziemlich gering ist. Die Situation erfordert etwas anderes. Mein Rucksack steht neben meinen Füßen, und mit der rechten Hand habe ich meine geladene Remington Shackville 212 gepackt.

Etwas ganz anderes.

Während ich dastehe, überlege ich außerdem ein gänzlich anderes Szenario, das tue ich tatsächlich. Beispielsweise, diesen Ort zu verlassen. Ganz einfach zurück zu meinem Auto zu gehen und zur Polizei in Oneonta zu fahren – doch das Bild dieses Morgens auf der Insel in der Gegend von Berchtesgaden steht mir zu deutlich vor Augen, als dass ich ernsthaft diese Art der Lösung in Erwägung ziehen könnte.

Und das der Frau in den Niagarafällen. Ich weiß, wozu diese Menschen hier in der Lage sind. Tom und Aron Fischerman. Der retardierte, versteckt gehaltene Jeff.

Sie halten meine Frau und meine Tochter in diesem großen, verschlossenen Haus gefangen. Ich weiß nicht, was geschehen wird. Ich habe keinen Plan, aber mir ist klar, dass der Moment näher kommt.

Jetzt, denke ich plötzlich, jetzt wird die Frage nach den Feuern endlich ihre Antwort erhalten.

Jetzt werden sie brennen.

Die Feuer.

Bald.

40

Die Uhr zeigt genau halb fünf, als der nächste Schritt auf dem Weg zu einer möglichen Auflösung stattfindet.

Die Tür wird geöffnet, und sie treten auf die Veranda heraus.

Sie gehen nebeneinander die kurze Treppe hinunter, zu dem schwarzen Dodge. Zuerst hat er seine rechte Hand unter ihren linken Oberarm geschoben, dann lässt er sie einen Moment los. Er steigt auf der Fahrerseite ein, sie auf der Beifahrerseite. Mit einiger Mühe startet er, das Auto hat sicher seine fünfundzwanzig Jahre auf dem Buckel. Sie fahren rückwärts vom Hof und verschwinden holpernd auf dem schmalen Waldweg. Hinunter zur Haughtaling Hollow Road.

Aron Fischerman und Winnie Mason.

Oder *Aron und Ursula Fischer?*, denke ich, während ich hinter dem Pick-up hocke und meine Waffe umklammere. Warum nicht? Vielleicht gelten die alten Identitäten wieder?

Aber ich habe keinen rechten Eindruck gewinnen können. Von keinem von beiden, die Sequenz war zu kurz und inhaltslos, um etwaige Schlüsse daraus zu ziehen. Ich sah, dass sie es war, und ich weiß, dass er es war, das genügt, das Blut schlägt Volten in meinen Schläfen; ich habe sie vermutlich eine halbe Sekunde länger angestarrt, als klug war, bevor ich wieder zu Boden sank und hinter dem Pick-up Schutz suchte.

Aber sie haben mich nicht entdeckt. Vielleicht wäre es das Beste gewesen, Winnie hätte begriffen, dass ich hier bin – sie, aber nicht er –, doch ich bin mir nicht sicher; vielleicht hätte das gar keinen Vorteil bedeutet. Während ich hier hocke und den Autogeräuschen lausche, die langsam ersterben, versuche ich zu begreifen, warum ich so denke, warum diese Zweifel in mir nagen, aber es wird mir nicht klar. Vielleicht will ich gar nicht, dass es mir klar wird.

Ich stehe auf und spähe über den Hofplatz bis zum Haus. Hebe mein schweres Gewehr und ziele probehalber auf die Tür. Dann auf die Fenster über dem Verandadach, eines nach dem anderen; es sind auch auf dieser Seite vier, aber keines ist mit Gittern versehen. Sie bilden geschlossene, dunkle Quadrate, nirgends ist eine Lampe eingeschaltet, was aber auch verständlich ist. Denn noch wird es für eine Stunde Tageslicht geben, vielleicht sogar für anderthalb. Ich stelle diese Überlegungen automatisch an, ohne bewusst zu denken, während ich versuche, das Risiko abzuschätzen. Zumindest bilde ich mir ein, damit beschäftigt zu sein, aber die Situation an sich ist so ungewöhnlich für mich, dass es mir schwerfällt, irgendwelche vernünftigen Einschätzungen zu geben. Es müssen auf jeden Fall noch drei Personen im Haus sein: Tom Fischerman, Jeff Fischerman und Sarah. Meine Chancen sind gestiegen, nachdem Aron und Winnie weggefahren sind, das ist doch logisch gedacht, oder?

Ich weiß natürlich nicht, wie es um Jeff, diesen Halbidioten, steht, auf welche Seite er sich stellen wird, wenn es ernst wird. Zu welchen Handlungen er in der Lage ist. Er ist ein unberechenbarer Faktor, und das gefällt mir nicht, ich will keine unschuldigen Menschen töten, dieser Gedanke kommt mir mit einer Art kühlem Humanismus in den Sinn, und danach brauche ich mich keinen weiteren Spekulationen mehr hinzugeben, da die Tür zur Veranda erneut geöffnet wird.

Ich halte meine Waffe immer noch schussbereit, sie ruht auf dem Seitenfenster des Pick-ups, und dieses Mal mache ich mir nicht die Mühe, mich hinzuhocken. Ich bleibe dort stehen, wo ich bin, die Waffe direkt auf Tom Fischermans Brust gerichtet.

Er müsste mich eigentlich bemerken, tut es aber nicht. Er geht um den anderen Pick-up herum, öffnet die Heckklappe und scheint etwas von der Ladefläche holen zu wollen. Ein paar Kanister und irgendwelche langen, klappernden Metallrohre. Rücken statt Brust, denke ich, noch einfacher, und plötzlich merke ich, wie meine rechte Hand mit dem um den Abzug gekrümmten Zeigefinger anfängt zu zittern und sich so etwas wie ein Vibrieren in meinem Körper fortpflanzt. Vielleicht ist es Angst. Werde ich gar nicht in der Lage sein, abzudrücken? Ich bin kurz davor zu hyperventilieren, die Vibrationen nehmen zu, aber im nächsten Moment tritt auch noch Jeff Fischerman auf die Veranda, und das ändert die Lage.

Denn Jeff Fischerman, der Halbidiot, entdeckt sofort meine Anwesenheit. Er bleibt mitten im Schritt stehen, dann hebt er langsam die rechte Hand und zeigt in meine Richtung, während er seinen Kopf in wilden Zuckungen hin und her wirft. Erst nach ein paar Sekunden sind Worte von ihm zu hören oder eher Laute, ein unartikulierter Ton, der offensichtlich dazu gedacht ist, den Vater zu warnen.

Doch noch bevor dieses Geräusch verklingt und noch bevor Tomas Fischerman sich umdrehen kann, um zu sehen, worauf sein debiler Sohn zeigt, habe ich meine Lähmung überwunden und abgedrückt.

Der Schuss klingt genauso ohrenbetäubend wie jeder einzelne der zwölf Schüsse, die ich am frühen Morgen in den Kiefernstamm abgegeben habe, und er trifft Tomas Fischerman zwischen den Schulterblättern. Ich bin wirklich kein so schlechter Schütze. Er fällt schräg nach rechts, weil er sich gerade umdrehen wollte, und der Körper landet schwer im Kies hinter dem Wagen. Eine pathetische Sekunde lang versucht er in Sicherheit zu kriechen – oder worum es auch immer gehen mag, es ist jedenfalls das Letzte, was in seinem erlöschenden Bewusstsein noch Platz findet –, doch nach einem halben Meter bricht er in sich zusammen, bleibt reglos wie ein umgekippter Grabstein liegen und ist nach allem zu urteilen tot.

Ich hebe den Blick und betrachte Jeff Fischerman. Er steht immer noch auf der Verandatreppe, den Arm immer noch ausgestreckt, den Mund immer noch offen, aber es kommt kein Ton mehr heraus. Es vergehen einige Sekunden, er starrt mich an, ich starre ihn an. Mir ist klar, wie unglaublich einfach es wäre, ihn ebenfalls zu erschießen, aber irgendetwas hält mich zurück. Vielleicht ist es trotz allem dieser kühle Humanismus, und während ich zögernd dastehe, kommt er vorsichtig auf den Hof, geht um den Pick-up herum, bleibt stehen und starrt seinen auf dem Boden liegenden Vater an.

Ein paar Sekunden lang bleibt er so stehen, vollkommen reglos, in einer unnatürlichen Pose, eine Hand vor dem Mund, die andere gehoben, die Finger gespreizt, als wäre er gerade im Begriff, einen Ball aufzufangen, den ihm jemand zuwirft. Dann steigt er über den Körper seines Vaters und versucht so schnell wie möglich davonzukommen.

Er geht in weniger als fünf Metern Entfernung an mir vorbei, ohne mich anzusehen, und weiter den Waldweg hinunter zur Haughtaling Hollow Road. Ich kann hören, dass er ein leises, irgendwie jammerndes Geräusch von sich gibt.

Doch nicht ein einziges Mal sieht er mich an. Nicht ein einziges Mal.

Ich bleibe fünf Minuten lang stehen. Es gibt keinen Grund, das zu tun, aber es fällt mir schwer, mich zu bewegen. Etwas ist geschehen, und als ich endlich über den Hof auf das Haus zugehe, sind meine Beine schwer, und mein Bewusstsein scheint in einen dicken Nebel gehüllt. Ich gehe an Tom Fischermans schwerem Körper auf dem Kies vorbei und unterdrücke den Impuls, mich hinunterzubeugen und ihn zu berühren.

41

Ich mache die Tür auf und gehe ins Haus. Ein Potpourri unsauberer Gerüche schlägt mir entgegen. Alter, eingewachsener Schmutz, abgestandener Tabakrauch. Schimmel? Ich bleibe in der Türöffnung stehen und schaue mich um. Ein großer, rechtwinkliger Raum und eine Küche im Erdgeschoss. Wahrscheinlich ein kleineres Schlafzimmer hinter der Treppe links. Die Möbel sind abgenutzt und zusammengewürfelt. Ein massiver Esstisch aus braunem Holz mit sechs abgewetzten Stühlen. Zwei durchgesessene Sofas, ein Fernseher, ein voll beladener, niedriger Tisch. Zeitungen und Müll. Ein Schaukelstuhl und etwas, das eine Bärenfalle sein muss, auf dem Boden vor einem offenen Kamin. Etwas anderes, das wahrscheinlich nur ein Rinderkopf ist, aber mit gelben und schwarzen Streifen bemalt, an einer der Wände. Diverse kleinere Schränke, Kommoden und Stehlampen. Ich schließe die Tür hinter mir und lausche.

Eine Geschirrspülmaschine arbeitet, das ist das Einzige, was ich hören kann. Sie stellt alle anderen Geräusche in den Schatten. Die leise Anwesenheit eines Kindes beispielsweise. Den Herzschlag in meinem Brustkorb. Die Treppe zum Obergeschoss hinauf liegt links, ich gehe langsam hoch, ein vorsichtiger Schritt nach dem anderen. Diese Vorsicht ist unbewusst, ich weiß nicht, warum ich sie als nötig empfinde, denn wenn ich Recht habe, dann befinden sich nur meine Tochter und ich im Haus. Sarah und ich, ich und Sarah. Ich halte die Remington Shackville in der rechten Hand, und ich gelange auf einen schmalen Flur, der von einem Giebel zum anderen verläuft. Hier oben ist es dunkler, das spärliche Licht, das durch zwei schmutzige Fensterlöcher dringt, reicht nur wenige Meter auf den Flur.

Einige Türen auf beiden Seiten; alle sind sorgfältig verschlossen, aber es fällt mir nicht schwer, die richtige zu finden. Bevor ich sie erreiche, spreche ich vorsichtig ihren Namen aus; nicht richtig, habe ich das Gefühl, eher als eine Art Vorwarnung. Ich will, dass sie weiß, dass jemand draußen auf dem Flur ist, jemand, der warmherzig ist und der sie retten wird. Aber ich will nicht, dass sie antwortet, dass sie versteht, dass ich es bin, ihr Vater.

Noch nicht, es ist schwer zu sagen, warum, es handelt sich vermutlich um eine Art diffuser, falsch geleiteter Vorsichtsmaßnahme, genau wie schon vieles sonst in meinem Leben falsch geleitet war.

Ich lege die Hand auf die Türklinke. Die Klinke sitzt rechts, wird nach links gedrückt. Verschlossen, natürlich ist es verschlossen. Und die Tür sieht massiv aus; als ich mich probehalber mit der Schulter dagegenstemme, rührt sie sich nicht einen Millimeter. Aber es gibt ein Schlüsselloch, groß, dunkel und geheimnisvoll; ich beuge mich vor, lege den Mund ans Loch und flüstere.

»Sarah.«

Kein Grund, länger zu zögern. Aber keine Antwort. Nicht ein Geräusch da drinnen. Ich versuche es noch einmal, etwas lauter.

»Sarah. Kannst du mich hören?«

Ich registriere, dass jemand seine Position verändert. Ein

Stuhl, der weggeschoben wird, und vorsichtige Schritte drinnen im Raum. Vielleicht nähert sie sich der Tür, ich weiß es nicht. Ich versuche etwas durchs Schlüsselloch zu erkennen, aber da ist nur Schmiere und Dunkelheit.

»Sarah, ich bin es. Papa.«

»Papa?«

Die Stimme ist so schwach, dass ich sie kaum verstehe.

»Sarah, ich bin gekommen, um dich hier rauszuholen. Alles wird gut.«

»Papa?«

Jetzt etwas kräftiger, aber vollkommen tonlos. Wie ein altes Wort, das sie einmal gehört hat, dessen Bedeutung sie aber nicht mehr kennt. Ich richte mich auf und drücke noch einmal mit der Schulter gegen die Tür. Ein kraftloser, sinnloser Versuch.

»Ich muss nur erst durch diese Tür hier kommen, Sarah. Ich habe keinen Schlüssel, deshalb muss ich sie aufbrechen. Hab keine Angst!«

Ich warte auf eine Antwort, doch es kommt keine. Keine Worte, keine Bewegung da drinnen. Eine plötzliche panikartige Verzweiflung überfällt mich. So weit bin ich gekommen. Bis hier. Nur noch eine verschlossene Tür trennt mich von meiner Tochter, die ich seit anderthalb Jahren nicht mehr gesehen habe und von der ich fast die ganze Zeit geglaubt habe, sie wäre tot – und jetzt komme ich nicht durch diese verfluchte Tür!

Ein Filmklischee taucht auf, und ich schlucke es, lehne mich mit dem Rücken weit zurück an die Wand, nehme Anlauf und gebe der Tür gleich unter der Klinke einen heftigen Tritt. Nichts passiert, nur mein Bein schmerzt. Vielleicht hat Sarah etwas gerufen, drinnen im Zimmer, aber dann hat sie es genau in dem Moment getan, als mein Fuß die Tür traf, und ich bin mir dessen nicht sicher.

»Sarah, hab keine Angst! Ich versuche nur reinzukommen!«

»Papa?«

Eine Spur mehr Leben in der Stimme, als würde sie langsam begreifen, dass hier tatsächlich etwas passiert.

»Ich glaube … ich glaube, ich muss das Schloss aufschießen. Ich habe ein Gewehr, das wird einen ziemlichen Knall machen, aber du brauchst keine Angst zu haben, Sarah. Versprich mir, dass du keine Angst hast. Geh weg von der Tür, ich werde auf das Schloss schießen, verstehst du?«

»Ja …?«

»Verstehst du, was ich sage, Sarah? Du darfst da nicht stehen bleiben, sonst kann dich die Kugel treffen.«

»Ich verstehe.«

Und ich spüre, dass dem so ist. Plötzlich erkenne ich ihre Stimme wieder; ein Tränenkloß platzt in meinem Schlund, und ich muss ein paar Sekunden warten, bevor ich ihn bewältigt habe und mich auf den Schuss konzentrieren kann. Ich habe keine Ahnung, ob man den Schließmechanismus treffen muss, es handelt sich hier natürlich um ein weiteres altes Filmklischee, aber irgendwie muss es klappen, denke ich. Wenn nicht beim ersten Versuch, dann muss ich es eben noch ein zweites oder drittes Mal versuchen. Ich muss ein Loch in diese verfluchte Tür kriegen, die zwischen mir und meiner Tochter steht. Nichts ist jemals wichtiger gewesen. Ich lege den Kolben an die Schulter, ziele und drücke ab.

Der Knall ist auch dieses Mal ohrenbetäubend, aber etwas dumpfer und gedämpfter hier im Haus. Holzsplitter fliegen aus der Türplatte, ein großes Loch wird direkt unter der Klinke aufgerissen, und als ich vorsichtig den Griff hinunterdrücke, gleitet die Tür auf gut geölten Scharnieren auf.

Es gibt so eine Art von Augenblick, in dem die Zeit in ein schwarzes Loch fällt. Das, was gewesen ist, und das, was kommen wird, wird hineingesogen, und das spezifische Gewicht eines ganzen Lebens liegt gesammelt in einem zitternden Punkt von Präsenz.

Wir stehen still, sehen einander an, und wir begreifen beide, dass das hier die Frage so eines Augenblicks ist. Sie ist erst sechs Jahre alt, trotzdem weiß sie es. Ich strecke ihr die Hände entgegen, und langsam, ganz langsam, als liefe sie über brüchiges Eis oder auf einem durchhängenden Seil, kommt sie mir entgegen. Ich hebe sie hoch, und das ist eine Bewegung, die mir wie ein Schöpfungsakt erscheint. Ich entziehe meine Tochter dem Tod und gebäre sie wieder ins Leben; ich drücke ihren dünnen, fast ausgemergelten Körper an mich, sie legt mir die Arme um den Hals, und wir atmen gemeinsam vor Rührung, die wächst und wächst und schließlich explodiert oder vielleicht auch implodiert, in etwas, das hundert Prozent Weinen und hundert Prozent Lachen ist.

Nein, tausend.

Dann trage ich sie aus dem Zimmer. Vorsichtig gehe ich mit ihr auf meinen Armen den dunklen Korridor entlang, und ich denke, dass es mir lieb wäre, wenn er fünf Kilometer lang wäre bis zur Treppe statt nur fünf Meter, aber während dieser wenigen Schritte gelingt es Bernard Grimaux dennoch, in meinem Kopf aufzutauchen, ausgerechnet er, man kann sich fragen, wie so etwas möglich ist, aber es gibt keinen Zweifel, es ist der arme, verfrorene französische Poet, der in einer nur schwach erleuchteten Ecke meiner Wahrnehmung steht, schlecht gekleidet in einem abgewetzten schwarzen Anzug, er hat einen Reisekoffer aus Pappe dabei, und das Einzige, an das er mich erinnern will, ist, dass er seine Frau und seine Tochter verloren hat, sie sind bei einem Schiffsunglück im Mittelmeer ertrunken, und er steht jetzt im Begriff, sich in die große Stadt auf der anderen Seite des Meeres zu begeben, um eine letzte Gedichtsammlung zu schreiben, sich das Leben zu nehmen und dann womöglich mit ihnen wieder vereint zu werden. Während ich, der ich diese zögernden Schritte über den halbdunklen Flur mehr als sieben Jahrzehnte später gehe und fünf deutlich überbewertete Romane hinter mir habe, während ich sowohl Frau als auch Tochter noch habe. Das ist der große Unterschied, scheint er sagen zu wollen. Das sind die Feuer.

die verwundert
den Stimmen von oben lauschen,
die Richtung ändern und aufeinandertreffen,
wie aus Zufall.

Und ich gelange zum Treppenabsatz, und Sarahs Kopf ruht schwer und sicher auf meiner Schulter. Wir sagen nichts, das ist nicht nötig. Nach zwei oder vielleicht drei Stufen werde ich von einem Räuspern gestoppt, ich muss während dieser sonderbar langgezogenen Sekunden wie im Traum gegangen sein, und mir wird klar, dass er dort steht und seine Waffe auf uns richtet – einen schweren, matt glänzenden Revolver, kein Gewehr, er hält ihn mit beiden Händen, mein Gewehr steht noch oben im Zimmer an eine Wand gelehnt –, dass er zurückgekommen ist und dass das letzte Wort noch nicht gesprochen ist.

Ganz und gar nicht. Aron Fischers Augen sind kalt und funkeln dunkel, Ton in Ton mit seiner Waffe, sie stehen eng zusammen, ungewöhnlich eng, und es ist nicht schwer, den Wahnsinn hinter ihnen zu erkennen. Er steht einige Stufen hoch auf der

Treppe, und er muss gesehen haben, dass ich seinen Vater getötet habe. Aber das interessiert ihn nicht; es liegt etwas Genussvolles, fast Hungriges in seiner Art, uns zu betrachten, eine lang genährte Erwartung, die nun in Erfüllung gehen wird. Ja, er ist einfach zu durchschauen, und seine dünnen Lippen öffnen sich langsam für ein kontrolliertes Lächeln.

»Mr. Steinbeck«, sagt er. »Wie schön, Sie zu sehen, aber ich glaube, dass Sie hier eingedrungen sind.«

Ich zögere eine Sekunde. Wahnsinnig, vielleicht erhört?, denke ich. Dann treffe ich eine Entscheidung und folge ihr.

Der Schuss trifft mich. Der Schmerz ist weiß glühend. Der Schrei, den ich als Letztes mitbekomme, kommt von Winnie, meiner Ehefrau, und er ähnelt keinem anderen Geräusch, das ich jemals gehört habe.

Danach wird alles dunkel. Und still.

42

Ein Metallgeschmack, dann ein Gittermuster.

Das ist das Erste, was ich registriere, und die Gitter scheinen durch meine geschlossenen Augenlider. Vielleicht habe ich sie eine Weile geöffnet gehabt und dann wieder geschlossen, das ist schwer zu sagen. Ich erinnere mich, dass ich in einem roten und schwarzen Fluss geschwommen bin, es war ein Kampf, Strömungen und Wasserwirbel zu überwinden, und mehrere Male war ich kurz davor aufzugeben. Hitze und Kälte wechselten sich ab, und es war wirklich nicht leicht zu begreifen, wozu das gut sein sollte. Warum die Kräfte aus einer ausgetrockneten Quelle saugen? Warum diese pathetische Ungeduld?

Aber es gibt eine Boje mitten im Fluss, und an der habe ich mich festgeklammert. Sarah hat sich auch an ihr festgeklammert, sie ist es, die die Rettung ist, und die Feuer, wir haben einander umklammert, und die Boje ist bei näherem Hinsehen keine Boje, sie ist nur ein Augenblick, ganz einfach eine Sekunde vibrierender Gegenwart im Strom der Zeit, in der wir einander im Zimmer gegenüberstehen und begreifen, dass es uns beide gibt und dass wir leben. Und es war gerade eben erst, zumindest habe ich das Gefühl. Gerade eben erst und gerade jetzt. Und das wilde, schäumende, rotschwarze Wasser ist doch nichts anderes als die Zeit selbst, wie man vermuten darf, die Sekunden, Tage und Jahre, die um diesen unverrückbaren Augenblick herum brausen, und es gibt vieles, was vorbeisaust, während wir dort hängen und uns trösten, meine Tochter und ich. Französische Poeten, kleine, nicht zu identifizierende Hunde, ein Bild mit einem Gesicht, das nicht so recht hervortreten will und noch so vieles andere mehr.

Und das andere Ufer ist jetzt erreicht, auch das begreife ich. Der Fluss liegt hinter mir. Metallgeschmack und Gittermuster bilden die aktuelle Wirklichkeit; als ich ein Auge öffne, sehe ich, dass es sich um eine Art Ventilationsgitter handelt, das in einer weißen Decke eingelassen ist, und die Decke gehört zu dem Zimmer, in dem ich mich momentan befinde. Ich liege in einem Bett, aber als ich auch das andere Auge öffne, fängt alles an, sich auf eine schwankende, äußerst unangenehme Art und Weise zu bewegen, Übelkeit steigt in mir auf, und ich beschließe schnell wieder nach innen zurückzukehren. Ich bin so müde, so todmüde.

Aber die Geräusche aus dem Zimmer bleiben hängen, ich kann sie auch mit geschlossenen Augen vernehmen, es scheint, als befänden sich Menschen hier, in der Nähe um mich herum, und die Resonanz ihrer Stimmen und ihre vorsichtigen Bewegungen lassen mich den Schluss ziehen, dass ich mich in einem Krankenhaus befinde. Ganz, ganz gewiss ist hier die Rede von einem Krankenhaus, denke ich, aber dieses Mal ist es nicht Winnie, meine Ehefrau, die seine Ressourcen in Anspruch nimmt, dieses Mal bin ich es. Mit einem gewissen Recht, wie ich empfinde. Mit einem gewissen Recht.

Und die Gerüche, sie dringen auch zu mir hindurch. Zumindest einer, es ist der Geruch meines eigenen Körpers, und ich erkenne ihn nicht so recht wieder.

Außerdem ist etwas mit dem Körper selbst nicht in Ordnung. Ich glaube, er hört irgendwo in der Höhe des Magens auf.

IV

43

North River. Der Fluss, der in zwei Richtungen fließt.

Selbst Mitte November hängt der Spätsommer noch in der Luft. Zumindest an gewissen Tagen, und als wir in Höhe der Charles Street zum Hudson River Park hinuntergehen, spiegelt sich die Morgensonne in Jersey Citys Glasfassaden auf der anderen Seite des Wassers wider. Ich habe eine Decke über den Beinen, sie ist nicht nötig gegen die Kälte, sie dient eher irgendwie der Diskretion. Ich habe mich noch nicht daran gewöhnt, und ich verstehe, warum blinde Menschen dunkle Brillen benutzen.

Winnie schiebt mich langsam vorwärts, wir haben es nicht eilig. Ab und zu sitzt Sarah auf meinem Schoß, ab und zu springt sie hinunter und läuft nebenher. Sie redet immer noch nicht. Zumindest nicht aus eigenem Antrieb. Antwortet Ja oder Nein, wenn man sie etwas fragt, aber mehr auch nicht. Das Therapieteam von St. Vincent, das sich an drei Tagen in der Woche einige Stunden lang um sie kümmert, sagt, dass wir den Prozess nicht forcieren sollen, sie nicht überanstrengen sollen, und abgesehen von der sprachlichen Zurückhaltung hat man keine Schäden bei ihr entdeckt.

Mr. Edwards geht nebenher und raucht eine seiner dünnen Zigarren, es ist das erste Mal, dass wir uns sehen, seit ich im

Rollstuhl gelandet bin. Aber wir haben mehrere Male miteinander telefoniert.

»Das Leben ist kein Spaziergang über ein offenes Feld«, sagt er jetzt.

»Nein«, bestätigt meine Frau. »Das ist es wirklich nicht, das ist eine richtige Beobachtung.«

»Manche Kurven sind so scharf, dass man fast nicht mehr derselbe ist wie zuvor.«

»Man kann auch ein besserer Mensch werden«, sagt Winnie.

»Auf jeden Fall ein anderer«, werfe ich ein. »Wie gesagt.«

Mr. Edwards nimmt einen Zug und denkt nach.

»Er hat sich also das Genick gebrochen, dieser Teufel?«

»Ich weiß nicht, ob wir darüber reden müssen«, sage ich. »Es ist vorbei, aber es stimmt, er hat sich das Genick gebrochen. Den einen habe ich erschossen, und dem anderen habe ich das Genick gebrochen.«

»Und Sie sind davongekommen?«

»Nun ja, wie man's nimmt – davongekommen«, sage ich.

»Entschuldigung«, sagt Mr. Edwards. »Das war bildlich gemeint.«

»Bilder sollen beredt sein«, sagt Winnie. »Das ist ihre Aufgabe.«

»Ich bin gegen Kaution frei gekommen«, sage ich. »Wie ich schon erzählt habe. Die Untersuchungen laufen noch.«

»Natürlich«, sagt Mr. Edwards. »So läuft es ja immer bei uns.«

»Winnies Zeugenaussage war gut«, füge ich hinzu. »Es gibt alle Gründe, optimistisch zu sein.«

Mr. Edwards nickt. Wir bewegen uns schweigend eine Weile weiter und schauen aufs Wasser.

»Abscheulich?«, fragt er Winnie, als wir auf den Pier 42 abbiegen.

»Abscheulich«, bestätigt Winnie.

»Manipulativ und intelligent?«

»Genau«, nickt Winnie. »So einer, über den in diesem Land hier so gerne Filme gemacht werden.«

»Und wann haben Sie gewusst, dass er es war?«

»Sicher war ich mir erst hier in New York. Aber der Gedanke war mir schon früher gekommen.«

»Aber Sie haben der Polizei nie etwas gesagt?«

»Ich wusste, wozu er in der Lage war.«

»Ich verstehe. Und er ließ … kleine Andeutungen fallen?«

»Sehr kleine. Aber sie wurden deutlicher, als wir hierherkamen.«

»All das mit Geraldine Grimaux. War das nötig?«

Sie zuckt mit den Schultern. Schaut übers Wasser. »Ich weiß es nicht. Es gefiel ihm wohl, so mit uns zu spielen. Er war eine Art begabtes Monster, vergessen Sie das nicht.«

»Ich verstehe«, wiederholt Mr. Edwards.

»Ich lief ebenfalls Gefahr, etwas anderes zu werden … ich glaube, ich möchte im Augenblick nicht mehr darüber reden.«

»Entschuldigen Sie bitte, das ist mein alter Beruf, der durchkommt.«

»Das macht nichts«, sagt Winnie.

»Ich möchte immer gern einen krummen Nagel gerade schlagen, wenn ich einen finde.«

»Bestimmte Nägel kann man nicht mehr gerade schlagen«, sagt Winnie.

Mr. Edwards nickt erneut und nimmt einen Zug. »Noch eine richtige Beobachtung«, sagt er.

Wir kommen am Queen of Hearts vorbei, einem alten, heruntergekommenen Vergnügungsdampfer, der immer noch an der Nordseite der 42. vertäut liegt, und ich entdecke einen Hund, der langsam direkt auf uns zuspaziert. Sarah entdeckt ihn auch, springt von meinem Schoß und geht ihm entgegen. Seit wir zurück sind, hat sie ein zunehmendes Interesse an Hunden entwickelt; Winnie und ich haben darüber bereits mit dem Ärzteteam gesprochen. Ihr Vertrauen in Menschen ist beschädigt, aber das Vertrauen in Tiere ist unerschüttert, wie sie meinen, zumindest Professor Klimke, der Chef der Truppe.

Als der Hund und Sarah ein Stück vor uns aufeinandertreffen, erkenne ich, dass es sich um ESB handelt, Empire State Building. Ihm fehlen Halsband, wie auch Leine und Herrchen. Ich ziehe daraus den Schluss, dass es ihm endlich gelungen ist, Scott wegzulaufen. Das muss natürlich eine Befreiung sein, aber er bräuchte eine Steuermarke, sonst läuft er große Gefahr, von der Hundepolizei einkassiert zu werden. Die Toleranzgrenze liegt in dieser Stadt inzwischen bei Null, das gilt für Menschen, und das gilt für englische Bulldoggen.

Mit einem müden Seufzer legt er sich vor Sarah auf den Boden. Sofort fängt sie an, ihn zu streicheln, er schnorchelt glücklich und dreht sich auf die Seite, damit sie auch an seinen Bauch kommt.

Wir halten an und betrachten die beiden. Winnie und ich wechseln einen Blick. Mr. Edwards wirft den Rest seiner Zigarre ins Wasser.

Eine ganze Minute lang geschieht nichts, wir stehen nur da und schauen Sarah und Empire State Building zu. Niemand sagt etwas. Die Morgensonne spiegelt sich weiterhin in Jersey City.

Nichts passiert, es ist wichtig, das zu betonen.

Dann dreht Sarah den Kopf, ich sehe, wie sie die Worte im Stillen formuliert, und es dauert noch eine Weile, bevor sie sie herausbringt.

»Könnten wir nicht …?«

»Weißt du was, Sarah«, sage ich. »Ich denke schon, ja.«

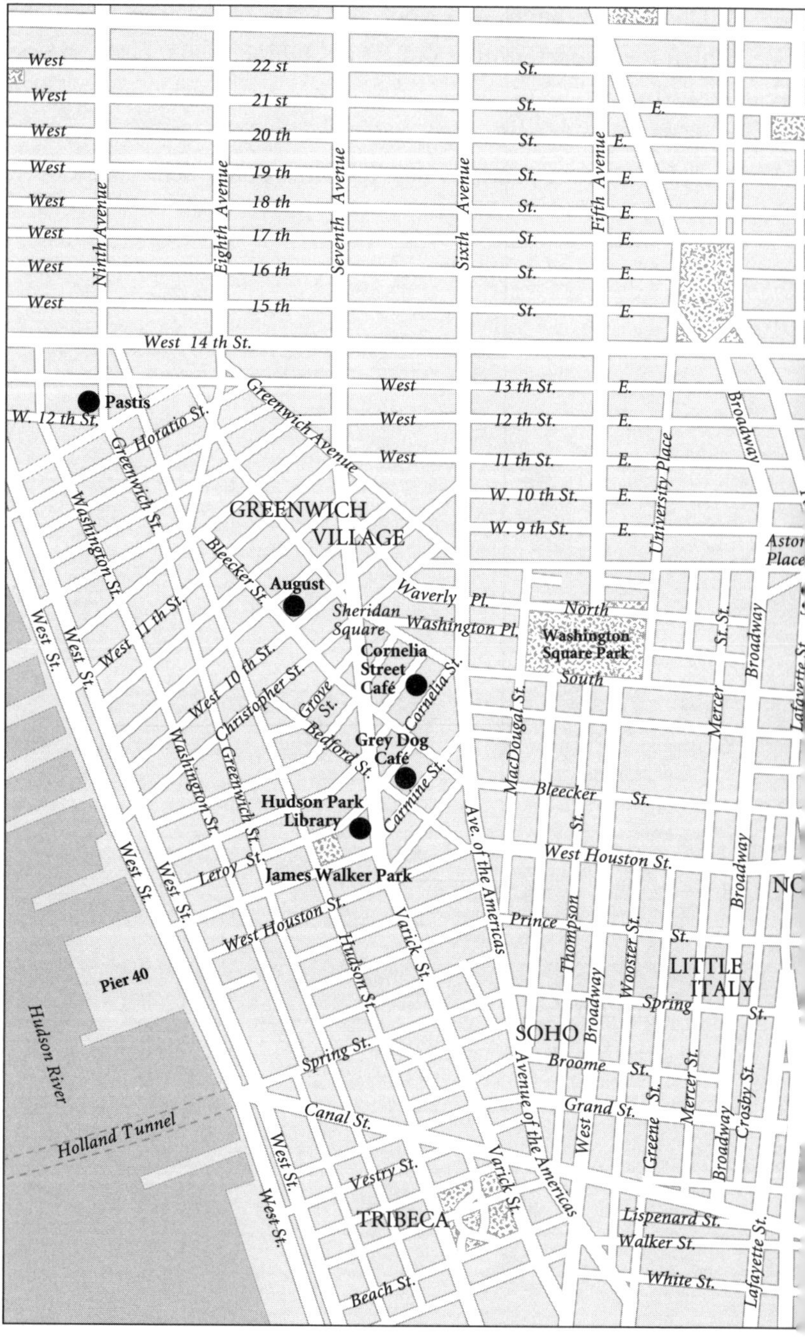
West 22 st St.
West 21 st St.
West 20 th St.
West 19 th St.
West 18 th St.
West 17 th St.
West 16 th St.
West 15 th St.
E.
Ninth Avenue
Eighth Avenue
Seventh Avenue
Sixth Avenue
Fifth Avenue
West 14 th St.
Pastis
W. 12 th St.
Horatio St.
Greenwich Avenue
West 13 th St.
West 12 th St.
West 11 th St.
W. 10 th St.
W. 9 th St.
Broadway
University Place
Greenwich St.
Washington St.
GREENWICH
VILLAGE
Astor Place
Bleecker St.
August
Waverly Pl.
North
Sheridan Square
Washington Pl.
Washington Square Park
South
West St.
West 11 th St.
West 10 th St.
Cornelia Street Café
Cornelia St.
Christopher St.
Grove St.
Bedford St.
Mercer St.
Lafayette St.
MacDougal St.
Grey Dog Café
Carmine St.
Bleecker St.
Hudson Park Library
Ave. of the Americas
Leroy St.
James Walker Park
West Houston St.
Varick St.
Hudson St.
Prince St.
Thompson St.
Wooster St.
LITTLE ITALY
Spring St.
Pier 40
Hudson River
SOHO
Broome St.
Spring St.
Grand St.
Greene St.
Crosby St.
Canal St.
Holland Tunnel
Avenue of the Americas
Vestry St.
Varick St.
TRIBECA
Lispenard St.
Walker St.
White St.
Beach St.

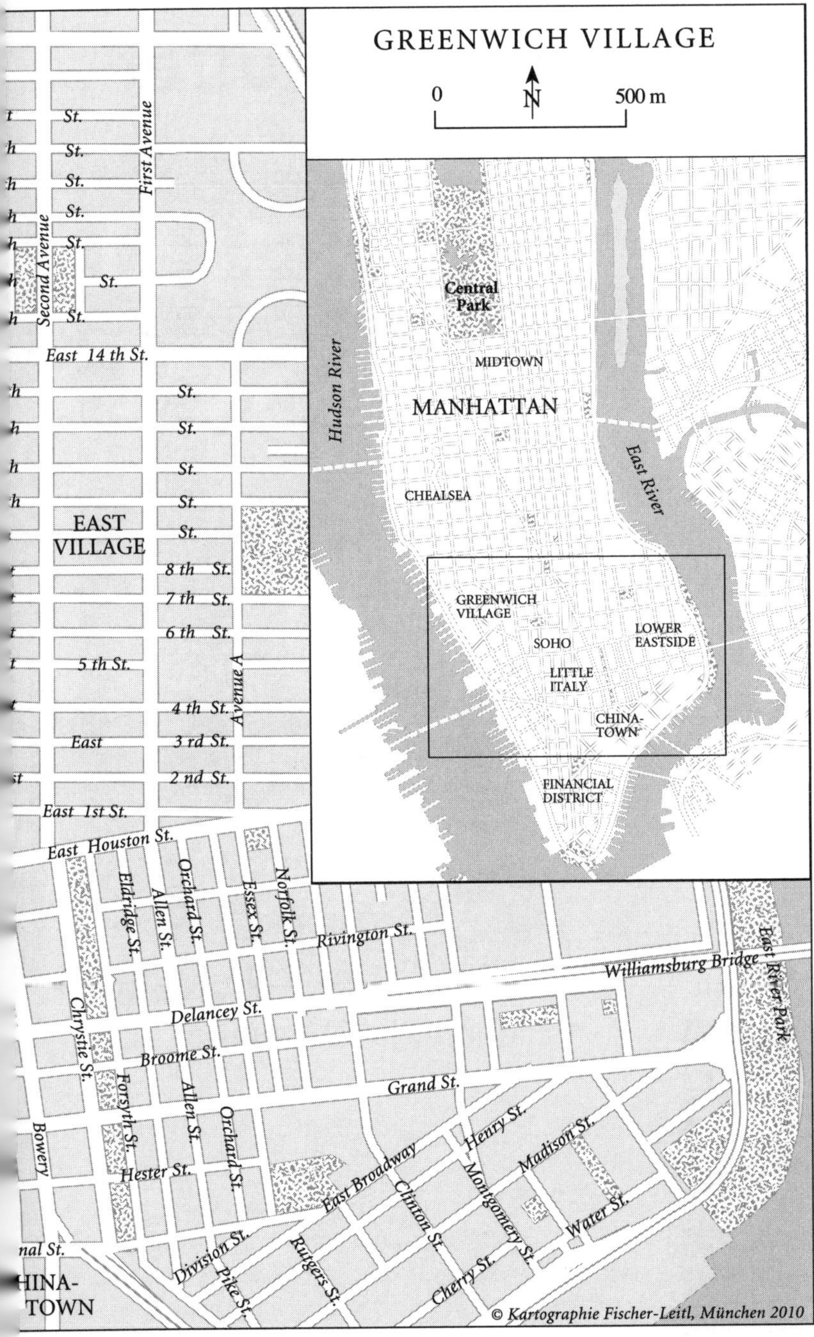
GREENWICH VILLAGE
0
500 m
N
Central Park
MIDTOWN
MANHATTAN
Hudson River
East River
CHEALSEA
GREENWICH VILLAGE
SOHO
LOWER EASTSIDE
LITTLE ITALY
CHINA-TOWN
FINANCIAL DISTRICT
First Avenue
Second Avenue
East 14 th St.
EAST VILLAGE
8 th St.
7 th St.
6 th St.
5 th St.
4 th St.
East 3 rd St.
2 nd St.
East 1st St.
Avenue A
East Houston St.
Eldridge St.
Allen St.
Orchard St.
Essex St.
Norfolk St.
Rivington St.
Williamsburg Bridge
East River Park
Chrystie St.
Delancey St.
Broome St.
Forsyth St.
Grand St.
Bowery
Hester St.
Henry St.
East Broadway
Clinton St.
Montgomery St.
Madison St.
Water St.
Division St.
Pike St.
Rutgers St.
Cherry St.
TOWN
© Kartographie Fischer-Leitl, München 2010